Das Bergsteigerhandbuch

Translated to German from the English version of
The Mountaineering Handbook

Sanjai Banerji

Ukiyoto Publishing

Alle globalen Veröffentlichungsrechte liegen bei

Ukiyoto Publishing

Veröffentlicht im Jahr 2024

Inhalt Copyright © Sanjai Banerji

ISBN 9789364944212

Alle Rechte vorbehalten.

Kein Teil dieser Veröffentlichung darf ohne vorherige Genehmigung des Herausgebers in irgendeiner Form auf elektronischem, mechanischem, Fotokopier-, Aufnahme- oder anderem Wege reproduziert, übertragen oder in einem Abrufsystem gespeichert werden.

Die Urheberpersönlichkeitsrechte des Urhebers wurden geltend gemacht.

Dies ist ein Werk der Fiktion. Namen, Charaktere, Unternehmen, Orte, Ereignisse, Schauplätze und Vorfälle sind entweder das Produkt der Phantasie des Autors oder werden auf fiktive Weise verwendet. Jede Ähnlichkeit mit tatsächlichen Personen, lebenden oder toten, oder tatsächlichen Ereignissen ist rein zufällig.

Dieses Buch wird unter der Bedingung verkauft, dass es ohne vorherige Zustimmung des Verlegers in keiner anderen Form als der, in der es veröffentlicht wird, verliehen, weiterverkauft, vermietet oder anderweitig in Umlauf gebracht wird.

www.ukiyoto.com

Warnung und Haftungsausschluss

Bergsteigen und Klettern auf Felsen, Schnee und Eis sind von Natur aus gefährlich. Schwere Verletzungen können durch Kälte und unvorhersehbare Gefahren sowie durch die Handlungen einer Person entstehen, unabhängig davon, ob die Anweisungen in diesem Buch korrekt oder falsch befolgt werden. Dieses Buch ist kein Ersatz für Schulungen von qualifizierten Ausbildern.

Der Autor und die Mitglieder des Buchbeirats sind nicht verantwortlich für Missgeschicke, die durch das Lesen dieses Buches verursacht werden.

Widmung

Dieses Buch ist Gurdial Singh gewidmet, dem ersten echten indischen Bergsteiger. Gurdial Singh leitete 1951 die erste Bergsteigerexpedition des unabhängigen Indiens nach Trisul, die als Beginn des Zeitalters des Bergsteigens für die Inder galt.

1965 war er Mitglied des ersten erfolgreichen indischen Expeditionsteams, das den Mount Everest bestieg, angeführt von Kapitän Mohan Singh Kohli. Gurdial Singh trat 1945 als Meister in die Doon School, Dehradun, ein und wurde von den Engländern John Martyn, R.L. Holdsworth, und Jack Gibson beeinflusst, um das Bergsteigen aufzunehmen. Gemeinsam bestiegen sie mehrere Gipfel, darunter Bandarpunch, Trisul, Kamet und Nanda Devi.

Er war der erste Inder, der Mitglied im Alpine Club wurde, einem Verein in England, der sich dem Bergsteigen widmete.

Auszeichnungen

Er erhielt 1965 den Arjuna Award, 1967 den Padma Shri und 2007 den Tenzing Norgay National Adventure Award für sein Lebenswerk für seinen Beitrag zum indischen Bergsteigen.

Ich hatte das große Glück, in den siebziger Jahren Schüler in Gurdial Singhs Erdkundeklasse an der Doon School zu sein. Er war meine Hauptinspiration für den Einstieg in das Bergsteigen.

Vorwort

Sanjai Banerji beschäftigt sich in seinem Buch „The Mountaineering Handbook" mit Sensibilität und Verständnis. Sein Ansatz war eher praktisch als theoretisch. Als ein Exponent der körperlichen Fitness und ein Ultra-Marathonläufer hat Sanjai betont, körperlich fit zu sein, bevor er sich auf jede Form des Kletterns auf Fels, Schnee oder Eis begibt. Sein detailliertes Programm, innerhalb von 3 Monaten nach dem Training 10 Kilometer laufen zu können, und die illustrierten Übungen zur Verbesserung der Stabilität und zur Entwicklung eines starken Kerns zur Verbesserung der Flexibilität und Beweglichkeit sind lobenswert.

Sanjais Studium der Grenzen der menschlichen Ausdauer hat ihm geholfen, die kritischen Aspekte des Bergsteigens zu betonen, wie Höhenakklimatisierung, akute Bergkrankheit, Kälteverletzungen und Überlebenstechniken in den Bergen, die sehr detailliert sind.

Sanjais Engagement für eine sauberere Umwelt in den Bergen macht ihn beliebt, über Themen für den gewissenhaften Kletterer zu schreiben, der seine Umgebung respektiert, wie die Prinzipien, keine Spuren zu hinterlassen, die Do's und Don 'ts des Bergsteigens, des Klimawandels, der Camp-Sanitärversorgung und der Hygiene.

Es gibt mehrere sehr technische Aspekte des Kletterns, die mit Fels, Schnee und Eis zusammenhängen. Sanjai hat die Herausforderung angenommen, mit Leichtigkeit über Techniken wie Sichern, Abseilen, Verankern, Jumaring, Selbstarrest auf Schneehängen und Glissading sehr leicht verständlich zu schreiben.

Sanjais Kapitel über die Zulassung zu Bergsteigerinstituten bietet eine interessante Lektüre mit Namen von Instituten, Zulassungsbedingungen, Zulassungsverfahren und medizinischen Parametern. Er ging auch detailliert auf die praktischen Bedürfnisse des Kletteranfängers ein, wie Kartenlesen, Wetter, Berghygiene, Umweltschutz, Arten von Kletterseilen, Packen des Rucksacks, Flussüberquerung, Bergketten von Indien und viele andere Aspekte.

Dieses Buch ist eine gute Lektüre für jeden, der versucht, sich (buchstäblich) mit den verschiedenen Aspekten des Bergsteigens vertraut zu machen, sei es ein Trekker oder ein Kletteranfänger, der höher klettern möchte, oder ein erfahrener Kletterer, der die technischen Details in der

Wildnis auffrischen möchte. Dieses Buch wird beide Kategorien abdecken.

ANKUR BAHL

Everest-Summiteer

8 Gipfel

Vorwort

Ich traf Sanjai Banerji im März 2017 bei einer Laufveranstaltung, bei der wir uns vor Beginn der Veranstaltung einen Bühnenplatz teilten. Im Mai 2016 bestieg ich als 31-Jähriger unter schwierigen Bedingungen den Mount Everest. Sanjai hatte im Dezember 2016 einen 80-Kilometer-Lauf absolviert, als 56-Jähriger in Jaisalmer in Rajasthan.

Es schien idiosynkratisch, dass zwei Personen aus zwei verschiedenen Generationen und zwei verschiedenen Abenteuersportarten auf derselben Plattform beglückwünscht wurden. Wir gingen unsere unterschiedlichen Wege, blieben aber immer in Kontakt. Ich habe versucht, ein Laufprogramm aufzunehmen und bin einen Halbmarathon gelaufen. Zur gleichen Zeit absolvierte Sanjai einen grundlegenden Bergsteigerkurs von einem prominenten Bergsteigerinstitut.

Sanjai Banerji schrieb 2019 sein erstes Buch „Crossing the Finish Line", das durch sein leicht verständliches Trainingshandbuch sehr populär wurde, damit ein Stubenhocker in sechs Monaten einen Halbmarathon laufen kann. In "Die Grundlagen des Bergsteigens" hat er seine Fähigkeiten in einem umfassenden Buch über jeden, der auf Fels, Schnee oder Eis klettern möchte, nachgebildet. Es gibt viele Bücher über Bergsteigen von amerikanischen und europäischen Bergsteigern. Aber solche Bücher decken nicht jedes kleine Element der Erkundung in der Wildnis ab, wie das Testen eines Sitzgurts, die Vorhersage des Wetters durch Beobachtung der Wolken, die Diagnose und Behandlung von Kälteverletzungen und den Klimawandel.

"Die Grundlagen des Bergsteigens" ist ein weniger als dreihundert Seiten umfassender Bericht über grundlegende Bergsteigerfähigkeiten, die für jeden Kletterer, der die Wildnis erkundet, als notwendig erachtet werden, wobei das Taschenbuch leicht in einen Rucksack passt.

In den Bergen ist es riskant, nicht nur zu klettern, sondern auch zu überleben. Das Lesen dieses Buches wird dazu beitragen, dieses Risiko zu mindern.

RATNESH PANDEY

Everest-Summiteer

Anmerkung des Autors

Die Berge sind eine Herausforderung für die Abenteuerlustigen, eine Befreiung für den Mystiker und eine Arena für den Sportler. Unterschiedliche Menschen werden aus unterschiedlichen Gründen zum Bergsteigen hingezogen. Bergsteigen ist ebenso ein spirituelles Streben wie ein physisches. Oft wirst du persönliche Freude und Traurigkeit, Triumph und Niederlage erleben, aber immer diesen Geist entwickeln, um das Unüberwindliche überwinden zu wollen. Nur wenige Menschen wachen eines Tages auf und beschließen, Bergsteigen zu versuchen. Häufiger ist es eine natürliche Entwicklung für einen Trekker oder einen Kletterer, seinen Genuss weiter zu verfolgen.

Bei der Absolvierung des 28-tägigen Bergsteiger-Grundkurses sind mir zwei relevante Punkte aufgefallen. Erstens hätten die Auszubildenden besser vorbereitet sein können, wenn sie die Möglichkeit gehabt hätten, sich vor dem Beitritt über das Kursmaterial zu informieren. Zweitens: Hätte es ein ausführliches schriftliches Dokument über theoretische Aspekte des Bergsteigens gegeben, hätten die Ausbilder wertvolle Zeit sparen können, indem sie mehr Zeit für die praktische Ausbildung als für die Theorie aufgewendet hätten. Nach Gesprächen mit Auszubildenden aus drei verschiedenen Bergsteigerinstituten entschloss ich mich, ein Buch über die Grundlagen des Bergsteigens zu schreiben. Ich ging die Websites von sechs Bergsteigerinstituten durch, um die Lehrpläne der Bergsteigerkurse nachzubilden und sicherzustellen, dass ich keine großen Auslassungen machte.

Ich habe Fakten über die verschiedenen Aspekte des Bergsteigens aus drei verschiedenen zuverlässigen Quellen überprüft, bevor ich dieses Buch geschrieben habe. Ich habe dafür gesorgt, dass die Bergsteigerphasen mehr auf Indien ausgerichtet sind als auf Amerikaner oder Europäer. Zum Beispiel ist "Jumaring" für den relevanten Begriff leichter zu verstehen als "Jugging". Neben Felsklettern, Schneehandwerk und Eishandwerk habe ich darauf geachtet, alle wichtigen Aspekte des Bergsteigens wie Knotenmachen, Packen eines Rucksacks, Zeltpitching, Lawinenrettung, Gletscher, Höhenakklimatisierung, Kartenlesen, Navigation, Wetter, Flussüberquerung, Berghygiene, Umweltschutz und die wichtigen Bergketten Indiens einzubeziehen.

Um das Buch interessant zu machen, habe ich viele Illustrationen und Fotos beigefügt.

Dieses Buch über Bergsteigen ist meine bescheidene Hommage an die **indischen Bergsteigerlehrer** aus den verschiedenen Bergsteigerinstituten, die den Auszubildenden unermüdlich Wissen über die Kunst und Wissenschaft des Bergsteigens vermitteln. Viele Auszubildende haben nach der Aufnahme dieses Wissens davon geträumt und es ist ihnen gelungen, den höchsten Gipfel der Welt mit dem Segen von Sagarmatha zu besteigen. Um Rabindranath Tagore zu zitieren, der in einem Gedicht schrieb: "In diesen Himmel, mein Vater, lass mein Land erwachen."

Bergsteigen ist eine Fähigkeit, die am besten durch eine Verschmelzung von Praxis und Wissen erlernt werden kann. Ich hoffe, einen mutigen Versuch im Bereich Wissen unternommen zu haben.

Ohne rhetorisch zu wirken, übernehme ich die volle Verantwortung für alle unbeabsichtigten Fehler, die sich eingeschlichen haben könnten.

SANJAI BANERJI

August 2022

Buchbeirat

Technisch

Ankur Bahl (Gipfel Mount Everest 2016)

Ratnesh Pandey (Gipfel Mount Everest 2016)

Sangeeta Bahl (Gipfel Mount Everest 2018)

Medizinisch

Dr. Narendra Chhablani

Dr. Sangita Deshpande

Marketing

Ashish Singh

Körperliche Übungen im Buch

(Glücks-) Menka Gunjiyal

Abhishek Gaikwad

Buchbesprechung

Anuradha Paul

Dankbarkeit

Für ein Buch, das aus 35 Kapiteln über verschiedene Aspekte des Bergsteigens besteht, ist es nur natürlich, dass die Beschaffung von Inhalten anerkannt werden muss. In fast allen Kapiteln habe ich jedoch Inputs aus mindestens drei Quellen übernommen und dann ausgiebig in einer leserfreundlichen Sprache umgeschrieben.

Ich bin der Indian Mountaineering Foundation und den folgenden sechs Mountaineering Institutes auf ewig dankbar, dass sie Informationen von ihren offiziellen Websites öffentlich zugänglich gemacht haben. Dies wurde notwendig, um die Lehrpläne der Bergsteigerkurse zusammen mit den Zulassungskriterien, dem Zulassungsverfahren, den medizinischen Parametern und der Reiseroute des Kurses sowie Details über die Institute selbst zu verstehen.

1. Nehru Institute of Mountaineering, Uttarkashi (Uttarakhand).

2. Das Himalaya-Bergsteigerinstitut, Darjeeling (Westbengalen).

3. Atal Bihari Vajpayee Institute of Mountaineering and Allied Sports, Manali (Himachal Pradesh).

4. Jawahar Institute of Mountaineering and Winter Sports, Pahalgam (Unionsterritorium von Jammu und Kaschmir).

5. National Institute of Mountaineering and Allied Sports, Dirang (Arunachal Pradesh).

6. Indian Institute of Skiing and Mountaineering, Gulmarg, (Unionsterritorium von Jammu und Kaschmir).

Ich bin Padma Shri Chewang Motup Goba von Rimo Expeditions zu Dank verpflichtet, mich auf meiner ersten großen Expedition in sein Team aufzunehmen und für seine Ermutigung und Anleitung beim Bergsteigen und Ultra-Laufen in großer Höhe.

Ich bin Rafiq Shaikh (erster Polizist von Maharashtra zum Gipfel des Mount Everest im Jahr 2016) für seine Hilfe und Anleitung beim Bergsteigen dankbar.

Ich bin den technischen Redakteuren Ankur Bahl, Ratnesh Pandey und Sangeeta Bahl, allesamt Everest-Summiteers, für ihre wertvollen Ratschläge sehr dankbar.

Ich bin meinen beiden Bergsteigerkollegen (Lucky) Menka Gunjiyal und Abhishek Gaikwad verpflichtet, bereitwillig zuzustimmen, für die für dieses Buch kuratierten Übungen zu modellieren. Lucky hat sehr hart gearbeitet und zwei Goldmedaillen bei den Nationalen Winterspielen und der Nationalen Meisterschaft im Skibergsteigen gewonnen. Neben ihrer technischen Qualifikation im Bergsteigen und Skifahren ist sie auch eine versierte Yogalehrerin. Abhishek ist ein hartgesottener Kletterer mit Acht-Pack-Bauchmuskeln!

Ich bin meinem Freund Ashish Singh dankbar, der mit mir den Grundkurs Bergsteigen absolviert hat, mit mir an CSR-Projekten gearbeitet und mir gute Anregungen für das Buch gegeben hat. Er ist Motorradfanatiker und Ingenieur und arbeitet an Solarenergiegeräten.

Ich habe keine Worte, um meine Dankbarkeit für die unsterbliche Unterstützung und Ermutigung meiner besseren Hälfte, Sanjukta, auszudrücken, ohne die ich ziemlich verloren gewesen wäre! Dreiunddreißig Jahre Zusammengehörigkeit ermöglichen es mir, Ultra-Marathons zu laufen, Bücher zu schreiben, Berge zu besteigen und durch die Eigenheiten des Unternehmenslebens zu reisen.

Mein Sohn Sujai gab mir gute Ratschläge für mein früheres Buch "Crossing the Finish Line" und tat dies auch für dieses. Seine Marketingtechniken sind brillant und ich beabsichtige, sie für diesen Fall auf den Punkt zu bringen.

Mein aufrichtiger Dank gilt sowohl Sujai Banerji als auch Anubhuti Bhatnagar für ihren wertvollen Beitrag zum Kapitel „Klimawandel und nachhaltiges Bergsteigen".

Meine Reise als Schriftsteller begann als Schuljunge, der als 10-Jähriger Briefe an den Redakteur schrieb, gefolgt von Feature-Artikeln für prominente Zeitungen und Zeitschriften und zwei serialisierten Mystery-Novelle, die in meinem ersten Buch über das Laufen, "Crossing the Finish Line" und "The Mountaineering Handbook", meinem zweiten Buch, gipfelten.

Während meiner freiberuflichen journalistischen und schriftstellerischen Tätigkeit gab es eine außergewöhnliche Person, die mich von meiner Jugend an bis jetzt bei jedem Schritt begleitet hat, sei es ein Konzept für eine Geschichte, eine Überschrift für einen Artikel, ein passendes Synonym, eine Metapher oder so ziemlich alles, was meinen Schreibscharfsinn verbessern könnte. Ich bin Anuradha Paul, meinem Freund, Philosophen und Führer, auf ewig dankbar. Ich weiß nicht, was ich ohne dich getan hätte!

Ich bin dem folgenden Blue Rose Publishers Team dankbar, dass es mein Buch auf eine schöne Weise herausgebracht hat:

1. Aditya Singh, Senior Publication Consultant.

2. Pranavi Jha, Publikationsmanager

3. Preeti, Asst. Publication Manager.

4. Muskan Sachdeva, Grafikdesigner.

5. Mansi Chauhan, Redaktionskoordinator.

6. Pooja, Typografie-Designerin.

Ich werde meinem Backup-Team in Jaipur, bestehend aus meinem älteren Bruder Ajai (Dada), meiner Schwägerin Reena (Bowdi) und meinem Neffen Ranjai, immer für ihre Ermutigung und Unterstützung danken, wann immer es nötig ist. Udai, der jüngere Bruder, hat mich immer davor gewarnt, Risiken einzugehen, aber ich gehe diese Risiken auf informierte und kalkulierte Weise ein.

Ich werde meinen Freunden, Verwandten und Kollegen, die mir Trost und Ermutigung gegeben haben, immer sehr dankbar sein, wenn ich sie am meisten brauchte. Und schließlich zu Gott, dem Allmächtigen, der mich immer liebt und mich vor Schaden schützt. Ohne dich hätte ich mich keinen Zentimeter im Leben bewegt!

Inhalt

Einführung in das Bergsteigen	1
Zulassung zu Bergsteigerinstituten	6
Vorbereitung auf das körperliche Training	16
Einführung in Seile und Knoten	35
Verpackung des Rucksacks	49
Sieben Prinzipien, die keine Spuren hinterlassen	56
Gebote und Verbote des Bergsteigens	62
Kletterausrüstung	68
Kletteranker bauen	78
Wichtige Schritte zur Sicherung	83
How to Rappel	88
Wie man durch Jumaring aufsteigt	94
Verwendung des Sitzgurts	96
Auswahl des Campingplatzes	101
Zeltplatz	104
Lagerhygiene und -hygiene	108
Ernährung für bessere Leistung	111
Flussüberquerung	113
Das Wetter in den Bergen	117
Arten von Wolken	119
Karte als Navigationswerkzeug	122
Höhenakklimatisierung und akute Bergkrankheit	127
Snow Craft	135
Berggefahren	147
Lawinen- und Schneerettung	152
Gletscher	163
Eishandwerk	168
Gebirgszüge und Gipfel Indiens	174

Überleben in den Bergen	178
Vorsichtsmaßnahmen zur Vermeidung von Bergunfällen	186
Erkältungsverletzungen, Symptome, Diagnose und Behandlung	188
Improvisierte Seiltrage	195
Verbandskasten	198
Der Everest-Traum	202
Klimawandel und nachhaltiges Bergsteigen	210
Über den Autor	*233*

Einführung in das Bergsteigen

Technisch gesehen könnte jeder auf den Gipfel eines Berges gehen, aber das würde ihn nicht zum Bergsteiger machen. Bergsteigen lässt sich am besten als das Besteigen eines Hügels oder Berges beschreiben, bei dem die Steigung und Schwere des Geländes eine Form des Kletterns und den nachhaltigen Einsatz technischer Ausrüstung erfordern.

Im Sommer in nicht schneebedeckter Umgebung kann diese Ausrüstung einen Helm, ein Seil, einen Gurt, einen Karabiner und eine schützende Kletterausrüstung umfassen, und im Winter beim Klettern auf Schnee oder Eis umfasst dies die zusätzliche Verwendung von Steigeisen, einem Eispickel, warmer Kleidung und Eiskletterausrüstung.

Bergsteigen wird unweigerlich mit Bergtouren verbunden sein, aber was Bergsteigen vom Trekking unterscheidet, ist, ob Sie technische Ausrüstung verwenden müssen, um Ihren Gipfel zu erreichen.

Bergsteigen hat zahlreiche Vorteile. Die offensichtlichsten Vorteile sind die Verbesserung der körperlichen Kraft und der kardiovaskulären Fitness sowie die Reduzierung des Körperfetts durch Aerobic-Übungen. Einige andere weniger offensichtliche Vorteile sind die starke Verbesserung Ihres persönlichen Selbstvertrauens und Ihrer Teamfähigkeit, die Sie in Ihrem Arbeits- und Privatleben einsetzen können, ohne es zu merken!

Wenn Sie die Mehrheit der Bergsteiger fragen, warum sie den Sport betreiben, und viele würden Schwierigkeiten haben, eine logische Antwort darauf zu finden, warum sie viele Stunden, Tage und Wochen damit verbringen, einen erhöhten Boden aus Fels und Erde zu besteigen. Aber Berge haben den Menschen schon immer aus vielen verschiedenen Gründen sehr fasziniert.

Berge sind eine Herausforderung für die Abenteuerlustigen, eine Befreiung für den Mystiker und eine Arena für den Sportler. Unterschiedliche Menschen werden aus unterschiedlichen Gründen zum Bergsteigen hingezogen. Bergsteigen ist ebenso ein spirituelles Streben wie ein physisches. Oft wirst du persönliche Freude und Traurigkeit, Triumph und Niederlage erleben, aber immer diesen Geist entwickeln, um das Unüberwindliche zu überwinden. Nur wenige Menschen wachen eines Tages auf und beschließen,

Bergsteigen zu versuchen. Häufiger ist es eine natürliche Entwicklung für einen Trekker oder einen Kletterer, seinen Genuss weiter zu verfolgen.

Eine Bergsteigerroute kann so kurz wie ein paar Stunden Klettern sein, um einen Gipfel zu erreichen, um dann zu Fuß abzusteigen. Dies könnte auf ganztägige oder mehrtägige Aufstiege ausgeweitet werden. Auf der anderen Seite können Bergsteigerrouten wie der Mount Everest buchstäblich 45 Tage dauern. Aber die Qualität eines Aufstiegs wird nicht nur von der Höhe bestimmt, sondern auch von einer Reihe anderer Faktoren.

Viele Bergsteiger sind besessen davon, einige der 8.000-Meter-Gipfel der Welt (alle im Himalaya gelegen) zu besteigen. Einige ebenso anspruchsvolle, aber angenehmere Routen sind auf vielen anderen Gipfeln auf der ganzen Welt zu finden. Die schiere Abgelegenheit einiger der Berggipfel der Welt bedeutet, dass kein Transport Sie leicht zu Ihrer Route bringen kann, was bedeutet, dass der einzige Weg nach oben wochenlanges Trekking oder Klettern ist.

Einmal auf einem Berg angekommen, bedeutet der Aufstieg in der Höhe, dass auch Zeit benötigt wird, um den Körper sich an eine dünnere Atmosphäre mit weniger Sauerstoff anpassen und akklimatisieren zu lassen (jeder Aufstieg über 5.000 Meter kann als hoch genug angesehen werden, um Höhenprobleme zu verursachen).

Bergsteigen beinhaltet oft ein ganzes Spektrum an Emotionen und manchmal können sie alle auf einmal zusammenkommen. Worte können das Gefühl der Freiheit nicht beschreiben; du bekommst es, wenn du einen Berg besteigst. Es ist wirklich eine spirituelle Erfahrung, bei der du dich wirklich lebendig fühlst. Sie werden viel über sich selbst entdecken, einige innere Kräfte, von denen Sie nicht einmal wussten, dass sie existieren, sowie neue Stärken entwickeln.

Bei jedem Aufstieg wird es gute und schlechte Zeiten geben und das macht den Sport so persönlich herausfordernd und charakterbildend. Du magst Zeiten erleben, in denen du dich fragst, warum ich das tue, aber diese Momente vergehen, um durch ein größeres Gefühl der Leistung ersetzt zu werden, das für immer bei dir bleiben wird.

Es gibt keine wirklichen Altersbarrieren für den Einstieg in die Welt des Bergsteigens (Personen unter 16 Jahren sollten eindeutig von einem qualifizierten Erwachsenen beaufsichtigt werden). Das einzige wirkliche Hindernis für das Bergsteigen ist die Notwendigkeit einer moderaten körperlichen Fitness, aber auch diese wird sich entwickeln, wenn Sie im Sport vorankommen und Ihre Routen härter und nachhaltiger werden.

Bergsteigen ist ein Streben, das niemals ohne ein gutes Verständnis der vielen verschiedenen Aspekte unternommen werden sollte, die von Kartenlese- und Navigationsfähigkeiten über Seilarbeit bis hin zum Verständnis der Kletterausrüstung reichen. Freunde unterrichten sich oft gegenseitig und geben ihr Wissen weiter, aber die Zeit und das Geld, die in einen Kurs investiert werden, sind mehr als gut angelegt. In dieser Hinsicht kann ein Bergsteigerkurs von einem zugelassenen Institut für jeden, der es ernst mit dem Bergsteigen meint, sehr nützlich sein.

Im Laufe der Jahre haben sich verschiedene Stile oder Methoden des Bergsteigens entwickelt. Der Hauptantrieb für diese Entwicklung der Kletterstile waren die massiven Fortschritte bei der Bergsteigerausrüstung.

Das Aufkommen der robusten leichten Kunststoffe, Kohlefaser, extrem starke, aber leichte Metalllegierungen, vorverpackte energiereiche Lebensmittel, verbesserte Öfen und Zelte bedeuten, dass die großen und langsamen Aufstiege im Expeditionsstil von gestern jetzt schnellen leichten Aufstiegen weichen. Routen, die früher Tage mit alter Ausrüstung und Klettermethoden gedauert haben, werden jetzt in wenigen Stunden erklommen!

Es gibt im Wesentlichen drei Arten des Bergsteigens:

Alpinismus

Alpinismus ist eine Art des Bergsteigens, die ursprünglich von Bergführern entwickelt wurde, aber jetzt ausgiebig zum Aufsteigen von "niedrigen" Routen (unter 5.000 Metern) verwendet wird. Die meisten Bergsteigerrouten auf der ganzen Welt sind in dieser Klasse kategorisiert. Frühere Klettergenerationen trugen viel Ausrüstung und viele Unfälle wurden durch das schiere Gewicht des getragenen Kits und den langsamen Aufstiegsfortschritt getragen. Die Essenz hinter alpinem Klettern ist es, sich schnell zu bewegen, indem man minimale Kletterschutzausrüstung und Campingausrüstung trägt, das Gewicht auf ein Minimum reduziert und die Einstellung "schnell ist sicher" einnimmt. Alpinismus setzt voraus, dass alle Mitglieder der Gruppe in der Lage sind, sich schnell und kompetent über schwieriges Gelände zu bewegen.

Bergsteigen in großer Höhe

Bergsteigen über 5.000 Metern wird durch Höhe, Wetter, Zugang und anhaltendes Klettern auf Schnee und Eis beeinflusst. Bergsteigen in großer Höhe erfordert eine Mischung aus Entschlossenheit, Geduld, Furchtlosigkeit, Vorsicht, sorgfältiger Planung, aber vor allem die Fähigkeit, schnelle Entscheidungen zu treffen. Traditionell hat diese Art des

Bergsteigens die Expedition genutzt, um große Mengen an Campingausrüstung und Nahrung zu transportieren und Lager in verschiedenen Höhenlagen auf dem Aufstieg zu errichten, die notwendig sind, damit sich die Gruppenmitglieder an die Höhenänderungen gewöhnen können. Alpines Klettern schleicht sich jetzt in die Welt des Höhenbergsteigens ein und viele Tagesrouten werden jetzt in nur wenigen Stunden bestiegen. Aber schnelle und leichte Aufstiege können von niemandem unternommen werden, da die meisten Menschen schnellen Höhenzuwächsen erliegen. Auch leichte Aufstiege gehen hohe Risiken ein, wenn etwas schief gehen sollte.

Ultraleichtes Bergsteigen

Reserviert für die unerschrockeneren Bergsteiger, bei denen Kletterer in kürzester Zeit mit moderner Leichtbauausrüstung auf Höhengipfel klettern.

Es wird empfohlen, mit dem alpinen Bergsteigen zu beginnen, da das Eintauchen am tiefen Ende einige schwerwiegende nachteilige Auswirkungen haben kann. Beginnen Sie mit niedrigeren Höhen mit einfacheren Routen und bauen Sie sich langsam auf, während Sie als Kletterer reifen.

Höchste Gipfel der Welt

1. Mount Everest 8.849 Meter (29.035 Fuß).

Kann von nepalesischer oder chinesischer Seite angefahren werden.

2. K2 8.611 Meter (28.251 Fuß).

Das Hotel liegt in Gilgit-Baltistan in Kaschmir.

3. Kangchenjunga 8.586 Meter (28.169 Fuß).

An der Grenze zwischen Sikkim und Nepal gelegen.

4. Lhotse 8.516 Meter (27.940 Fuß).

An der Grenze zwischen Nepal und Tibet gelegen.

5. Makalu 8.463 Meter (27.766 Fuß).

An der Grenze zwischen Nepal und Tibet gelegen.

6. Cho Oyu 8.201 Meter (26.906 Fuß).

An der Grenze zwischen Nepal und Tibet gelegen.

7. Dhaulagiri 8.167 Meter (26.795 Fuß).

Das Hotel liegt in Nepal.

8. Manaslu 8.163 Meter (26.781 Fuß).

Das Hotel liegt in Nepal.

9. Nanga Parbat 8.126 Meter (26.660 Fuß).

Das Hotel liegt in Gilgit-Baltistan in Kaschmir.

10. Annapurna 8.091 Meter (26.545 Fuß).

Das Hotel liegt in Nepal.

Zulassung zu Bergsteigerinstituten

Einleitung

Willkommen in der Welt des Bergsteigens. Schon die Tatsache, dass Sie begonnen haben, dieses Buch zu lesen, ist ein Beweis für Ihren Wunsch, sich auf die Grundlagen des Bergsteigens einzulassen oder genauer gesagt, sich auf die Teilnahme und den erfolgreichen Abschluss eines Bergsteigerkurses zu konzentrieren. In diesem Buch werden nicht nur wichtige Kenntnisse vermittelt, um Bergsteigerfähigkeiten zu verstehen, sondern es geht auch darum, den Prozess der Vorbereitung, Teilnahme und des Abschlusses eines Bergsteigerkurses kennenzulernen.

Diese Buchhand hält Sie und vermittelt Ihnen in einfachen Worten die verschiedenen Nuancen des Bergsteigens, die es Ihnen ermöglichen, einen Bergsteigerkurs von jedem Bergsteigerinstitut aus Indien oder dem Ausland zu absolvieren.

Ich habe nur einige der Namen von Indian Mountaineering Institutes erwähnt, die von der Indian Mountaineering Foundation gemäß den Angaben verschiedener staatlicher, halbautonomer und privater (nichtstaatlicher) Portale und Websites genehmigt wurden. Es kann aufgrund des Zeitrahmens vom Schreiben des Buches bis zum Druck möglich sein, dass sich die Anzahl der Bergsteigerinstitute und die Kurse, die sie durchführen, geändert haben.

Alle Expeditionen, Höhenwanderungen und Klettern in der Region werden von einem Spitzenkörper mit Sitz in Neu-Delhi namens Indian Mountaineering Foundation (IMF) geleitet. Alle Bergsteigerinstitute in Indien sind dem IWF angeschlossen. Jeder kann sich für einen der von diesen Instituten angebotenen Kurse (vorbehaltlich der Teilnahmebedingungen) einschreiben, um sich mit der richtigen und verantwortungsvollen Bergsteigerethik und dem Wissen auszustatten. Sitze werden immer nach dem First-cum-first-serve-Prinzip bedient, daher ist es sinnvoll, schnell in Ihrer Bewerbung zu sein. Hier sind einige Bergsteigerinstitute, die Sie für den Grundkurs Bergsteigen in Betracht ziehen sollten, nicht unbedingt in einer bestimmten Reihenfolge:

A). Nehru Institute of Mountaineering, Uttarkashi (Uttarakhand)

Das Nehru Institute of Mountaineering (Nim) gilt als eines der besten Bergsteigerinstitute Indiens und gilt auch als wichtiges Bergsteigerinstitut in Asien.

Der Vorschlag, ein Bergsteigerinstitut in Uttarkashi zu gründen, wurde 1964 vom Verteidigungsministerium, der indischen Regierung und der Regierung von Uttar Pradesh vorgeschlagen. Uttarkashi wurde speziell als Heimat von Nim ausgewählt, vor allem wegen seiner Nähe zur Region Gangotri in West-Garhwal, die zweifellos das beste Kletter- und Trainingspotenzial in Indien und vielleicht in der Welt hat. Das Institut thront wunderschön auf dem Schildkrötenhügel über dem Ostufer des Flusses Bhagirathi und überblickt die verehrte Stadt Uttarkashi und den Zusammenfluss von Indravati mit dem Bhagirathi. In einer historischen Entwicklung im November 2001, als der neu gegründete Staat "Uttaranchal" (jetzt Uttarakhand) entstand, wurde der Hauptminister von Uttarakhand Vizepräsident des Instituts.

Es befindet sich jetzt auf etwa 4.300 Fuß über dem Meeresspiegel im Ladari Reserve Forest, inmitten eines dichten Kiefernwaldes, mit Blick auf den heiligen Fluss. Es hat einen weitläufigen Campus, der sich über fast sieben Hektar erstklassiges Waldland erstreckt. Im Jahr 2001 wurde Tekhla Rocks eine Fläche von fast 3,5 Hektar Felsen und Felsbrocken zu den Immobilien des Instituts hinzugefügt. Der Campus ist äußerst gepflegt. Der derzeitige Präsident und Vizepräsident von Nim sind der Verteidigungsminister von Indien bzw. der Chief Minister von Uttarakhand.

B). Das Himalaya-Bergsteigerinstitut, Darjeeling (Westbengalen)

Das Himalayan Mountaineering Institute (HMI) ist eines der führenden Bergsteigerinstitute der Welt. Gegründet am 4. November 1954 von Pandit Jawaharlal Nehru, dem ersten Premierminister Indiens. Das Institut befindet sich in der malerischen Bergstation von Darjeeling.

Sherpa Tenzing Norgay, der erste Mensch, der zusammen mit Sir Edmund Hillary den höchsten Gipfel des Mount Everest betrat, war Director of Field Training. HMI ist heute ein markantes Wahrzeichen von Darjeeling und ein Zentrum der Touristenattraktion. Er bietet einen herrlichen Blick auf den Mount Kangchenjunga, den dritthöchsten Gipfel der Welt.

HMI rühmt sich einer Linie von sehr illustren Koryphäen. Tenzing Norgay war von Juni 1954 bis Mai 1976 als Director of Field Training mit HMI verbunden. Nawang Gombu, der als erster Mensch den Berg bestiegen hat. Everest war seit seiner Gründung 1954 zweimal Ausbilder bei HMI. HMI stellt seinen Auszubildenden modernste Einrichtungen zur Verfügung. Das

HMI verfügt über das älteste Bergsteigermuseum des Landes, das 1957 gegründet wurde. Es dient als Zentrum der Bildungsforschung zu Bergsteigertätigkeiten sowohl für Auszubildende als auch für Forschungswissenschaftler und verfügt über eine reiche Sammlung von Modellen, Gemälden, Skulpturen, Fotografien, Manuskripten, Autographen, Büchern und Bergsteigerausrüstung berühmter Bergsteiger.

Der derzeitige Präsident und Vizepräsident von HMI sind der Verteidigungsminister von Indien bzw. der Chief Minister von Westbengalen.

C). Atal Bihari Vajpayee Institute of Mountaineering and Allied Sports, Manali (Himachal Pradesh)

Himachal Pradesh hat sich im Bereich Abenteuersport und Abenteuertourismus unter der Schirmherrschaft des 1961 gegründeten Atal Bihari Vajpayee Institute of Mountaineering and Allied Sports, Manali (ABVIMAS) weiterentwickelt, um die Abenteuersport- und Tourismusaktivitäten von Himachal Pradesh zu verbessern. Über dieses Institut bietet die Landesregierung spezialisierte Ausbildungskurse im Bergsteigen und anderen Abenteuersportarten an.

Der Hauptsitz von **ABVIMAS** befindet sich in der Nähe der Stadt Manali am linken Ufer des Flusses Beas, der sich über 20 Hektar bewaldetes Land auf einer Höhe von 6.082 Fuß über dem Meeresspiegel erstreckt. Der Campus ist von hohen Zedern umgeben. Alle Gebäude wurden unter Berücksichtigung der lokalen Architektur und in Übereinstimmung mit der natürlichen Umgebung errichtet.

ABVIMAS wurde in der natürlichen geografischen Umgebung von Manali im malerischen Kullu-Tal unter dem Namen "Western Himalayan Mountaineering Institute" am 16. September 1961 unter der dynamischen Führung von Pandit Jawaharlal Nehru, dem ersten Premierminister Indiens, gegründet. EinBVIMAS erkennt das Ausmaß der ökologischen und kulturellen Auswirkungen an. Die Trainingsgruppen halten sich beim Durchfahren des lokalen Geländes strikt an die Reise- und Campingtechniken „Leave No Trace".

Das Institut unterstützt auch die Landesregierung von Himachal Pradesh bei der Durchführung von Such- und Rettungseinsätzen in den schneebedeckten Hängen und tückischen Trekkingrouten unter eisigen Bedingungen, da sie über qualifizierte Arbeitskräfte verfügen, die für Rettungseinsätze in hochgelegenem Berggelände ausgebildet wurden. Die Dienstleistungen des Instituts werden immer dann beschlagnahmt, wenn Wanderer oder Touristen vermisst werden.

D). Jawahar Institut für Bergsteigen und Wintersport, Pahalgam (Unionsterritorium Jammu und Kaschmir)

Das Institut wurde 1983 in Aru, in der Nähe von Pahalgam, Jammu & Kaschmir (heute Unionsterritorium von Jammu und Kaschmir) mit dem Ziel gegründet, zahlreiche abenteuerliche Aktivitäten an einem Ort anzubieten. Aru ist auf einer Höhe von 7.920 Fuß ein sehr begehrtes Touristenziel.

Es rühmt sich, ein Paradies für Trekker zu sein und bietet Einrichtungen für Felsboote, Eisboote, Bachüberquerung und verfügt über einen Gletscher in unmittelbarer Nähe und Pisten zum Skifahren im Winter. Das Institut wurde im August 1990 nach Batote auf der Jammu-Seite von Banihal verlegt. Das Institut wurde im Oktober 2003 wieder in die Nähe von Pahalgam verlegt.

Um die Attraktivität sowohl auf nationalen als auch auf internationalen Foren zu erhöhen, hat das Institut zusammen mit dem Ministerium für Tourismus, der Regierung von Jammu und Kaschmir eine neue Initiative gestartet, um an Reisen und Messen in einer Reihe von Staaten teilzunehmen.

Das Institut wird durch einen Exekutivrat verwaltet, dessen Mitglieder aus dem Unionsterritorium sowie dem Zentrum stammen.

E). National Institute of Mountaineering and Allied Sports, Dirang (Arunachal Pradesh)

Nachdem die indische Regierung 2012 das Mandat für die Gründung eines Instituts für fortgeschrittenes Sporttraining in Arunachal Pradesh erteilt hatte, wurde das National Institute of Mountaineering and Allied Sports (NIMAS) mit Wirkung zum 30. Mai 2013 in Betrieb genommen.

NIMAS erstreckt sich über eine Fläche von 52 Hektar und befindet sich im Bezirk West Kameng in Arunachal Pradesh. Auf einem Hügel auf einer Höhe zwischen 6.000 und 7.000 Fuß gelegen, überblickt das Institut die Stadt Dirang und den Sela-Pass. Dirang ist sowohl von Tawang aus erreichbar, wo die meisten Bergsteigeraktivitäten durchgeführt werden, als auch von East Kameng, wo die Schüler für ihre Ausbildung im Rafting und Flugsport mitgenommen werden. Der derzeitige Präsident und Vizepräsident von NIMAS sind der Verteidigungsminister von Indien bzw. der Chief Minister von Arunachal Pradesh.

F). Indisches Institut für Skifahren und Bergsteigen, Gulmarg (Unionsterritorium Jammu und Kaschmir)

IISM ist ein modernes und beliebtestes Skitrainingsinstitut unseres Landes, das vom indischen Tourismusministerium in Gulmarg gegründet wurde und 1968 als temporäres Projekt mit dem Namen Gulmarg Winter Sports Project

(GWSP) auf einer Höhe von 8.694 Fuß liegt. Das erste Projekt sah die Entwicklung von Gulmarg als internationales Skigebiet mit gewünschter Infrastruktur und die Ausbildung von Skiführern vor, um den Anforderungen der Touristen gerecht zu werden.

Viele andere Abenteuerkurse wie Bergsteigen, Abenteuer, Klettern, Aero Adventure, Trekking und Wasserskikurse kamen hinzu, um das Institut das ganze Jahr über optimal zu nutzen.

IISM ist ein ständiges untergeordnetes Büro des Tourismusministeriums der indischen Regierung. Um die Fähigkeiten des Abenteuers weiter zu entwickeln, fungiert es als Berater des Tourismusministeriums bei der Formulierung nationaler Abenteuerrichtlinien/-programme und der Koordinierung der Aktivitäten verschiedener zentraler, staatlicher und privater Behörden zur Entwicklung und Förderung des Abenteuertourismus im Land.

Durchgeführte wichtige Kurse

1. Grundkurs Bergsteigen (BMC)

Dies ist das Sprungbrett in die Welt des Fels-, Schnee- und Eiskletterns und befähigt den Einzelnen, an jeder Expedition bis zu einer Höhe von 7.000 Metern teilzunehmen. Die Dauer des Kurses beträgt 28 Tage.

2. Vorbereitungskurs Bergsteigen (AMC)

Anspruchsberechtigt sind Auszubildende, die sich im Bergsteiger-Grundkurs mit der Note A qualifiziert haben. Der Kurs bietet eine Fortbildung und Erfahrung in der Besteigung eines Berges in einer Expedition, die von Auszubildenden unter der Aufsicht von Ausbildern geplant wird. Die Dauer dieses Kurses beträgt 28 Tage.

3. Methode des Lehrgangs (MoI)

Diejenigen, die den Advanced Mountaineering Course mit der Note A abgeschlossen haben, sind teilnahmeberechtigt. Dieser Kurs richtet sich an alle, die Bergsteigen als Beruf betreiben möchten. Ziel dieses Kurses ist es, die Lehrfähigkeiten der Teilnehmer zu verbessern, um ihnen zu ermöglichen, selbstbewusst Bergsteigerunterricht zu erteilen und auch als Leitfaden zu fungieren. Die Dauer dieses Kurses beträgt 28 Tage.

4. Such- und Rettungskurs (SAR)

Berechtigt sind diejenigen, die den Advanced Mountaineering Course mit der Note A abgeschlossen haben. Der Kurs deckt Such- und Rettungseinsätze in den Bergen ab. Der Kurs unterstreicht die Bedeutung von Rettungstechniken auf Fels, Schnee und Eis, Erste Hilfe, Bergnavigation, akustischer und visueller Kommunikation und Evakuierungsmethoden mit Hubschraubern. Es beinhaltet auch die Zusammenarbeit mit verschiedenen Organisationen und deren Beteiligung an Rettungsaktionen.

Eignung für den Grundkurs Bergsteigen

Obwohl keine spezielle Ausbildung erforderlich ist, um an den Kursen teilzunehmen, wird den Schülern empfohlen, Joggen und lange Spaziergänge zu machen. Sie sollten körperlich fit und geistig robust sein und den Strapazen des Schnees und der Höhe standhalten können. Die Altersgruppe für den Kurs variiert je nach Bergsteigerinstitut zwischen 18 und 45 Jahren. Sie können nach eigenem Ermessen die Mindestaltersgruppe herabsetzen oder die Höchstaltersgruppe verlängern. Alle Schüler, die an dem Kurs teilnehmen sollen, sollten in der Lage sein, eine Strecke von 10 Kilometern mit einem 12-Kilogramm-Rucksack mit ihrer Ausrüstung zurückzulegen.

Zulassungen

Normalerweise erfolgt aufgrund der großen Nachfrage nach dem Kurs die Buchung der Anmeldungen durch den Besuch der jeweiligen Websites und das Herunterladen des Zulassungsformulars. Die Buchungen für Anmeldungen wurden in der Regel sechs Monate bis zwei Jahre im Voraus während der Pre-Covid-Ära eröffnet. Gegenwärtig wurden die Zeitrahmen aufgrund von Lockdown-Beschränkungen in den Jahren 2020 und 2021 drastisch verkürzt. Im Jahr 2021 wurden die meisten der gebuchten Kurse abgesagt oder auf zukünftige Termine verschoben.

Einige der Bergsteigerinstitute haben eine Online-Buchung und für andere müssen Sie alle Dokumente an die gewünschte Büroadresse senden. Bei Online-Buchungen muss die Zahlung in Form eines Demand Drafts jedoch manchmal per Kurier oder Einschreiben erfolgen. Am besten führen Sie ein telefonisches Gespräch mit den Verwaltungsmitarbeitern des Instituts, bevor Sie die Dokumente und die Zahlung senden.

Medizinische Standards

Alle Bergsteigerinstitute bestehen auf einem ärztlichen Attest gemäß ihrem Format, das von einem qualifizierten Arzt unterzeichnet werden muss, bevor der Student an dem Kurs teilnimmt. Es wäre ratsam für den Schüler, sich vor dem Bergsteigen über seine Gesundheitskriterien zu vergewissern.

Um die Verletzungen der Studenten während des Kurses zu minimieren, sollten sich alle Studenten vor dem Eintritt einer gründlichen medizinischen Untersuchung unterziehen. Studierende, die an folgenden Krankheiten leiden, sollten es vermeiden, sich für den Kurs zu bewerben.

1. Bluthochdruck
2. Koronare Herzkrankheit/Angioplastie
3. Herzinsuffizienz/Rheumatische Herzkrankheit
4. Herzrhythmusstörungen
5. Angeborene Herzkrankheit
6. Pulmonale Hypertonie
7. Chronisch obstruktive Lungenerkrankung
8. Asthma bronchiale
9. Interstitielle Lungenerkrankung
10. Pneumothorax
11. Magenerosion/hämorrhagische Gastritis
12. Chronische Nierenerkrankung
13. Schwangerschaft
14. Epilepsie
15. Bullöse Lungenerkrankung
16. Geschichte der Menorrhagie

Tägliche Reiseroute für einen einfachen Bergsteigerkurs

Tag-1 (Berichtstag).

Ankunft, Empfang, Ausgabe von Ausrüstung, Dokumentation und medizinische Untersuchung.

Tag-2

Akklimatisierungsmarsch, Einführung in Bergsteigerausrüstung, Knoten, Anhängevorrichtungen und Aufwickeln von Seilen und Spielen.

Tag-3

Umzug zum sekundären Standort und Einrichtung des Lagers.

Tag-4

Akklimatisierung, Erste Hilfe & HLW.

Tag-5

Körperliches Training, Akklimatisierung, Prinzipien des Kletterns & Abseilens, Do's & Don'ts in den Bergen

Tag-6

Wandere zu verschiedenen Seiten und kehre zurück, Spiele.

Tag-7

Körperliches Training, Klettern & Abseilen, Load Picking, Marschieren in Bergen und Spielen.

Tag 8

Wandern Sie zu einem anderen Ort und kehren Sie zurück.

Tag-9

Körperliches Training, Pitchklettern, Gefahren in Bergen und schneebedeckten Gebieten und Spiele.

Tag 10

Körperliches Training, Pitch-Klettern, Verwaltungsarbeit und Spiele.

Tag-11

Laufen für Ausdauer, Stromüberquerung, Zeltplatz & Camping und Spiele.

Tag 12

Running for Endurance, Zip Wire & Casualty Evacuation, Cold Injuries und Games.

Tag-13

Laufen für Ausdauer, Routenauswahl & Seilfixierung und Spiele.

Tag-14

Laufen für Ausdauer, Routenauswahl & Seilfixierung, Lawine und Spiele.

Tag-15

Laufen für Ausdauer, Jumaring & Abseilen, Gletscher und Spiele.

Tag-16

Laufen für Ausdauer, Klettern und Vorbereitung von Basislagern, Unterkünften und Spielen.

Tag-17

Ausdauertest, Rock Craft Test und Vorbereitung, um zum Gletscher zu gelangen.

Tag-18

Akklimatisierungsspaziergang zum Gletscher, Einführung in die Eisausrüstung & Marsch mit Steigeisen, Klettern, Sturz & Selbstverhaftung und Lawinenrettungsübung.

Tag-19

Akklimatisierungsspaziergang zum Gletscher, Klettern und Leiterstart.

Tag-20

Klettern und Vorbereitung des Basislagers.

Tag-21

Seilbefestigung, Klettern, Spaltenüberquerung und Rettungsübung.

Tag-22

Höhenwanderung durch den Gletscher.

Tag-23

Eishandwerk-Test und Überleben.

Tag-24

Überlebenslager.

Tag-25

Hinterlegung von Kleidung.

Tag-26

Schriftliche Test- und Abschlussfeier.

Tag-27

Abreise.

Artikel, die während des Kurses zum Institut gebracht werden sollen

1. Leichter Hut für Trekking - Ein.

2. Wollschal - Eins.

3. Leichter Regenmantel/Poncho One.

4. Woll- und Baumwollsocken - nach Bedarf.

5. Unterwäsche - nach Bedarf.
6. Baumwollhemd & Hose - Jeweils zwei.
7. Dschungelstiefel/Trekkingstiefel mit Knöchelstütze - Ein Paar.
8. Laufschuhe für den Morgen PT- Ein Paar.
9. Taschenlampe/Stirnlampe mit Ersatzbatterien - Eine.
10. Toilettenartikel - nach Bedarf.
11. Sonnenbrille - Zwei Paar.
12. Badehose - Eine.
13. Nagelschneider - Eins.
14. Sonnenschutzcreme - nach Bedarf.
15. Kleines Schloss zum Verriegeln des Schließfachs - Eins.
16. Trainingsanzug - Ein Set.
17. Reparatursatz (Nadel/Gewinde/Knöpfe)- nach Bedarf.
18. Cap Balaclava (Wollen)- Eins.
19. Wollhandschuhe - Zwei Paar.
20. Thermisches Inneres - nach Bedarf.
21. Passfoto - Vier.
22. Thermoskanne (500 ml)- Eine.
23. Masken & Desinfektionsmittel - nach Bedarf.
24. Schreibmaterial (Stift und Tagebuch)- nach Bedarf.

Vorbereitung auf das körperliche Training

Einleitung

Wenn Sie durch die Websites der verschiedenen Bergsteigerinstitute blättern, lassen Sie sich nicht von ihrer Betonung der körperlichen Fitness beunruhigen. Es ist zu Ihrer eigenen Sicherheit. Sie müssen jedoch geistig und körperlich auf den strengen Zeitplan von 26 Tagen bis 28 Tagen vorbereitet sein, wenn Sie jeden Tag Ihrer Wachzeit von 06:30 bis 19:30 Uhr auf Trab sind. Das einzige Mal, dass Sie etwas Ruhe für Ihren Körper bekommen, ist während der Mahlzeiten und dem Hören von Klassenzimmern oder Vorträgen im Freien.

Wenn Sie Ihren Karriere- oder normalen Lebensplan nicht mit körperlich anstrengenden Aktivitäten wie Laufen, Radfahren oder Schwimmen zusammen mit der Arbeit im Fitnessstudio integriert haben, wäre es ratsam, drei Monate lang einen Vorbereitungslehrplan zu befolgen, bevor Sie an dem Kurs teilnehmen.

Als Ultramarathonläufer, der auch in der Wüste, in der Höhenregion und im Wald gelaufen ist, wäre mein persönlicher Rat an Sie alle, drei Monate vor dem Beitritt drei Trainingsmodi parallel zueinander laufen zu lassen. Sie lauten wie folgt:

A). Herz-Kreislauf-Ausdauer

Dies ist die Fähigkeit des Herz-Kreislauf- und Atmungssystems, sauerstoffreiches Blut über einen längeren Zeitraum zu den Skelettmuskeln zu transportieren, ohne die Auswirkungen von Müdigkeit zu spüren.

Diese Komponente der Fitness wird verbessert, indem Sie zunächst Übungen mit geringer Intensität durchführen, z. B. über zwanzig Minuten laufen, ohne anzuhalten. Solche Übungen sind aerobe Übungen, die muskuläre Aktivitäten mit geringer Intensität beinhalten. Sobald der angehende Teilnehmer für den Kurs die gleiche Aktivität für sechzig Minuten ausführen kann, sollte die Intensität entweder erhöht oder kombiniert werden, indem die Geschwindigkeit (schneller laufen), die Neigung (Gehen, Laufen auf einer geneigten Plattform der Tretmühle oder Laufen auf Hügeln) oder der Widerstand (Tragen des Widerstandsbandes an den Beinen beim Laufen) erhöht wird.

Die kardiovaskuläre Ausdauer ist wichtig, da ohne sie die muskuläre Ausdauer nicht herausgefordert werden kann. Sobald die kardiovaskuläre Müdigkeit einsetzt, ist es unmöglich, die Muskelkraft des Körpers zu nutzen. Dies ist der Grund, warum Ihre Beine beim Bergsteigen müde werden, wenn Ihre Lunge nicht genug Sauerstoff erhält.

B). Muskel-Skelett-Kraft

Dies wird als die Fähigkeit einer Gruppe von Skelettmuskeln beschrieben, bei einer maximalen Kontraktion Kraft zu erzeugen. Eine Abnahme dieser Fitnesskomponente führt den Körper zu einer frühen Degeneration wie Osteoarthritis und Spondylitis. Eine Schwäche des Bewegungsapparates setzt den Körper auch einem hohen Verletzungsrisiko aus, während er jede Aufgabe ausführt, die Kraft gegen Widerstand erfordert, wie einen Halbmarathon zu laufen oder einen Berg zu besteigen, ohne Knie, Knöchel oder den unteren Rücken zu verletzen.

Um Verletzungen vorzubeugen, ist es von größter Bedeutung, eine gute Muskel-Skelett-Kraft zu haben. Krafttraining sollte durchgeführt werden, indem man mit einem Paar 3-Kilogramm-Glocken beginnt und es auf 5 Kilogramm und mehr erhöht, nachdem die zusätzliche Kraft aus dieser Art von Krafttraining abgeleitet wurde.

C). Flexibilität, Agilität und Stabilität

Dies ist die Fähigkeit des Körpers, einen vollen und vollständigen Bewegungsumfang um die Gelenke herum aufrechtzuerhalten. Dies wird erreicht, indem der Skelettmuskel seine Elastizität nicht verliert. Eine ausreichende Flexibilität ist notwendig, um Verletzungen vorzubeugen. Ein steifer Muskel, der seine Elastizität verloren hat, reißt eher bei einer Bewegung, die versucht, eine ganze Reihe von Bewegungen um ein Gelenk auszuführen.

Ein Mangel an Flexibilität würde zu Verletzungen führen, während man sich einer Kletteraktivität hingibt. Zum Beispiel wird eine Person mit steifen Waden und Oberschenkeln beim Klettern Knie- und Rückenverletzungen erleiden. Dehnübungen müssen zur Sicherheit des Körpers nach jedem Training durchgeführt werden.

Balance beim Bergsteigen ermöglicht es Ihnen, durch herausfordernde Bedingungen wie unebenen und festen Schnee, steile Hänge oder felsiges Gelände zu klettern, während Sie Ihr Gleichgewicht halten und vermeiden, überschüssige Energie oder Konzentration zu verwenden, um zentriert zu bleiben. Um es einfach zu erklären: Bei Balance geht es darum, auch auf unbequemem Terrain bequem auf den Beinen zu sein.

A). Programm für Gehen/ Joggen/ Laufen (Herz-Kreislauf-Ausdauer)

Da Ihr Walk/ Jog/Run-Programm mit zwei anderen Programmen, nämlich Kraft und Flexibilität, einhergeht, habe ich das Walk/Jog/Run-Programm in den ersten zwei Monaten viermal pro Woche und im dritten Monat dreimal pro Woche aufgenommen. Dies geschieht, um Ihre Nicht-Walking-Tage mit Kraft- und Flexibilitätsübungen zu integrieren. Überanstrengen Sie sich nicht durch Joggen, Krafttraining und Flexibilitätsübungen am selben Tag.

Da Sie im dritten Monat dreimal pro Woche laufen, haben Sie mehr Zeit, Ihre Kraft aufzubauen und flexibler zu werden. Wenn Sie sich auf den Weg machen, um Ihren Bergsteigerkurs zu beginnen, versuchen Sie, einen Laufstil zu entwickeln, der für Sie selbstverständlich ist.

Schließlich ist es wichtig, täglich eine Form von Bewegung wie Planken, Kniebeugen und Ausfallschritte zu machen, um den Beckenbereich zu stärken und einen starken Kern zu haben, um Ihre Laufhaltung zu verbessern. Dein Rumpf stabilisiert deinen Körper, so dass du dich in jede Richtung bewegen und das richtige Gleichgewicht haben kannst. Es beugt Stürzen vor und unterstützt Ihren Körper.

ERSTER MONAT (Alle Angaben in Minuten mit Ausnahme des letzten Laufs im dritten Monat in Kilometern)								
	Montag	Dienstag	Mittwoch	Donnerstag	Freitag	Samstag	Sonntag	
Woche 1	30		30		30	30		Gehen
Woche 2	45		45		45	45		Gehen
Woche 3	60		60		60	60		Gehen
Woche 4	30		30		30	30		Gehen/Laufen
ZWEITER MONAT								
Woche 1	30		30		30	30		Gehen/Laufen
Woche 2	30		30		30	30		Gehen/Laufen
Woche 3	30		30		30	30		Gehen/Laufen
Woche 4	30		30		30	30		Gehen/Laufen
DRITTER MONAT								
Woche 1		45			45		45	Ausführen
Woche 2		45			45		60	Ausführen
Woche 3		60			60		75	Ausführen
Woche 4		75			75		10 km	Ausführen

B). Programm für Krafttrainingsübungen (Muskel-Skelett-Kraft)

Sich durch starken Schnee zu bewegen, über Felsbrocken zu klettern und sein Körpergewicht auf Leisten zu ziehen, erfordert viel Kraft. Dies gilt umso mehr, wenn man die Ausrüstung betrachtet, die Bergsteiger mit sich führen. Bergauf zu gehen erfordert große Ausdauer und starke Lungen. Mit einem 12-Kilogramm-Rucksack auf dem Rücken bergauf zu gehen, ist nichts für schwache Beine.

Bergsteiger, denen es an Kernkraft mangelt, tragen ihre Rucksäcke mit schlechter Körperhaltung. Infolgedessen tragen ihre Gelenke und nicht ihre Muskeln den größten Teil der Last. Diese Menschen werden schneller verletzt und erschöpft. Stark zu sein ist nicht nur gut fürs Bergsteigen. Es ist gut für das Leben im Allgemeinen. In den Bergen ist es extrem wichtig, flink und leicht zu sein. Ein übermäßiges Körpergewicht auf Ihrem Rahmen kann trotz der Kraftverbesserungen schädlich sein. Das Ziel beim Krafttraining für Kletterer ist es, die relative Kraft zu verbessern, ohne das Körpergewicht oder die Masse so stark zu erhöhen, dass es den Fortschritt behindert.

Zwei wichtige Bereiche, an denen man beim Bergsteigen arbeiten muss, sind die Unterarme und Schultern. Die Griffstärke ist natürlich entscheidend und Sie sollten alle Mängel in diesem Bereich sofort beheben. Die meisten Bergsteiger haben bereits einigermaßen kräftige Beine und Rücken. Kletterer haben oft eine gute Finger-, Hand- und Unterarmkraft, um Dinge festzuhalten. Aber viele müssen an der vollen Bewegungsfreiheit, Kraft, Flexibilität und Mobilität unter Last und purer Kraft arbeiten.

Einige der Hauptübungen, die die Kraft beim Bergsteigen verbessern: Klimmzüge (für das Klettern von Wänden), Wadenheben (für den Walk-in), Ausfallschritte (für den Walk-out und das Klettern/Gehen) und Dead-Lifts (für das Heben von Rucksäcken, Personen und Ausrüstung). Dies ist ein vereinfachter Blick auf die verwendeten Muskeln, aber wir glauben an einen ganzheitlichen Ansatz beim Krafttraining, wie in jedem Aspekt des Bergsteigens.

Kletterer verbringen viel Zeit damit, Seil zu ziehen und Eis zu hacken; Bewegungen, die viel Bizepsarbeit erfordern. Ganzkörperübungen, die die Rumpfstabilisierungsmuskulatur und die großen Muskelgruppen nutzen, sollten die Grundlage Ihres Trainings sein. Einige einfache Übungen, die zu Hause durchgeführt werden können.

1. Tabata-Übung mit Wasserkocher oder Glocke

(Wiederholen Sie beide Übungen 8 Mal).

2. Kesselglockenschaukel

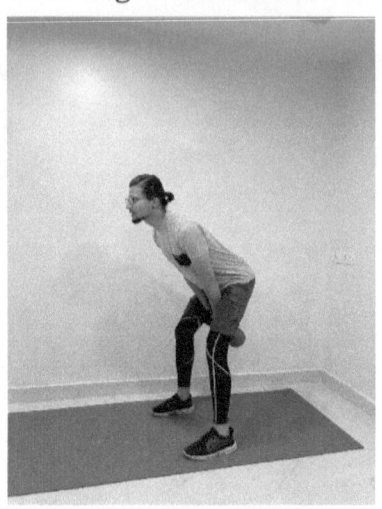

(3 Sätze à 15 Wiederholungen).

3. Burpees

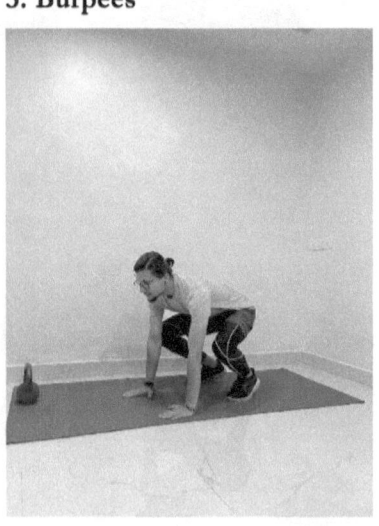

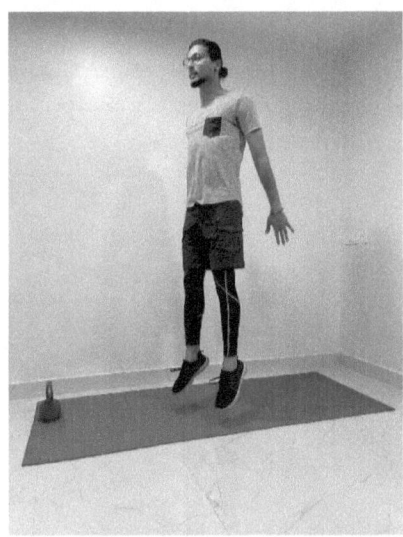

(3 Sätze à 9 Wiederholungen).

4. Bergsteiger

(3 Sätze von 1 Minute Wiederholungen).

5. Körpergewichtsbalance

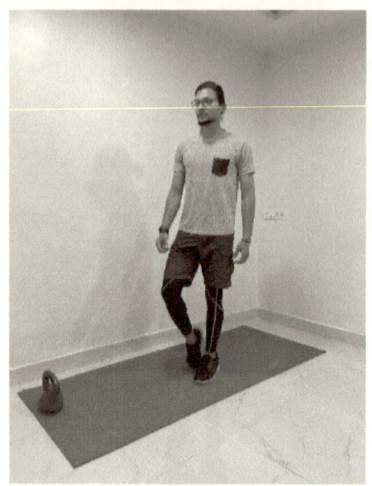

(3 Sätze à 10 Wiederholungen).

6. Kniebeuge

(3 Sätze à 15 Wiederholungen).

C). Programm zur Entwicklung eines starken Kerns (Flexibilität, Agilität und Stabilität)

Die Integration einiger Dehnungsübungen in Ihren Trainingsplan wird dazu beitragen, die Flexibilität zu verbessern, Verspannungen zu reduzieren und Ihr Training effektiver und sicherer zu machen.

1. Stehende Dehnung der Oberschenkelmuskulatur

a). Stelle dich gerade hin, die Füße hüftbreit auseinander, die Knie leicht gebeugt, die Arme an den Seiten.

b). Atme aus, während du dich an den Hüften nach vorne beugst, deinen Kopf in Richtung Boden absenkst und dabei Kopf, Nacken und Schultern entspannt hältst.

c). Wickeln Sie Ihre Arme um die Rückseite Ihrer Beine und halten Sie sie 45 Sekunden lang.

d). Beugen Sie Ihre Knie und rollen Sie sich hoch, wenn Sie die Übung abgeschlossen haben.

2. Seitliche Biegedehnung

a). Knien Sie sich mit den Beinen zusammen auf den Boden, der Rücken ist gerade und die Rumpfmuskulatur straff.

b). Strecke dein linkes Bein zur Seite aus. Halten Sie es senkrecht zu Ihrem Körper (nicht vor oder hinter Ihnen).

c). Strecke deinen rechten Arm nach oben aus, lege deinen linken Arm auf dein linkes Bein und beuge deinen Oberkörper und deinen rechten Arm sanft nach links.

d). Halte deine Hüften nach vorne gerichtet.

e). Halte diese Dehnung für 30 Sekunden.

f). Wiederholen Sie dies auf der anderen Seite.

3. Lunging Hip Flexor Stretch

a). Knie auf dem rechten Knie. Stelle deinen linken Fuß mit gebeugtem Knie flach vor dir auf den Boden.

b). Lehne dich nach vorne und strecke deine linke Hüfte zum Boden.

c). Drücke deinen Hintern. So können Sie Ihren Hüftbeuger noch mehr dehnen.

d). Halten Sie sie 30 Sekunden lang gedrückt.

e). Wechseln Sie die Seiten und wiederholen Sie den Vorgang.

4. Erweiterte Welpenhaltung

a). Beginnen Sie auf allen Vieren.

b). Gehen Sie mit den Armen ein paar Zentimeter nach vorne und kräuseln Sie die Zehen.

c). Drücke deine Hüfte nach oben und nach hinten auf halbem Weg in Richtung deiner Fersen.

d). Drücke durch deine Handflächen, um deine Arme gerade und beschäftigt zu halten.

e). Halten Sie sie 30 Sekunden lang gedrückt.

5. Knie-Brust-Dehnung

a). Lege dich auf den Rücken und ziehe dein linkes Knie mit beiden Händen in die Brust.

b). Halte deinen unteren Rücken auf dem Boden.

c). Halten Sie sie 30 Sekunden lang gedrückt.

d). Wechseln Sie zum anderen Bein.

6. Schmetterlingsdehnung

a). Setze dich gerade auf den Boden, mit den Fußsohlen zusammen, die Knie zu den Seiten gebeugt.

b). Halte deine Knöchel oder Füße fest, greife deine Bauchmuskeln an und senke deinen Körper langsam so weit wie möglich zu deinen Füßen hin ab, während du deine Knie in Richtung Boden drückst.

c). Wenn du zu eng bist, um dich zu beugen, beuge einfach deine Knie nach unten.

d). Halte diese Dehnung für 30 Sekunden.

7. Frosch-Dehnung

a). Beginnen Sie auf allen Vieren.

b). Schiebe deine Knie breiter als schulterbreit auseinander.

c). Drehen Sie die Zehen nach außen und legen Sie die Innenkanten der Füße flach auf den Boden.

d). Bewege deine Hüften zurück zu deinen Fersen.

e). Bewege dich von deinen Händen zu deinen Unterarmen, um eine tiefere Dehnung zu bekommen, wenn möglich. Halten Sie sie 30 Sekunden lang gedrückt.

8. Trizepsdehnung

a). Knie mit hüftbreiten Füßen, Arme über Kopf ausgestreckt.

b). Beuge deinen rechten Ellbogen und strecke deine rechte Hand aus, um die obere Mitte deines Rückens zu berühren.

c). Greife mit der linken Hand nach oben und greife knapp unter deinen rechten Ellenbogen.

d). Ziehe deinen rechten Ellbogen sanft nach unten und in Richtung Kopf.

e). Halten Sie sie 30 Sekunden lang gedrückt, wechseln Sie die Arme und wiederholen Sie den Vorgang.

9. Stehender Quadrizeps

a). Stehen Sie mit den Füßen zusammen.

b). Beuge dein rechtes Knie und ziehe mit der rechten Hand deinen rechten Fuß in Richtung Hintern. Halte deine Knie zusammen.

c). Drücken Sie Ihre Gesäßmuskeln zusammen, um die Dehnung in den vorderen Beinen zu erhöhen.

d). 30 Sekunden halten und auf dem anderen Bein wiederholen.

Das Bergsteigerhandbuch

FORTY KNOTS
A VISUAL AID FOR KNOT TYING
OFFICIAL EQUIPMENT—BOY SCOUTS OF AMERICA
The Scout Seal is Your Guarantee of Quality, Excellence and Performance

OVERHAND KNOT — SQUARE KNOT — SHEET BEND — SHEET BEND DOUBLE — GRANNY KNOT

SHEEPSHANK — DOUBLE OVERHAND — BOWLINE — RUNNING KNOT — FIGURE EIGHT KNOT

OVERHAND BOW — DOUBLE CARRICK BEND — BOW KNOT — FIGURE EIGHT DOUBLE

CLOVE HITCH — HALF HITCH — TIMBER HITCH — KILLICK HITCH — HALYARD BEND — ROLLING HITCH — FISHERMAN'S BEND — TWO HALF HITCHES

CHAIN HITCH — TAUT-LINE HITCH — SLIPPERY HITCH — MIDSHIPMAN'S HITCH — TILLER'S HITCH

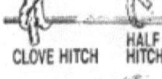     

BOWLINE ON BIGHT — LARIAT LOOP — CAT'S PAW — LARK'S HEAD — BLACKWALL HITCH

FISHERMAN'S KNOT — FISHERMAN'S EYE — HITCHING TIE

SURGEON'S KNOT — MARLINSPIKE HITCH — MILLER'S KNOT — SAILOR'S KNOT — STEVEDORE'S KNOT

Boy Scouts of America

Einführung in Seile und Knoten

Geschichte der Kletterseile

Ihr Kletterseil ist integraler Bestandteil des Klettersystems. Kletterseile verbinden Sie über den Gurt mit der Ausrüstung an der Bergwand oder Felswand und Ihrem Kletterpartner. Kletterseile sind in einer Vielzahl von Typen, Längen und Durchmessern erhältlich. Sie bestehen aus zwei Teilen; einem inneren Kern und einem äußeren Mantel.

Die Arten von Seilen, die im Laufe der Jahrhunderte verwendet wurden, sind ganz anders als die, die heute verwendet werden. Als die Bergsteiger zum ersten Mal mit dem Klettern begannen, wurden Seile aus Tier- und Pflanzenfasern hergestellt und von Hand miteinander verwoben. Die Mitte des 20. Jahrhunderts brachte Materialien wie Nylon in die Seilherstellung. Die Seile wurden elastischer und dämpften den Aufprall von fallenden Kletterern. Solche Seile waren auch leicht und langlebig.

Der 1953 erfundene Kernmantle gilt als der bedeutendste Schritt in der Geschichte des Kletterseils. Sie hatten einen starken synthetischen Seilkern mit einem geflochtenen Nylonmantel, der ein Aufdrehen verhinderte und die Lebensdauer des Seils erhöhte. Jetzt ist der größte Vorteil, dass Seile zum Klettern für unterschiedliche Klettererlebnisse gemacht sind und wasserdicht sind.

Das Bergsteigerhandbuch

HOW TO COIL ROPE

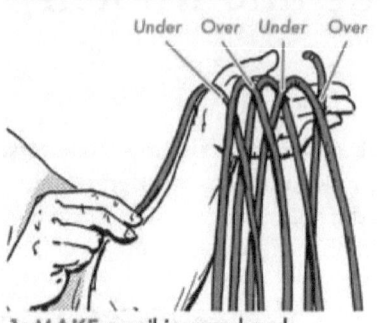

1: MAKE a coil in your hand. Each alternate strand is inverted. Continue making loops alternating over and under.

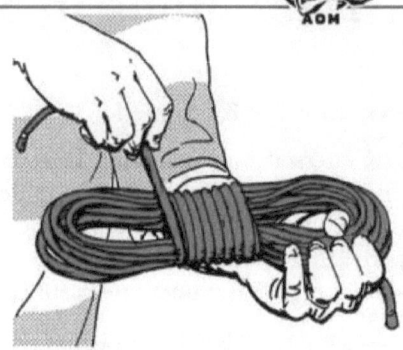

2: WHEN you have about two or three feet of rope left, wrap it around the coil several times.

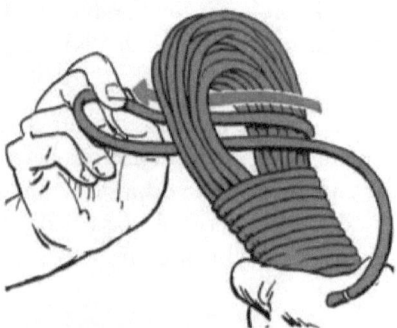

3: MAKE a bite (a bend) in the remaining end and pass it through the coil.

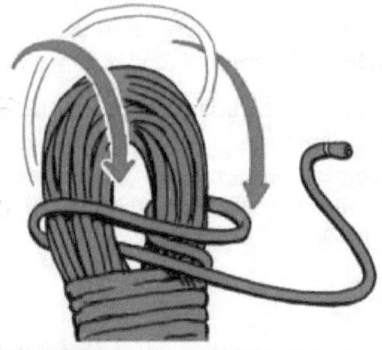

4: SPREAD the bite and bring it down over the coil.

5: PULL tight.

6: HANG from coil.

© Art of Manliness and Ted Slampyak. All Rights Reserved.

Verschiedene Arten von Seilen und ihre Verwendung

Die beiden Hauptgruppen von Kletterseilen sind dynamisch und statisch. Der Hauptunterschied zwischen den beiden besteht darin, dass sich dynamische Seile dehnen, um einen Teil des Aufpralls eines fallenden Kletterers zu absorbieren, während sich statische Seile kaum dehnen, was für tragende Aktivitäten besser geeignet ist.

Statische Seile eignen sich hervorragend für Rettungsarbeiten und das Ziehen einer Last, während dynamische Seile ideal für traditionelles Klettern, Eisklettern und Bergsteigen sind.

Der wichtigste Unterschied bei Kletterseilen sind die drei verschiedenen Typen: Single Rope, Half Rope und Twin Rope. Sie gehören alle zur Gruppe der dynamischen Seile, was bedeutet, dass sie eine leichte Elastizität haben und Ihren Sturz richtig auffangen können. Es gibt auch eine Rap Line, die zu statischen Seilen gehört. Solche Seile werden wie folgt verwendet:

Einzelseil

Das Einzelseil ist das am häufigsten verwendete Kletterseil. Es ist ein einfaches System, weil der Kletterer und der Sicherungsmann nur ein Seil nach dem anderen verwalten.

Einzelseil bedeutet, dass es im Gegensatz zu Halbseil oder Zwillingsseil in Einzelstrang verwendet wird. Es wird speziell zum Sportklettern sowohl drinnen in der Halle als auch draußen eingesetzt, es kann in allen Formen des Kletterns eingesetzt werden.

Einzelne Seile sind dick, langlebig und leicht zu sichern. Sie sind mit einem „I" -Symbol am Ende des Seils gekennzeichnet. Der große Vorteil des Einzelseils ist die einfache Handhabung. Darüber hinaus können Sie das Einzelseil mit gängigen Sicherheitsvorrichtungen wie dem Grigri verwenden. Der Durchmesser des Einzelseils beträgt ca. 10 mm.

Beim Abseilen kann das Einzelseil jedoch nicht mit einem Halb- oder Zwillingsseil mithalten. Mit Halbseilen kann man viel schneller abseilen, denn die doppelte Länge ermöglicht längere Abseilstrecken.

Halbseil (auch Doppelseil genannt)

Das Halbseil oder Doppelseil wird hauptsächlich zum Klettern im alpinen Gelände, für selbstsichernde Routen und auch zum traditionellen Klettern verwendet. Halbseile sind nur für den Einsatz in einer Doppelader geeignet, ansonsten ist die notwendige Sicherheit nicht gegeben. Da sie doppelt sind, wird der Seilwiderstand reduziert. Dadurch wird der Seilparcours optimiert und die Seilreibung reduziert. In einem Dreiseil kannst du dich schnell bewegen, da der Anführer mit beiden Seilen klettert und die beiden Neuankömmlinge an jedem einzelnen Strang sichern kann.

Da das Halbseil paarweise verwendet wird, ist es dünner als ein einzelnes Seil mit einem Durchmesser von etwa 8 mm und ist am Ende des Seils mit einem „1/2"-Symbol gekennzeichnet. Halbseile sind nützlich bei Notabfahrten bei schlechtem Wetter oder anderen Berggefahren. Die Abseilgeschwindigkeit wird erhöht. Der Sicherheitsfaktor wird in kompliziertem Gelände erhöht, wo scharfe Kanten vorhanden sind, die das Risiko bergen, die Seile zu durchtrennen. Wenn ein Seil durchtrennt wird, haben Sie immer noch die zweite Litze, um einen Sturz zu verhindern.

Die doppelsträngige Verwendung erfordert jedoch spezielle Sicherheitsvorrichtungen wie Rohre oder HMS-Karabiner, was für das deutsche Wort steht. „Halbmastwurfsicherung", was soviel bedeutet wie halber Nelkenanhänger oder Munteranhänger. Halbseile sollten zwei verschiedene Farben haben, damit Sie sie bei schlechten Lichtverhältnissen unterscheiden können.

Zwillingsseil

Das Zwillingsseil ist eine Kombination aus Einzelseil und Halbseil. Zwillingsseile werden wie Halbseile in einem Doppelstrang verwendet, aber wie bei Einzelseilen werden beide Seile mit den gleichen Karabinern zusammengeklipst, wenn Sie in jede Zwischenfixierung eingehängt klettern. Im Falle eines Sturzes werden beide Seile gespannt. Aus diesem Grund sind Zwillingsseile noch dünner als Halbseile und zeichnen sich durch ein geringes Gewicht und einen Durchmesser von weniger als 8 mm aus. Sie werden hauptsächlich beim Eisklettern verwendet.

Während Zwillingsseile wie Halbseile in Bezug auf Abseilen und Sicherheit Einzelseilen überlegen sind, können sie keine reduzierte Seilreibung bieten.

Rap Line

Kein Kletterseil, sondern ein Seil, das man oft zum Klettern braucht, ist die Rap-Linie. Diese Seile wurden entwickelt, um Material hochzuziehen. Sie können auch als Notseile in Extremsituationen eingesetzt werden. Im Gegensatz zu einem normalen Kletterseil ist die Rap-Linie ein statisches Seil und weist kaum Elastizität auf. Daher ist es nicht zum Klettern geeignet. Zudem hat er einen deutlich dünneren Durchmesser und damit ein geringeres Gewicht.

Merkmale von Kletterseilen

Abgesehen von den verschiedenen Arten von Seilen gibt es noch andere Eigenschaften, die Sie über Kletterseile wissen müssen:

Länge

Die richtige Seillänge hängt vom Verwendungszweck ab. Für das Klettern im Innenbereich benötigen Sie ein kürzeres Seil als für Mehrseiltouren im alpinen Gelände. Aus diesem Grund gibt es Kletterseile in Längen zwischen 40 Metern und 80 Metern.

Beim Klettern im Freien sollte man sich die Topographie der Route im Vorfeld genauer anschauen. Je nach Länge der Tour und der Länge der Abseilplätze sollten Sie die Seillänge wählen. Ein Seil mit einer Länge von 70 Metern sollte in den meisten Fällen ausreichen. Bei Routen mit mehreren Seillängen können 70 Meter etwas kurz sein. Hier sollte man besser ein Seil mit einer Länge von 80 Metern verwenden, um lange Abseilstrecken und große Abstände zwischen den Stellplätzen bewältigen zu können. Für kürzere Routen im Indoor- oder Kunstwandklettern reicht in der Regel ein 60 Meter langes Seil aus.

Durchmesser

Generell gilt: Je dicker das Seil, desto robuster ist es. Daher steigt die Anzahl der Stürze, die ein Seil "überleben" sollte, mit einem höheren Durchmesser. Ein dickeres Seil hat somit eine längere Lebensdauer als ein dünneres. Gleichzeitig bedeutet ein größerer Seildurchmesser natürlich auch ein höheres Gewicht und eine höhere Reibung in den Zwischenbefestigungen und in der Sicherungseinrichtung, was das Klettern anstrengender macht. Sie sollten daher immer darauf achten, dass die Seildicke zu Ihrem Sicherungsgerät passt.

Für Einzelseile sind in der Regel Durchmesser zwischen 9 und 10 mm ideal. Wer viel Oberseil und Indoor-Klettern macht, wo viel Reibung am Seil ist, kann ein etwas dickeres nehmen. Halbseile und Zwillingsseile sind durch den doppelsträngigen Einsatz dünner. Der Durchmesser der Halbseile liegt zwischen 7,5 und 9 mm, während Zwillingsseile ab 6,9 mm erhältlich sind.

Imprägnierung

Wenn Sie Ihr Kletterseil überwiegend im Freien verwenden, ist es wichtig, es so gut wie möglich vor Feuchtigkeit, Schmutz und UV-Strahlung zu schützen. Daher sollten Sie unbedingt ein Seil mit Imprägnierung verwenden. Während des Seilherstellungsprozesses wird die Imprägnierung direkt auf die einzelnen Komponenten aufgebracht. Die Imprägnierungen halten daher meist sehr lange an; oft so lange wie das Seil selbst. Leider kann eine solche Imprägnierung weder erneuert noch nachträglich aufgetragen werden.

Pflege von Seilen

Um Ihr Seil möglichst lange nutzen zu können, ist die richtige Pflege entscheidend. Sie sollten darauf achten und auch darauf, wann es notwendig ist, ein neues Seil zu bekommen.

1. Ordnungsgemäße Lagerung

Wenn Sie Ihr Seil nicht verwenden, sollten Sie es an einem sauberen und trockenen Ort aufbewahren. Idealerweise sollte es auch kühl und dunkel sein, denn UV-Strahlung schädigt das Polyamid des Seils. Hierfür eignet sich ideal eine Seiltasche. Es schützt das Seil nicht nur vor Schmutz, sondern auch vor der Sonne. Außerdem verknotet das Seil nicht so leicht. Wenn Sie die Enden an den dafür vorgesehenen Schlaufen befestigen, ist es viel früher bereit für das nächste Kletterabenteuer.

2. Richtige Reinigung

Auch wenn Sie Ihr Seil immer in der Seiltasche aufbewahren, kann es trotzdem schmutzig werden. Da Kletterseile aus Textil bestehen, können Sie sie in der Badewanne von Hand waschen. Sie können ein spezielles Seilwaschmittel oder einfach ein mildes verwenden. Wichtig ist auch, dass Sie das Seil weder in der Waschmaschine noch in den Trockner schleudern. Am besten an einem kühlen, dunklen Ort locker auf den Boden legen. Nicht aufhängen oder in die Sonne stellen!

3. Richtiger Austausch

Da Sicherheit beim Klettern oberste Priorität hat, sollten Sie Ihr Seil regelmäßig überprüfen. Lassen Sie es einfach von einem Ende zum anderen durch Ihre Hände laufen, um mögliche Unregelmäßigkeiten und Schäden zu spüren. Vor allem nach einem breiten Sturz oder nach einem Felssturz sollten Sie ihn sorgfältig prüfen.

Wie lange Sie Ihr Seil benutzen können, hängt davon ab, wie viel Sie klettern. Ein Kletterseil muss aus folgenden Gründen ersetzt werden:

a). Wenn der Mantel des Seils stark beschädigt ist (Sie können den Kern sehen).

b). Die Scheide hat sich deutlich verschoben und ist stark abgenutzt.

c). Durch starke Reibung sind Schmelzspuren sichtbar.

d). Das Seil weist starke Verformungen wie Knicke oder Versteifungen auf.

e). Das Seil ist mit Säuren oder anderen Chemikalien in Kontakt gekommen.

f). Auch sonst, da Kunststofffasern mit der Zeit altern, sollten Sie kein neues Seil verwenden, das älter als zehn Jahre ist.

UIAA-Sicherheitsstandards

Die Union Internationale des Associations d'Alpinisme (UIAA) ist der Dachverband für die Sicherheitsstandards von Kletterseilen.

Dynamische Kletterseile enthalten Informationen zu ihren Testergebnissen für die UIAA-Sicherheitsstandards, einschließlich Fallleistung, statischer Dehnung, dynamischer Dehnung und Aufprallkraft. Es ist zwar nicht notwendig, jede Variable dieser Begriffe zu verstehen, aber es ist gut, die grundlegenden Informationen zu haben. Verwenden Sie immer ein Seil, das UIAA-zertifiziert ist.

Fallraten

Die UIAA testet Seile in einem Labor, um festzustellen, wie viele Stürze sie halten können, bevor sie versagen. Der Standardtest verwendet ein Gewicht von 80 kg (176 lb), um das Gewicht eines menschlichen Körpers widerzuspiegeln. Der Test verwendet 1.77-Faktor fällt als Maß, was in einer realen Situation äußerst unwahrscheinlich ist. Die UIAA hat eine Mindestanforderung von fünf Stürzen, aber diese Zahlen sind schwer über das Labor hinaus zu übersetzen und bieten definitiv keine Vorstellung von der Lebensdauer eines Seils. In den meisten Fällen wird ein Seil aufgrund einer Verschlechterung des Mantels und nicht aufgrund einer verminderten Festigkeit zurückgezogen.

Statische Dehnung

Die UIAA misst die statische Dehnung, also die Dehnung eines Seils, während ein Standardgewicht von 80 Kilogramm baumelt. Gemäß den Mindestanforderungen darf die Dehnung an Einfach- und Zwillingsseilen zehn Prozent der gesamten Seillänge nicht überschreiten. Bei Halbseilen darf die Dehnung zwölf Prozent nicht überschreiten.

Dynamische Dehnung

Die UIAA misst die dynamische Dehnung als die Strecke, die das Seil während des ersten Teststurzes dehnt.

Aufprallkräfte

Eine Aufprallkraft ist definiert als die Kraft, die während des ersten Teststurzes auf das Gewicht ausgeübt wird. Sie wird in Kilonewton (kN) gemessen.

Eine niedrigere Zahl zeigt eine geringere Auswirkung auf Ihren Körper, Ihre Ausrüstung und Ihren Belayer an. Dynamische Dehnung und Aufprallkraft stehen in umgekehrter Beziehung, was bedeutet, dass die Aufprallkraft umso geringer ist, je höher die dynamische Dehnung ist.

Knüpfbedingungen

Einzelne Knoten können nach Form und Funktion gruppiert werden. Diejenigen, die zwei Seilenden miteinander verbinden, werden als **Biegungen** bezeichnet. Das Anbringen eines Seils oder einer Leine an einem Ring, Pfosten oder festen Verankerungspunkt erfolgt mit einer **Anhängerkupplung**. Um zu verhindern, dass sich ein Seil oder eine Leine aus einem Block, Loch oder Schlitz oder Zubehör **löst**, wird ein Stopperknoten verwendet. Bei der Manipulation eines Seils oder einer Schnur, um einen Knoten zu binden, wird das aktive Ende des Seils oder der Schnur als **Arbeitsende** bezeichnet. Das gegenüberliegende und träge Ende ist das **stehende Ende** und alles dazwischen ist der **stehende Teil**. Jeder Abschnitt des Seils oder der Leine, der in eine U-Form gebogen ist, ist eine Kurve. Wo ein Seilteil einen anderen überlappt, kommt es zu einem Kreuzungspunkt und wenn eine Schlinge einen Kreuzungspunkt einnimmt, wird sie zu einer **Schleife**. Wenn das Arbeitsende nicht vollständig durch den Knoten gezogen wird, bildet **sich** eine Zugschlaufe, die beim Ziehen als Schnellspannvorrichtung zum Lösen des Knotens dient. Der Teil eines Knotens, in dem sich die Reibung konzentriert, wird als **Nip** bezeichnet.

Arten von Knoten

Guideman-Knoten

Wie der Name schon sagt, wird es vom ersten Mann oder Leitkletterer verwendet. Er hat das vordere Ende des Seils. Binden Sie in angemessenem Abstand einen einfachen Daumenknoten, führen Sie dann das vordere Ende des Seils um Ihre Taille und folgen Sie gegenüber dem langen Ende des Seils durch das Loch im Daumenknoten. Legen Sie schließlich einen Sicherheitsknoten auf die Schlaufe um Ihre Taille, nachdem Sie sie ausreichend gespannt haben.

Zwischenhändler-Knoten

Der Mittelsmannknoten wird von Kletterern dazwischen zum Aufseilen verwendet. Stellen Sie eine vernünftige Schlaufe an Ihrem Seilabschnitt her. Binden Sie dann mit den beiden Seilsträngen der Schlaufe einen Sicherheitsknoten. Legen Sie die Schlaufe um sich und ziehen Sie sie entsprechend fest.

HOW TO TIE A ONE-HANDED BOWLINE KNOT

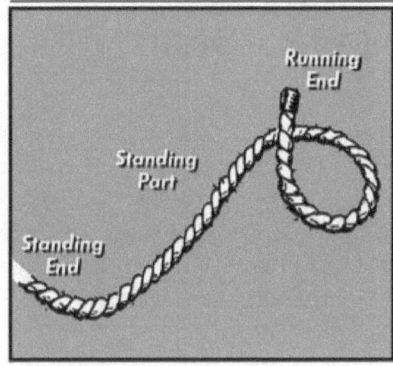

1: REMEMBER your knot lingo. Here's what you'll need to know.

2: GRIP the running end so that you've got at least six inches of rope coming out of your hand.

3: BRING the rope behind your back, then grab the standing part with your pinky while still holding onto the running end.

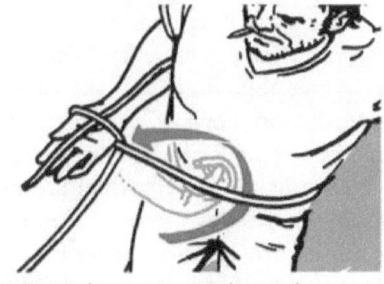

4: PASS the running end over the standing part, and then back up between your body and the rope while maintaining your grip on the running end.

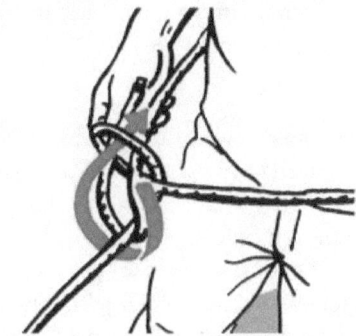

5: GRAB the running end from under the standing part and then pull through the loop.

6: DRAW the running end back slowly through the loop and pull taut.

© Art of Manliness and Ted Slampyak. All Rights Reserved.

Endmannknoten

Dieser Knoten wird vom letzten aufgerollten Kletterer verwendet. Mache einen Sicherheitsknoten und lege ihn um deine Taille. Doch nun folgt das lange Ende und bindet den Sicherheitsknoten am Ende, der zum Kletterer vor euch geht.

Überhand-Sicherheitsknoten

Der Überhand-Sicherheitsknoten wird verwendet, um ein sicheres Ende einer Leine zu schaffen, das das Ausfransen stoppt oder das Auflösen des Kletterseils verhindert. Du machst eine Schlaufe am Ende des Seils, ziehst das Ende durch und ziehst es dann fest. Dieser Knoten ist auch als Sicherheitsknoten, Daumenknoten und Überhandknoten bekannt.

Wasserknoten

Der Wasserknoten, auch bekannt als Bandknoten, Ringknie oder Grasknoten, ist ein einfacher Knoten, der verwendet wird, um zwei Enden des Riemens miteinander zu verbinden. Kletterer verwenden häufig Wasserknoten, um ein einzelnes Gurtstück in eine kleine Schlaufe zu binden, um es als Schlinge zu verwenden. Diese Anschlagmittel werden oft verwendet, um Seile aufzusteigen oder den Fortschritt einer Last zu erfassen, wenn sie in eine Reibungskupplung eingebunden sind. Der Wasserknoten ist im Wesentlichen als Überhandknoten gebunden. Um den Wasserknoten zu binden, läuft das zweite Band oder Seil entlang des Verlaufs des Überhandknotens in umgekehrter Richtung. Der Knoten sollte ordentlich angeordnet und fest gezogen werden.

Riffknoten

Der Riffknoten oder quadratische Knoten wird verwendet, um ein Seil um ein Objekt zu befestigen. Der Knoten wird durch Binden eines linkshändigen Überhandknotens und dann eines rechtshändigen Überhandknotens gebildet. Dieser Knoten gilt als schwacher Knoten.

Nelkenanhängerknoten

Ein Nelkenkupplungsknoten besteht aus zwei aufeinanderfolgenden Halbkupplungen um ein Objekt. Er wird meist als Kreuzungsknoten verwendet. Diese Anhängerkupplung wird häufig beim Bergsteigen verwendet, um ein Seil an einem Karabiner zu befestigen oder sich an einem Anker zu befestigen oder zu anderen Zeiten, wenn Sie ein Seil schnell befestigen müssen. Sie können verrutschen, wenn das Objekt, um das die Anhängerkupplung gebunden ist, glatt ist und einen größeren Durchmesser als das Seil hat. Sie rutschen nicht, wenn sie um Karabiner gebunden sind.

Bowline-Knoten

Der Bowline-Knoten ist ein einfacher Knoten, der verwendet wird, um eine feste Schlaufe am Ende eines Seils zu bilden. Der Hauptzweck der Bowline besteht darin, eine feste Schlaufe am Ende eines Seils zu schaffen. Dieser Knoten kann direkt oder vorab um ein Objekt gebunden werden, so dass die Schlaufe später über einer Stange befestigt werden kann. Dieser Knoten hält am besten, wenn ein konstanter Druck gegen den Knoten zieht.

Alpine Butterfly Loop

Die Schmetterlingsschlaufe ist ein hervorragender Takelageknoten in Mittellinie. Es ist gut für multidirektionale Belastungen geeignet und hat eine symmetrische Form, die eine einfache Inspektion ermöglicht. Es wird speziell verwendet, um den Mittelkletterer zu binden. Dieser vielseitige Knoten wird für Hand- oder Fußschlaufen verwendet oder zum Einhängen ihrer Karabiner verwendet. Der Schmetterlingsknoten ist ein Knoten, der verwendet wird, um eine feste Schlaufe in der Mitte eines Seils zu bilden, das in der Bucht gebunden ist. Er kann in einem Seil ohne Zugang zu einem der Enden hergestellt werden. Dies ist ein deutlicher Vorteil, wenn mit großen Kletterseilen gearbeitet wird.

Fisherman's Bend

Die Fischerkurve ist eine Kurve mit einer symmetrischen Struktur, die aus zwei Überhandknoten besteht, die jeweils um den stehenden Teil des anderen gebunden sind. Dieser Knoten ist ein starker und einfacher Knoten, der unter Belastung nicht verrutscht und leicht gelöst werden kann. Der Knoten wird verwendet, um ein Seil an einem Karabiner oder Anker zu befestigen. Wenn mehr Haltekraft benötigt wird, können die Überhandknoten mit mehr Umdrehungen als in der doppelten Fischerkurve gemacht werden. In der Verlängerung der Doppelfischerkurve läuft das lose Ende nicht zweimal, sondern dreimal um das stehende Ende des anderen Seils.

Um schwere Lasten zu bewältigen, ist es ratsam, die Dreifach-Kurve des Fischers zu verwenden, um die Endfestigkeit zu erhöhen und einen Ausfall zu vermeiden.

Abbildung Achter Bogen

Die Acht-Kurve ist eine Art Stopperknoten als eine Methode, um zu verhindern, dass Seile aus den Haltevorrichtungen herauslaufen. Sie bildet eine sichere, rutschfeste Schlaufe am Ende eines Seils. Der Knoten besteht aus den Schlaufen, die durch eine durchgehende Linie gebildet werden, die sich wie in Abbildung 8 kreuzt. Der Doppelfigur-Achtbogen ist ein

Marmeladenknoten, was bedeutet, dass seine beiden einfachen Knoten zusammengleiten und einrasten. Es gibt keine Schwachstellen im Knoten.

Bogen

Der Blechbogen ist ein Verbindungsknoten zum Verbinden von Seilen unterschiedlicher Durchmesser oder Steifigkeit. Das Ende eines Seils wird durch eine Schlaufe des anderen geführt, die wiederum um die Schlaufe und unter einem eigenen stehenden Teil geführt wird. Je mehr Druck ausgeübt wird, desto stärker wird der Knoten. Der Knoten kann jedoch leicht gelöst werden. Wenn die beiden Seile unterschiedliche Durchmesser haben, wie ein großes und ein kleines Seil, dann ist es besser, einen Doppelblechbogen zu binden, der eine zusätzliche zusätzliche Drehung um die Bucht hat, die ein Verrutschen auch bei sehr glatten Seilen verhindert. Um die maximale Festigkeit zu erhalten, sollten die freien Enden auf der gleichen Seite des Doppelblechbiegeknotens nach oben geklappt werden.

Handschellenknoten

Ein Handschellenknoten ist ein in der Bucht gebundener Knoten mit zwei verstellbaren Schlaufen in entgegengesetzten Richtungen, die um die Hände oder Füße gespannt werden können. Der Handschellenknoten wird von Rettungsteams verwendet, um einen verletzten Kletterer auf dem Rücken des Retters zu tragen und an einem Seil abzusteigen. Die beiden Schlaufen sollen auch die Beine eines Verletzten binden und gleichzeitig eine provisorische Trage zum Tragen einer verletzten Person herstellen.

Reibungsknoten

Jeder Kletterer muss mindestens einen dieser Reibungsknoten kennen, damit er ein festes Seil aufsteigen kann, insbesondere in einer Notsituation; einer Sicherung zur Selbstrettung entkommen; ein Seil aufsteigen, nachdem er in eine Spalte auf einem Gletscher gefallen ist; und als Sicherheitsunterstützung oder Selbstsicherung beim Abseilen. Die vier Knoten sind leicht zu erlernen, schnell zu binden und beschädigen das Seil nicht wie ein mechanischer Aufsteiger, der Zähne verwendet, um das Seil zu greifen. Wenn Kletterer die Knoten benutzen, um das Seil zu besteigen, wird die Technik "Prusiking" genannt.

Alle vier Reibungsknoten sind im Grunde nur eine Schlaufe aus dünner Schnur, die normalerweise als "Prusik-Schlingen" bezeichnet wird und an einem Kletterseil befestigt ist. Nachdem der Knoten angebracht ist, klettert der Kletterer das feste Seil hoch, indem er den Knoten nach oben schiebt. Der Knoten verengt und greift durch Reibung, die entsteht, wenn der

Knoten mit dem Gewicht des Kletterers belastet wird, das Seil, so dass der Kletterer aufsteigen kann. Reibungsknoten sollten nicht an vereisten Seilen verwendet werden, da der Knoten das Seil nicht greift. Wenn Sie Reibungsknoten verwenden, um aufzusteigen, ist es wichtig, zwei Schlingen zu verwenden, die in zwei Knoten gebunden sind, und sicherzustellen, dass Sie im Seil gebunden sind. Vertrauen Sie Ihr Leben niemals einem einzigen Reibungsknoten an.

Hier sind die vier Reibungsknoten, ihre Verwendung und ihre Vor- und Nachteile.

1. Prusik-Knoten

Der Prusik-Knoten wurde 1931 von Dr. Karl Prusik (Österreich) entwickelt. Der Knoten benötigt eine Prusik-Schlaufe. Prusik-Schlaufen können durch Zusammenfügen der beiden Enden einer Zubehörschnur (5 mm oder 6 mm) mit einer doppelten Fischerkurve hergestellt werden

Der Prusik-Knoten ist der am häufigsten verwendete Reibungsknoten zum Aufsteigen eines Seils. Es ist einfach zu binden und sehr sicher, wenn es geladen wird. Die Nachteile des Prusik-Knotens sind, dass es schwierig ist, sich gut zu kleiden und dass er sich strafft, was das Lösen und Hochrutschen des Seils erschwert.

2. Klemheist-Knoten

Der Klemheist-Knoten ist ein Reibungsknoten, der zum Aufsteigen eines Seils und zur Selbstrettung verwendet wird, wenn ein Kletterer einer Sicherung entkommen muss. Wie ein Prusik-Knoten gleitet er leicht an einem Seil. Die Vorteile eines Klemheist-Knotens gegenüber einem Prusik-Knoten sind, dass es einfacher ist, nach dem Laden den Griff am Seil zu lösen, in eine Richtung zu arbeiten, schneller zu binden als ein Prusik-Knoten, nach dem Laden leicht zu lösen und mit Gurtband zu binden.

3. Bachmann-Knoten

Der Bachmann-Knoten ist ein Reibungsknoten, der einen Karabiner als Griff verwendet und zum Aufsteigen eines festen Seils verwendet wird. Während der Karabiner es einfach macht, den Knoten am Seil hochzuschieben, hält seine glatte Oberfläche das Seil nicht fest, so dass Unfälle passieren können. Der Bachmann-Knoten ist ideal für Rettungssituationen und als Sicherheitssicherung, da er sich löst, wenn er nicht belastet wird, aber das Seil automatisch greift, wenn es belastet wird.

4. Französischer Prusik- oder Autoblock-Knoten

Der französische Prusik-Knoten ist auch als Autoblock-Knoten bekannt. Es ist ein einfach zu bindender und vielseitiger Reibungsknoten, der als Sicherheitsknoten an einem Abseil verwendet wird. Der Knoten wird am Seil unterhalb der Abseilvorrichtung gebunden und dann über einen Karabiner an einer Beinschlaufe oder der Sicherungsschlaufe am Klettergurt befestigt. Der Knoten erhöht die Reibung des Abseils und ermöglicht es dem Kletterer, sicher in der Mitte des Abseils anzuhalten, um das Seil neu anzuordnen oder eine andere Aufgabe zu erledigen. Der Knoten sollte niemals zum Aufsteigen eines Seils verwendet werden, da er eher rutscht als greift. Es sollte auch nicht als Absenkvorrichtung verwendet werden, da der Kletterer die Kontrolle verlieren und durch die Nylonschnur brennen könnte.

Verpackung des Rucksacks

Einleitung

Es gibt einen Unterschied zwischen dem Bergsteigen-Rucksack und dem herkömmlichen Rucksack, der für Reisen verwendet wird. Sie werden diesen Unterschied bemerken, wenn Ihnen der Rucksack in einem Bergsteigerinstitut für einen Kurs, den Sie unternehmen, oder für den Einsatz in einer Expedition ausgehändigt wird. Der Hauptunterschied zwischen dem Bergsteigen Rucksack und anderen Rucksäcken ist der Satz von Funktionen, die für Bergsteigen geeignet sind. Solche Rucksäcke sind speziell für Steigeisen, Helm, Eispickel, Eiswerkzeuge, Seile, Tiffin-Box, zusätzliches Paar Kletterschuhe und andere Utensilien konzipiert. Die Rucksäcke unterscheiden sich in Form, Größe und Tragekomfort.

Der Rucksack, den Sie am Institut erhalten, ist gemäß seiner geplanten Verwendung für 26 bis 28 Tage der Dauer des Bergsteigerkurses und wie viel des Nötigsten Sie auf dem Rücken tragen müssen. Rucksäcke werden in Abhängigkeit von der Gesamtkapazität aller Taschen in Litern hergestellt. Im Wesentlichen können Sie 65 Liter Ausrüstung in einem 65-Liter-Rucksack unterbringen.

Packing your backpack

With a backpack, organization and easy access are key. Use these essential packing tips as a guide.

Store essentials such as sunscreen, a compass, maps, and guidebooks in an outer pocket

Waterproof bags should be used to store items that must stay dry, particularly spare clothing and your sleeping bag

Carry your water bottle upright where it's accessible

Lighter items such as sleeping mats and bags should remain at the bottom of the backpack

Pack raingear at the top where you can get it quickly

Keep first aid items accessible

Heaviest items should sit between your shoulder blades and as close to your back as possible

Store fuel bottles upright and outside the pack

Put your tent in a waterproof stuff sack and strap it to the outside of your backpack

Häufige Rucksackfunktionen
Regenschutz
Eine Regenhülle (in einer praktischen Tasche verstaut) ist nützlich, um Ihren Rucksack zu bedecken, damit der Inhalt im Regen nicht nass wird. Wenn Ihr Rucksack nicht mit einer Regenhülle geliefert wird, können Sie diese separat kaufen.

Hüftgurt
Rund 70 % des Rucksackgewichts liegen auf den Hüften. Ein verstellbarer Hüftgurt ist ein häufiges Merkmal bei mittleren und großen Rucksäcken, da er dazu beiträgt, die Tasche um den Hüftbereich herum zu befestigen, um zusätzliche Unterstützung und Lastübertragung zu gewährleisten.

Kompressionsgurte
Kompressionsgurte sind verstellbare Gurte, die sich an der Oberseite, an der Seite oder an der Vorderseite von Rucksäcken befinden und straff gezogen werden können, um das Volumen des Rucksacks zu reduzieren und die Bewegung von Gegenständen im Rucksack zu minimieren.

Rücken- und Brustgurte
Verstellbare Riemen sind unerlässlich, um eine gute Passform zu gewährleisten. Brustgurte sorgen dafür, dass die Verpackung sicher ist und helfen, einen Teil des Gewichts zu verteilen. Bei größeren Rucksäcken können Sie die Höhe der Gurte je nach Rückenlänge anpassen. Riemen werden oft für zusätzlichen Komfort gepolstert, was besonders bei schweren Rucksäcken wichtig ist.

Externe Clips & Haken
Externe Clips und Haken können verwendet werden, um Ausrüstung an Ihrem Rucksack zu befestigen. Dazu gehören Gänseblümchenketten (ein Streifen aus Gurtbandschlaufen), elastische Schnüre und Spazierstöcke. Karabiner können auch separat erworben werden, um ein zusätzliches Kit am Rucksack anzubringen.

Taschen und Fächer
Mehrere Innen- und Außentaschen sind nützlich, um Inhalte zu organisieren und zu trennen. Die inneren Sicherheitstaschen sind für die Aufbewahrung von Wertsachen unerlässlich, während die seitlichen Netztaschen ideal für die Aufbewahrung von Wasserflaschen sind.

Um die Inhalte weiter zu unterteilen, können einige größere Packungen ein vollständig separates Bodenfach mit Reißverschluss haben, das innen mit einem Kordelzug verschlossen ist. Größere Rucksäcke können auch Deckeltaschen für den einfachen Zugang zu wichtigen und häufig verwendeten Gegenständen enthalten.

Reflektierende Rohrleitungen

Reflektierende Flecken oder Paspeln werden manchmal in Rucksäcke eingearbeitet, damit der Kletterer im Dunkeln gesehen werden kann.

Interne Rahmen

Größere Rucksäcke können innere Rahmen haben, um das Gewicht zu verteilen und Ihre Hüften zu stützen, damit Sie eine aufrechte Gehhaltung beibehalten können.

Wie man einen Rucksack packt

Die Art und Weise, wie ein Rucksack beladen wird, hat einen großen Einfluss darauf, wie er sich auf Ihrem Rücken anfühlt. Wenn Sie einfach alles einpacken, ohne darüber nachzudenken, fühlen Sie sich möglicherweise unwohl und unausgeglichen und Sie könnten am Ende Ihre gesamte Packung im Regen entladen, um zu einer Jacke zu gelangen, die Sie irgendwie unten hingelegt hatten.

Bevor Sie mit dem Packen beginnen, verteilen Sie alles, was Sie vor sich auf den Boden nehmen möchten. Lassen Sie die Dinge zurück, die Sie vielleicht nicht wirklich brauchen, und denken Sie daran, das Wesentliche mit einzubeziehen. Stellen Sie sicher, dass Ihr Rucksack gut zu Ihnen passt. Es sollte sich wie eine Verlängerung des eigenen Körpers anfühlen. Egal, ob Sie Ihren Rucksack für Wandern, Camping, Reisen, Klettern oder Skitouren einpacken müssen, die Grundprinzipien sind die gleichen. Stellen Sie sich vor, Ihr Rucksack besteht aus drei Zonen:

Zone 1: Legen Sie leichte Gegenstände, wie Ihren Schlafsack, auf den Boden. Es gibt dem Boden des Rucksacks Struktur und ist eine solide Basis für andere Gegenstände darüber. Ein Kompressionssack kann helfen, die Größe Ihres Schlafsacks zu reduzieren.

Zone 2: Packen Sie Ihre schwersten Gegenstände ein, wie Ihr Zelt, Essen für Mahlzeiten, Wasser oder Kletterausrüstung, die Ihrem Rücken am nächsten ist. Wenn Sie einen Kanister verwenden, um Gegenstände zu lagern, ist dies die Zone, in die Sie ihn stellen können.

Zone 3: Platzieren Sie mittelschwere oder sperrigere Gegenstände nach oben oder unten an der Vorderseite der Packung. Dies sind wahrscheinlich Dinge wie zusätzliche Kleidungsschichten, Ihr Wasseraufbereitungssystem oder Ihr Erste-Hilfe-Kasten.

Ihr Ziel ist es, eine kopflastige Packung zu vermeiden, die Sie nach hinten zieht, oder eine bodenlastige Packung, die Ihnen das Gefühl gibt, nach unten gezogen zu werden. Wenn Sie schwerere Gegenstände in der Nähe Ihres Schwerpunkts (in der Mitte Ihres Rückens) verpacken, bleiben Sie ausgeglichen und die Last fühlt sich natürlicher an.

Verteilung innerhalb des Rucksacks

Bevor Sie in die Berge aufbrechen, denken Sie daran, Ihren Rucksack zu wiegen. In der Regel sollte Ihr Packungsgewicht nicht mehr als ein Viertel bis ein Drittel Ihres Körpergewichts betragen.

Verwenden Sie Ihre Kompressionsgurte, um die Last näher an Ihren Körper zu bringen und alles an Ort und Stelle zu halten.

Verteilen Sie das Gewicht gleichmäßig auf die linke und rechte Seite.

Achten Sie darauf, die Last auf Ihre Wandergruppe zu verteilen (Sie können Ihr Zelt in Körper, Fliegen und Stöcke aufteilen, damit jede Person einen Teil des Zeltes mitnehmen kann).

Platzieren Sie häufig verwendete Gegenstände wie GPS, Karte, Kamera, Wasserflasche, Sonnencreme oder Snacks an einem leicht zugänglichen Ort, z. B. in Seitentaschen oder der oberen Tasche.

Wenn Sie auf leichtem Gelände wandern, packen Sie schwere Gegenstände etwas höher ein, um eine bessere Körperhaltung zu erreichen.

In härterem Gelände sorgt das Tieferlegen schwerer Gegenstände für eine bessere Balance.

Mit mittelgroßen Stoffsäcken können Sie Ihre Ausrüstung schnell ein- und auspacken und finden, was Sie brauchen. Superorganisierte Menschen legen jede Kategorie von Gegenständen (Medikamente, Lebensmittel, Toilettenartikel, Taschenlampe/Stirnlampe/Batterien und andere) in verschiedenfarbige Taschen, damit sie leicht zu erkennen sind. Versuchen Sie, die Säcke nicht vollständig zu stopfen, da ein wenig Platz in ihnen es einfacher macht, sie in Lücken im Rucksack zu drücken.

Verwenden Sie Ihre Töpfe und Hartmetallbehälter, um empfindliche Gegenstände zu schützen.

Stellen Sie sicher, dass alle Gegenstände, die nicht nass werden sollten, wasserdicht sind (Plastikmüllsäcke sind eine einfache Option) und dass alle Flüssigkeiten sehr gut versiegelt sind.

Packen Sie Ihre Lebensmittel über Ihre Kraftstoffflasche.

Viele Leute werden an Trekkingstöcken oder ihrem Schlafsack an die Außenseite ihres Rucksacks peitschen, aber ein gut beladener Rucksack sollte nur minimale Gegenstände davon hängen haben.

Packe kleine, nährstoffreiche Snacks in einen leichten Rucksack. Wählen Sie einen gut sitzenden und robusten Rucksack für den Außenbereich, um Ihre Snacks und Ausrüstung aufzubewahren. Packen Sie kleine, leichte Snacks ein, die superreich sind, wie Proteinriegel und Trockenfrüchte, damit Sie Ihren Heißhunger stillen und Ihr Energieniveau aufrechterhalten können, während Sie unterwegs sind. Frisches Obst wie Äpfel oder Bananen sind schmackhaft, leicht und sorgen für eine gesunde Energieversorgung.

Bewahren Sie Ihren Wasserbehälter an einem leicht zugänglichen Ort auf. Füllen Sie eine wiederverwendbare Wasserflasche mit frischem Wasser, bevor Sie auf den Trail gehen, damit Sie mit Feuchtigkeit versorgt bleiben. Klettern oder Trekking ist eine strenge körperliche Aktivität, was bedeutet, dass Sie hydratisiert bleiben müssen, um weiterzumachen und alle Flüssigkeiten, die Sie im Schweiß verlieren, zu ersetzen. Bewahren Sie Ihr Wasser irgendwo wie an der Seite Ihres Rucksacks auf, damit Sie es erreichen können, während Sie unterwegs sind.

Passen Sie das Gurtzeug Ihres Rucksacks so an, dass es bequem ist. Bevor du auf den Trail gehst, zieh deinen Rucksack an und passe die Riemen und Komponenten so an, dass er sicher und bequem auf deinem Rücken sitzt. Beim Wandern können sich die Gurte lockern oder sie können reiben und in bestimmten Bereichen schmerzhaft werden. Nehmen Sie regelmäßige Anpassungen vor, damit der Rucksack nicht locker ist, aber er fühlt sich bequem an, so dass Sie weitermachen und Ihre Wanderung genießen können. Legen Sie Ihren Rucksack vor dem Wandern an, um sicherzustellen, dass er nicht zu schwer ist. Wenn ja, dann nehmen Sie unnötige Gegenstände heraus, um es überschaubarer zu machen.

Handwäsche des Rucksacks

1. Leeren Sie Ihren Rucksack und überprüfen Sie alle Taschen und Ecken auf kleine Gegenstände oder Schmutz. Wenn Ihr Rucksack einen Metallrahmen hat, entfernen Sie diesen vor dem Waschen.

2. Füllen Sie ein Becken mit viel lauwarmem Wasser. Wenn das Wasser zu heiß ist, kann dies dazu führen, dass die Farben des Rucksacks ablaufen.

3. Fügen Sie eine kleine Menge eines sanften Reinigungsmittels hinzu, das für einen Rucksack geeignet ist, der frei von Duft- und Farbstoffen ist. Die Verwendung eines scharfen Reinigungsmittels oder Weichspülers kann das Material des Rucksacks beschädigen.

4. Schrubben Sie Ihren Rucksack mit einer weichen Bürste oder einem Tuch, wobei Sie sich auf die Bereiche konzentrieren, die besonders verschmutzt sind. Eine Zahnbürste kann bei harten Flecken oder um in schwer zugängliche Bereiche zu gelangen, nützlich sein.

5. Lassen Sie den Rucksack natürlich trocknen. Versuchen Sie, den Rucksack nach Möglichkeit kopfüber aufzuhängen und stellen Sie sicher, dass er zu 100% trocken ist, bevor Sie ihn verstauen.

Sieben Prinzipien, die keine Spuren hinterlassen

Da sich immer mehr Menschen dafür entscheiden, in den Bergen zu wandern und zu campen, ist es unerlässlich, die Umwelt nicht zu stören, damit zukünftige Generationen die unberührte Schönheit der Wildnis genießen können. Im Wesentlichen besteht der Zweck von Leave No Trace darin, die inhärente natürliche Umgebung zu erhalten.

1. Planung Ihrer Reise

Wenn Sie vor Ihrer Reise in die Berge etwas recherchieren, haben Sie eher eine sichere und angenehme Wanderung und verursachen gleichzeitig minimale Schäden an der Natur.

a). Überprüfen Sie die Wettervorhersage und die Trail-Bedingungen, um sicherzustellen, dass Sie ausreichend mit der richtigen Ausrüstung ausgestattet sind.

b). Bewahren Sie ein Erste-Hilfe-Set und andere wichtige Gegenstände wie Scheinwerfer, Lebensmittel, Wasser, Sicherheitsstreichhölzer, Messer, Schutzcreme, Notunterkunft und Kletterseil auf.

c). Haben Sie eine GPS-Uhr oder GPS-App in Ihrem Handy. Ein Kompass sowie eine Karte des Gebiets sind ein Muss.

d). Beachte die örtlichen Vorschriften und Genehmigungen, die in der Gegend erforderlich sind.

e). Identifizieren Sie die Fähigkeiten und Fertigkeiten Ihrer Gruppe von Kletterern.

f). Die meisten Lebensmittel sollten aus der kommerziellen Verpackung entnommen und in verschließbare Beutel gelegt werden, bevor Sie Ihren Rucksack verpacken, um Schüttgut zu reduzieren.

2. Reisen und Camping auf strapazierfähigen Oberflächen

Das Ziel des Reisens auf Hügeln, Wäldern und Berggelände ist es, sich durch eine natürliche Besiedlung zu bewegen und dabei Umweltschäden zu vermeiden. In der Regel finden Sie Wanderwege auf Bergen, die die Route für Trekking sind. Der Versuch, sich über eine kürzere Route durch Zick-Zack-Kurzstrecken über die Hügelseite zu bewegen, könnte dazu führen, dass die Oberflächenvegetation mit Füßen getreten wird, was zu Bodenerosion führt. Die am besten geeigneten Campingplätze befinden sich auf strapazierfähigen Oberflächen wie Fels, Kies oder Sand.

a). Trekker sollten es vermeiden, zu schreien, um zu kommunizieren, da laute Geräusche in Naturgebieten nicht willkommen sind.

b). Der lebende Boden besteht aus winzigen Gemeinschaften von Organismen, die als schwärzliche und unregelmäßig angehobene Kruste auf dem Sand erscheinen. Diese Kruste speichert Feuchtigkeit und bietet eine Schutzschicht gegen Erosion. Ein Schritt kann diesen zerbrechlichen Boden zerstören. Reisen über lebenden Boden sollten nur durchgeführt werden, wenn dies unbedingt erforderlich ist, und es ist am besten, in die Fußstapfen eines anderen zu treten, damit nur ein kleiner Bereich der Kruste betroffen ist. Gehen Sie nicht durch Schlammlöcher, die viele Organismen enthalten.

c). Die Auswahl eines geeigneten Campingplatzes erfordert ein höheres Maß an Urteilsvermögen, um die ökologischen und sozialen Auswirkungen zu minimieren. Eine Entscheidung darüber, wo man campen soll, sollte auf Informationen über die Art des Gebiets wie Fragilität der Vegetation und des Bodens und die Wahrscheinlichkeit von Störungen der Tierwelt basieren.

d). Vermeiden Sie es, in der Nähe eines Wasserrands zu campen, da dies Zugangswege für Wildtiere ermöglicht. Camping 200 Fuß von Wasserquellen entfernt ist eine gute Faustregel.

e). Küchenbereiche sollten sich auf bereits betroffene Bereiche oder einen Standort konzentrieren, an dem es natürlich an Vegetation mangelt, wie z. B. freiliegendes Grundgestein oder sandige Bereiche. Eine ideale flache Gesteinsplattform eignet sich am besten zum Kochen, da sie die Wärme leicht ableitet und die harte Oberfläche auch die Reinigung von Ablagerungen ermöglicht und kein Wasser durchsickern lässt.

f). Beim Aufbrechen des Lagers sollten die verschlissenen Bereiche mit nativem Material wie Kiefernnadeln bedeckt werden. Hebeln Sie grasbewachsene Flächen mit einem Stock, damit der Bereich sein ursprüngliches makelloses Selbst behalten kann. Niemals organische Einstreu wie Blätter abkratzen oder reinigen und das Entfernen von kleinen Steinen und Kies minimieren. Die organische Einstreu hilft, die Trampelkräfte zu dämpfen, die Kompaktheit der Böden zu begrenzen, Pflanzennährstoffe freizusetzen und die erosiven Kräfte des Niederschlags zu reduzieren. Einmal umgestürzt, sind diese Felsen schwer zu ersetzen und die Flechten werden lange Zeit nicht nachwachsen.

3. Ordnungsgemäße Entsorgung von Abfällen

Die Entsorgung von Abfällen ist zu einem wichtigen und herausfordernden Aspekt des Schutzes des fragilen Ökosystems geworden, da immer mehr Trekker und Kletterer die Wildnis bevölkern. Übersehener Müll in Form von menschlichen Abfällen, Küchenabfällen, Kunststoffverpackungen, Teebeuteln, Eiern, Nussschalen, Kaugummi, Tampons, Rasiermessern und anderen nicht abbaubaren Substanzen kann Wasserquellen verschmutzen, Tieren schaden und die Bodenzersetzung stören. Tiere, die von einem Campingplatz plündern, können Plastikverpackungen aufnehmen, die ihr Verdauungssystem schädigen können. Plastiktüten, die in Seen und Flüsse geworfen werden, können Meereslebewesen gefährden. Es ist bekannt, dass Bakterien und Viren, die in menschlichen Abfällen vorkommen, Hepatitis, Salmonellen und andere Magen-Darm-Erkrankungen verursachen.

a). Katzenlöcher sind die am weitesten verbreitete Methode der Abfallentsorgung, die etwa 200 Fuß von Wasserwegen und Lagern entfernt sein sollte. Verwenden Sie eine Gartenkelle, um ein 6 Zoll bis 8 Zoll tiefes Loch mit einem Durchmesser von 4 Zoll bis 6 Zoll zu graben. Das Katzenloch sollte nach Fertigstellung mit natürlichen Materialien abgedeckt und verkleidet werden. Versuchen Sie, einen Standort mit organischem Material zu finden, da diese Organismen enthalten, die zur Zersetzung des Abfalls beitragen. Lokalisieren Sie Ihr Katzenloch, wo es maximales Sonnenlicht erhält, was die Zersetzung unterstützt.

b). Obwohl Seife biologisch abbaubar ist, kann sie die Wasserqualität von Seen und Bächen beeinträchtigen. Daher ist es klüger, sich weit weg von den Küstenlinien zu waschen und mit Wasser zu spülen, das in einer Flasche, einem Topf oder einer Kanne mitgeführt wird. Ein weiterer Grund für das Baden abseits von Wasserquellen ist die Tatsache, dass Körperöle, Sonnenschutzlotionen und insektenabweisende Cremes lebenswichtige Wasserressourcen kontaminieren können.

c). Tragen Sie Plastiktüten, um alle Abfälle und Abfälle zu verpacken. Bevor Sie einen Campingplatz verlassen, durchsuchen Sie den Bereich nach verschütteten Lebensmitteln, Küchenabfällen, Einwegklingen, Zahnbürsten, Tampons und nicht abbaubarem Material und füllen Sie diese in Plastiktüten, die Sie an Ihrem Rückgabeort entsorgen können.

4. Hinterlasse, was du findest

Indem Sie alle natürlichen, wilden und interessanten Objekte oder Artefakte genau so lassen, wie Sie sie vorfinden, ermöglichen Sie anderen Besuchern der Website, den gleichen Charme zu erleben. Dies ermöglicht es Wissenschaftlern, sich leichter über die Geschichte der Region zu informieren.

a). Stören Sie keine Felsen, Pflanzen und andere Gegenstände von archäologischem Interesse. Erlauben Sie auch anderen Trekkern, den Moment so zu genießen, wie Sie es getan haben.

b). Graben Sie in der Wildnis keine Gräben für Zelte und bauen Sie keine Tische und Stühle mit natürlichen Ressourcen. Wenn Sie einen Bereich aus Oberflächenfelsen, Zweigen oder Kiefernzapfen räumen, denken Sie daran, diese Gegenstände zu ersetzen, bevor Sie den Campingplatz verlassen.

c). Vermeiden Sie Beschädigungen von Bäumen und Pflanzen. Es gibt einige Facetten von Leave No Trace, die wie der Heilige Gral behandelt werden sollten, als würde man niemals Nägel in Bäume hämmern oder Initialen darauf schnitzen. Machen Sie ein Foto oder eine Skizze einer Blume oder Pflanze, anstatt sie zu pflücken. Auf dem Campingplatz darf die überlebende Vegetation nicht erschöpft oder seltene Pflanzen, die sich nur langsam vermehren, gestört werden.

d). Natürliche Objekte wie versteinertes Holz oder farbige Steine tragen zur natürlichen Schönheit der Umgebung bei. Sie sollten verlassen werden, damit auch andere das gleiche Gefühl der Entdeckung erleben können.

5. Minimieren Sie die Auswirkungen von Lagerfeuern

Ein Lagerfeuer bedeutet Autarkie, Überleben und Komfort. Ein Feuer wärmt Sie auf einem kalten Campingausflug. Es wird hauptsächlich zur Zubereitung von Speisen verwendet und die Lagerfeuerwärme ist nützlich zum Trocknen von Kleidung. Glücklicherweise gibt es viele Orte, an denen man ein Feuer mit alternativen Wärmequellen anlegen kann.

a). Im Laufe der Jahre hat die Entwicklung von leichten und effizienten Campingkochern eine Abkehr vom traditionellen Feuer zum Kochen gefördert. Sie sind schnell, flexibel und eliminieren die Verfügbarkeit von Brennholz. Öfen funktionieren bei fast allen Wetterbedingungen und hinterlassen keine Spuren!

b). Zelte in Gebieten, in denen Holz reichlich vorhanden ist. Wenn Sie ein Feuer machen, vermeiden Sie es, einen Bereich zu wählen, in dem es wenig Holz gibt.

c). Der beste Ort, um ein Feuer zu machen, ist innerhalb eines bestehenden Feuerrings auf einem gut platzierten Campingplatz. Halten Sie das Feuer klein und brennen Sie nur für die Zeit, in der Sie es benutzen. Lassen Sie das Holz vollständig zu Asche verbrennen. Löschen Sie Brände mit Wasser, nicht mit Schmutz. Verschmutzungen können das Feuer möglicherweise nicht vollständig löschen. Vermeiden Sie es, Brände neben Felsvorsprüngen zu bauen, wo die schwarzen Narben viele Jahre lang bleiben.

d). Vermeiden Sie es, Äste von stehenden oder umgestürzten Bäumen zu schneiden oder zu brechen. Totholz brennt leicht. Verwenden Sie kleine Holzstücke, die nicht größer als Ihr Handgelenk sind, damit Sie sie leicht mit den Händen brechen können. Verbrennen Sie das Holz zu weißer Asche und tränken Sie das gelöschte Feuer mit Wasser.

e). Verwenden Sie zugelassene Behälter für Kraftstoff und lassen Sie ein Feuer niemals unbeaufsichtigt.

6. Respektiere die Tierwelt

Der Respekt vor Wildtieren ist wichtig, da belästigte Tiere Energie verschwenden, die sie zum Überleben benötigen. Ein veränderter Lebensraum kann von Wildtieren unbrauchbar werden. Konfrontierte Tiere können aggressiv und gefährlich werden.

a). Erfahre durch ruhige Beobachtungen mehr über Wildtiere und erkenne sie aus der Ferne, damit sie nicht zur Flucht gezwungen werden.

b). Schnelle Bewegungen und laute Geräusche belasten die Tiere. Tiere nicht anfassen, sich ihnen nähern, füttern oder aufnehmen.

c). Wenn Sie kranke Tiere oder Tiere in Schwierigkeiten finden, sollten Sie die zuständigen Wildtierbehörden der Region benachrichtigen.

d). Ermöglichen Sie den Tieren freien Zugang zu Wasserquellen, indem Sie ihnen Pufferraum geben, damit sie sich sicher fühlen können. Idealerweise sollten die Camps 200 Fuß oder mehr von vorhandenen Wasserquellen entfernt sein. Dadurch werden Störungen der Tierwelt minimiert und sichergestellt, dass die Tiere Zugang zu ihrem wertvollen Trinkwasser haben. Das Waschen in Seen und Bächen sollte sorgfältig erfolgen, damit die Umwelt nicht verschmutzt wird, damit die Tiere daraus trinken können.

e). Vermeiden Sie Wildtiere in sensiblen Zeiten wie Paarung oder Fütterung der Jungen. Versuchen Sie niemals, ihren Unterschlupf zu betreten.

7. Achten Sie auf andere Besucher

Einer der wichtigsten Aspekte der Außenethik ist die Höflichkeit gegenüber anderen Besuchern. Übermäßiger Lärm, unkontrollierte Haustiere und beschädigte Umgebungen nehmen der Natur oft den natürlichen Reiz.

a). Die Technologie prägt weiterhin das Outdoor-Erlebnis, sei es beim Musikhören oder Fotografieren. Zum Beispiel können Ohrhörer eine weniger aufdringliche Art sein, Musik zu genießen als externe Lautsprecher.

b). Die allgemeine Annahme auf einem schmalen Trail ist, dass Trekker, die bergab fahren, beiseite treten, damit ein bergauf gehender Fußgänger leicht passieren kann. Bevor du an anderen vorbeikommst, solltest du höflich deine Anwesenheit ankündigen und dann mit Vorsicht vorgehen.

c). Wählen Sie bei der Auswahl eines Campingplatzes einen Ort aus, an dem Felsen oder Bäume ihn vor den Ansichten anderer schützen. Halten Sie den Lärm im Camp gering, um andere Camper oder diejenigen, die auf dem Weg vorbeikommen, nicht zu stören.

d). Von heller Kleidung und Ausrüstung wie Zelten, die über weite Strecken zu sehen sind, wird abgeraten. Erdgetönte Farben wie Braun und Grün verringern die visuellen Auswirkungen.

e). Halten Sie Haustiere jederzeit unter Kontrolle.

Gebote und Verbote des Bergsteigens

(Angepasst von der öffentlich zugänglichen Website des Jawahar Institute of Mountaineering and Winter Sports, Pahalgam. Danksagung an den Institutsdirektor).

A). Do's and Don'ts der Akklimatisierung in den Bergen

Einleitung

Beim Betrieb in Bergen, schneebedeckten Gebieten und vergletschertem Gelände ist es sehr wichtig, sich richtig zu akklimatisieren. Akklimatisierung ist der Prozess der Anpassung des Körpers an die verdünnte Atmosphäre und das extrem kalte Klima des Höhengebiets.

Do's.

- Arbeiten Sie während der Akklimatisierung in größerer Höhe und schlafen Sie in geringerer Höhe.
- Akklimatisierung ist ein Muss für Bergsteiger, die über 12.000 Fuß arbeiten.
- Bergsteiger sollten ihre Belastbarkeit schrittweise erhöhen.
- Bergsteiger sollten sich an kalte Winde, raues Klima und nächtliche Bewegungen gewöhnen.
- Bergsteiger sollten Bewegung bei schlechtem Wetter üben.
- Erste-Hilfe-Set sollte immer mitgeführt werden und ein qualifizierter Ersthelfer sollte Kletterer, die sich einem Akklimatisierungsspaziergang unterziehen, immer begleiten.
- Elektrolyte/Glukose und Salz sollten mitgeführt werden.
- Bergsteiger sollten nach ihrer Rückkehr aus dem Urlaub wieder akklimatisiert werden.
- Verwenden Sie eine Schutzbrille in schneebedeckten Bereichen.
- Verwenden Sie Sonnenschutzlotionen und Lippenbalsam.

Don'ts.

Es sollte kein medizinisches Unbehagen verborgen bleiben, so klein es auch erscheinen mag.

Versuchen Sie nicht, beim Klettern zügig zu laufen oder zu gehen.

Erreichen Sie nicht mehr als etwa 2.000 Fuß, wenn Sie über 12.000 Fuß sind.

Lassen Sie sich nicht erschöpfen. Versuchen Sie, Ihre Energie zu schonen.

Gehen Sie nicht auf nüchternen Magen.

B). Do's and Don'ts beim Camping in den Bergen

Einleitung

Während des Betriebs in bergigem Gelände gibt es viele Gelegenheiten, bei denen Kletterer tagelang campen müssen. In diesen Zeiten ist es für sie sehr wichtig, vollständige Kenntnisse über das Campen in den Bergen zu haben. Diese Punkte sollten beim Camping in Bergen, schneebedecktem Gelände und Gletscher befolgt werden.

Do 's.

Wählen Sie einen Standort in der Nähe von Wasser und Baumbedeckung.

Der Wohnbereich sollte von einem lawinenanfälligen Hang entfernt sein.

Der Campingplatz sollte gut der Sonne ausgesetzt und vor direktem Wind geschützt sein.

Auf Gletschern sollte das Lager an einem Ort errichtet werden, an dem sich keine Gletscherspalten öffnen können.

Natürlicher Unterschlupf sollte ausgiebig genutzt werden.

Der Unterstand sollte von beiden Enden offen sein, um die Belüftung zu ermöglichen.

Der Unterstand sollte wasser- und winddicht sein.

Der Küchenbereich sollte sich in den Falten des Bodens befinden, damit Rauch/Licht verborgen werden kann.

Das Camp sollte in gutem Zustand sein, um sich vor allen Eventualitäten zu schützen.

Das Camp sollte täglich gereinigt werden.

Wenn möglich, sollte rund um das Lager eine Schnee-/Eiswand errichtet werden.

Die Toiletten des Standorts sollten sich auf der Lee-Seite befinden, weg vom Küchenhaus und Wohnbereich.

Verlasse das Lager in einem sauberen Zustand, bevor du ausziehst.

Don'ts.

Zelten Sie nicht auf niedrigem Boden.

Zelten Sie nicht an einem Ort, der für Lawinen anfällig ist.

Zelten Sie nicht zu nahe an einem Eisfall oder Fluss/Bach.

Das Küchenhaus sollte sich nicht in der Nähe des Spaltenbereichs befinden, da die entstehende Wärme Spalten öffnen kann.

Die Öffnung des Küchenhauses sollte nicht der Windrichtung zugewandt sein.

Zwischen dem Campingplatz sollte sich keine Spalte/kein Bach befinden.

Zünden Sie kein Feuer in einer Schneeschutzhütte an.

Abfallmaterial sollte nicht in der Nähe des Campingplatzes entsorgt werden.

Verschmutzen Sie den Bereich nicht und vermeiden Sie sichtbare Schäden.

Schneiden Sie keine Bäume, Vegetation und verursachen Sie keine Umweltschäden.

C). Do's and Don'ts bei körperlicher Fitness in den Bergen

Einleitung

Es ist der wichtigste Aspekt für einen Kletterer, seine körperliche Fitness unter verschiedenen Umgebungs- und Arbeitsbedingungen zu erhalten. Die Berge zeichnen sich durch ihr extrem kaltes Klima, die verdünnte Atmosphäre, die schnellen Winde und das extrem zerklüftete Gelände aus. Um in solchen Bereichen mit vollem Potenzial zu operieren, muss ein Kletterer körperlich fit und geistig stark bleiben.

Do's.

Warme Flüssigkeiten sollten regelmäßig konsumiert werden. Vermeiden Sie übermäßiges Schwitzen.

Atme durch die Nase und rede beim Klettern weniger.

Verwenden Sie eine Sonnenbrille, um Augenschäden durch die UV-Strahlung der Sonne zu vermeiden.

Augen regelmäßig mit sauberem Wasser waschen.

Halten Sie sich warm.

Tragen Sie locker sitzende Kleidung, damit saubere Luft in Ihrem Körper zirkulieren kann.

Halten Sie die Kleidung von außen und innen trocken.

Halten Sie Ihren Kopf auf einem höheren Niveau als den Körper, während Sie schlafen.

Trainieren Sie Ihre Gesichtsmuskulatur, indem Sie sie in alle Richtungen ziehen, um Erkältungsverletzungen zu vermeiden.

Wenn du einen Unterschlupf betrittst, bürste deine Schuhe und deine Kleidung aus Schnee, der an ihnen klebt.

Tragen Sie Handschuhe und halten Sie sie trocken.

Trainieren Sie alle Körperteile und halten Sie sie sauber und trocken.

Halten Sie Ihren Kopf bedeckt, da (40 Prozent) maximale Wärme durch den Körper durch den Kopf verloren geht.

Don'ts.

Nicht rauchen oder Alkohol konsumieren.

Legen Sie sich nicht auf den Boden oder auf eine warme Oberfläche.

Tragen Sie keine eng anliegende Kleidung, da diese keine ordnungsgemäße Durchblutung ermöglicht.

Vermeiden Sie das Tragen nasser Kleidung. Berühren Sie keine Metallgegenstände mit nackter Haut.

Tragen Sie keine zerrissenen Socken.

Setzen Sie Ihren Körper nicht kaltem Wetter, Wind, nasser Kleidung oder Feuchtigkeit aus.

Reiben Sie Ihre Haut nicht kräftig, während Sie ein Bad nehmen.

Übersehen Sie Verletzungen nicht, wie klein sie auch sein mögen.

Schlafen Sie nicht in nasser Kleidung, Socken oder nassen Schuhen.

D). Do's and Don'ts, wenn man in einem Sturm in den Bergen gefangen ist

Einleitung

Beim Umzug von einem Lager in ein anderes kann es viele Gelegenheiten geben, bei denen Kletterer in einem Sturm, in einer Gruppe oder allein gefangen sein können. Es ist sehr wichtig, zu diesem Zeitpunkt einen kühlen Kopf zu haben und sich unter widrigen Bedingungen keine Sorgen zu machen. Du solltest also das Wissen über die Dinge haben, die getan werden müssen, um dich mächtig zu machen.

Do 's. – Wenn in einer Gruppe.

> Verantwortlichkeiten verteilen.
>
> Plane und suche nach einem Ausweg.
>
> Machen Sie, wenn möglich, einen Unterschlupf.
>
> Sende ein SOS-Signal.
>
> Lokalisieren Sie Ihre eigene Position auf dem Boden und auf der Karte.
>
> Markieren Sie Ihre Spur.
>
> Bleiben Sie in einer Gruppe.
>
> Verwenden Sie Rationen und Treibstoff mit Bedacht.

Don'ts. – Wenn in einer Gruppe.

> Keine Panik.
>
> Nicht alle sollten gleichzeitig schlafen.
>
> Verlieren Sie nicht an Höhe.

Do 's. – Wenn du allein bist.

> Kontrollieren Sie Ihre Panik.

Bleiben Sie, wo Sie sind.

Planen Sie Ihre nächste Aktion bewusst.

Wenn der Weg zum Startpunkt bekannt ist, dann kehren Sie um.

Halten Sie sich warm.

Verwenden Sie die Rationen und den Kraftstoff umsichtig.

Machen Sie, wenn möglich, einen Unterschlupf.

Don'ts. – Wenn du allein bist.

Fürchte dich nicht vor Einsamkeit.

Verlieren Sie nicht an Höhe.

Kletterausrüstung

A). Kletterseil und Gurtband

Kletterseile sind typischerweise kernmantelartig aufgebaut und bestehen aus einem Kern (Kern) aus langgedrehten Fasern und einem Außenmantel (Mantel) aus gewebten farbigen Fasern. Der Kern liefert etwa 70 % der Zugfestigkeit, während der Mantel eine haltbare Schicht ist, die den Kern schützt und dem Seil wünschenswerte Handhabungseigenschaften verleiht.

Seile, die zum Klettern verwendet werden, können in zwei Klassen unterteilt werden, nämlich dynamische Seile und statische Seile. Dynamische Seile sind so konzipiert, dass sie die Energie eines fallenden Kletterers absorbieren und werden normalerweise als https://en.wikipedia.org/wiki/Belay Sicherungsseile verwendet. Wenn ein Kletterer fällt, dehnt sich das Seil und reduziert die maximale Kraft, die der Kletterer, sein Belayer und seine Ausrüstung erfahren. Statische Seile hingegen dehnen sich deutlich weniger und werden meist in Verankerungssystemen eingesetzt. Sie werden auch zum Abseilen (Abseilen) und als feste Seile verwendet, die mit Aufsteigern geklettert werden.

Modernes Gurtband oder Klebeband besteht aus Nylon oder Dyneema/Dynex/Spectra (Markennamen für ultrahochmolekulares Polyethylen HMWP) oder einer Kombination aus beidem. Nylongewebe ist im Allgemeinen ein schlauchförmiges Gewebe, bei dem es sich um ein flachgepresstes Nylonrohr handelt. Es wurde nachgewiesen, dass das Binden von Knoten in Nylongewebe die Gesamtmenge der unterstützten Kraft um bis zu die Hälfte reduziert hat.

Die Eigenschaften von Dyneema und Nylon sind wie folgt:

Dyneema

1. Dyneema hat eine viel höhere Festigkeits-Gewichts-Ration als Nylon. Dyneema hat eine etwa 15-mal höhere Zugfestigkeit als Stahl.

2. Dyneema ist viel dünner und geschmeidiger als Nylon. Es ist auch widerstandsfähiger gegen Ultraviolett-Schäden und Abrieb.

3. Aufgrund der superdichten Webart von Dyneema absorbiert es weniger Wasser und schwimmt sogar. Da es weniger Wasser aufnimmt, ist es ideal zum Eisklettern und Bergsteigen, da die Schlinge weniger gefriert als Nylon.

4. Dyneema hat weniger Dehnfähigkeit als Nylon. Die Dehnung beträgt bei Dyneema etwa 5 % im Vergleich zu 30 % bei Nylon. Aufgrund dieses Faktors müssen Sie vorsichtig sein, da selbst ein kurzer Sturz das System stark schockieren kann.

5. Dyneema hat einen niedrigeren Schmelzpunkt als Nylon.

Nylon

1. Ein wesentlicher Vorteil der Verwendung von Nylon anstelle von Dyneema ist, dass es sich unter Gewicht dehnt und die Aufprallkräfte auf Sie und Ihre Ausrüstung reduziert. Bei einem Sturz dehnt sich Nylon bis zu 30 % aus, im Vergleich zu 5 % bei Dyneema.

2. Nylonschlingen sind günstiger als Dyneema und in verschiedenen Farben erhältlich.

3. Nylon ist schwerer als Dyneema. Während des Eiskletterns kann Nylon mehr Wasser aufnehmen, was das Gewicht und die Neigung zum Einfrieren schneller erhöht als Dyneema.

Wenn das Gurtband an den Enden zusammengenäht oder zusammengebunden wird, wird es zu einer Schlinge oder einem Läufer, und wenn Sie an jedem Ende der Schlinge einen Karabiner befestigen, haben Sie einen https://en.wikipedia.org/wiki/QuickdrawSchnellzug. Diese Schlaufen werden auf zwei Arten mit verstärkten Nähten oder gebunden hergestellt.

Gurtband hat viele Anwendungen wie einen Anker um einen Baum oder Felsen, behelfsmäßige Gurte, Ankerverlängerung oder Verlängerung des Abstands zwischen Schutz und einem Befestigungspunkt, Tragen von Ausrüstung (an einer Schlinge befestigt, die über der Schulter getragen wird) und Schutz eines Seils, das über einer scharfen Kante hängt (schlauchförmiges Gurtband).

B). Karabiner

Karabiner sind Metallschlaufen mit federbelasteten Toren (Öffnungen), die als Verbinder verwendet werden. Einst hauptsächlich aus Stahl gefertigt, sind heute fast alle Karabiner für den Freizeitklettersport aus einer leichten, aber sehr stabilen Aluminiumlegierung gefertigt. Stahlkarabiner sind viel schwerer, aber verschleißfester und werden daher oft von Kletterlehrern verwendet, wenn sie mit Gruppen arbeiten.

Karabiner gibt es in verschiedenen Formen; die Form des Karabiners und die Art des Tores variieren je nach Verwendungszweck. Es gibt zwei Hauptvarianten; verriegelnde und nicht verriegelnde Karabiner. Verriegelbare Karabiner bieten eine Methode, um zu verhindern, dass sich das Tor während des Gebrauchs öffnet. Für wichtige Verbindungen, wie zum Beispiel am Ankerpunkt oder einer Sicherungseinrichtung, werden verriegelnde Karabiner verwendet. Es gibt verschiedene Arten von Verriegelungskarabinern, darunter ein Twist-Lock und ein Gewinde-Lock.

Twist-Lock-Karabiner werden aufgrund ihres federbelasteten Verriegelungsmechanismus allgemein als selbstverriegelnde Karabiner bezeichnet. Nicht verriegelnde Karabiner werden häufig als Bestandteil von Quickdraws gefunden.

Karabiner werden mit vielen verschiedenen Arten von Toren hergestellt, darunter Wire-Gate, Bent-Gate und Straight-Gate. Die verschiedenen Tore haben unterschiedliche Stärken und Anwendungen. Die meisten Schließkarabiner verwenden ein gerades Tor. Bent-Gate- und Wire-Gate-Karabiner befinden sich in der Regel am Seilende von Quickdraws, da sie ein einfacheres Seilklipsen ermöglichen als Straight-Gate-Karabiner.

C). Quick Draws

Quickdraws werden von Kletterern verwendet, um Seile mit Bolzenankern oder anderen traditionellen Schutzvorrichtungen zu verbinden, so dass sich das Seil mit minimaler Reibung durch das Ankersystem bewegen kann. Ein Quickdraw besteht aus zwei nicht verriegelnden Karabinern, die durch eine kurze, vorgenähte Gurtbandschlaufe miteinander verbunden sind. Alternativ und ganz regelmäßig wird das vorgenähte Gurtband durch eine Schlinge des oben genannten Nylongurtbands ersetzt. Dies ist in der Regel eine 60-Zentimeter-Schlaufe und kann zwischen den Karabinern verdreifacht werden, um eine 20-Zentimeter-Schlaufe zu bilden. Wenn dann mehr Länge benötigt wird, kann die Schlinge in eine 60-Zentimeter-Schlaufe zurückgedreht werden, die mehr Vielseitigkeit bietet als eine vorgenähte Schlaufe.

Karabiner, die zum Einklipsen in den Schutz verwendet werden, haben im Allgemeinen ein gerades Tor, wodurch die Möglichkeit verringert wird, dass sich der Karabiner versehentlich aus dem Schutz löst. Der Karabiner, in den das Seil eingeklipst wird, hat oft ein gebogenes Tor, so dass das Einklipsen des Seils in diesen Karabiner schnell und einfach erfolgen kann. Der sicherste, einfachste und effektivste Ort, um einen Quickdraw zu befestigen, ist, wenn er sich in Hüfthöhe befindet. Zwei Quickdraws. Das Obermaterial hat ein massives gebogenes Tor für das Seil und das Untermaterial ein Drahtgatter dafür.

D). Klettergurte

Ein Gurt ist ein System, das verwendet wird, um das Seil mit dem Kletterer zu verbinden. An der Vorderseite des Gurtzeugs befinden sich zwei Schlaufen, an denen der Kletterer am Arbeitsende mit einem Achterknoten in das Seil einbindet. Die meisten Gurtzeuge, die beim Klettern verwendet werden, sind vorgefertigt und werden um das Becken und die Hüften herum getragen, obwohl gelegentlich andere Arten verwendet werden.

E). Sicherungsgeräte

https://en.wikipedia.org/wiki/Glossary_of_climbing_terms - belay
Sicherungsvorrichtungen sind mechanische Reibungsbremsvorrichtungen, die zum Steuern eines Seils beim Sichern verwendet werden. Ihr Hauptzweck besteht darin, das Seil mit minimalem Aufwand abzuschließen, um den Sturz eines Kletterers zu stoppen. Es gibt mehrere Arten von Sicherungsvorrichtungen, wie Knollen (zum Beispiel der Black Diamond ATC) oder aktive Bremsassistenten (zum Beispiel der Petzl Grigri), von denen einige zusätzlich als Abseilgeräte für den kontrollierten Abstieg an einem Seil verwendet werden können, wie beim Abseilen.

Wenn ein Sicherungsgerät verloren geht oder beschädigt wird, kann ein Kletterseil mit einem Munter-Hitch-Knoten an einem Karabiner als improvisiertes passives Sicherungsgerät verwendet werden.

F). Abseilgeräte (Abseilgeräte)

Bei diesen Geräten handelt es sich um Reibungsbremsen, die für absteigende Seile ausgelegt sind. Viele Sicherungsgeräte können als Abseilgeräte verwendet werden, aber es gibt Abseilgeräte, die zum Sichern nicht praktisch sind, da es zu schwierig ist, das Seil durch sie hindurchzuführen, oder weil sie nicht genügend Reibung bieten, um einen harten Sturz zu halten.

G). Achtfigur (Sicherungsgerät)

Manchmal auch als Achter oder nur Achter bezeichnet, wird dieses Gerät am häufigsten als Abseilgerät verwendet, kann aber auch als Sicherungsgerät verwendet werden, wenn keine geeignetere Ausrüstung vorhanden ist. Es handelt sich um ein 8-förmiges Gerät aus Aluminium oder Stahl, das jedoch in verschiedenen Varianten erhältlich ist. Sein Hauptvorteil ist eine effiziente Wärmeableitung. Eine quadratische Acht, die in Rettungsanwendungen verwendet wird, eignet sich besser zum Abseilen als die traditionelle Acht. Achterfiguren ermöglichen einen schnellen, aber kontrollierten Abstieg an einem Seil. Sie sind einfach einzurichten und leiten die durch Reibung verursachte Wärme effektiv ab, können aber dazu neigen, ein Seil zu verdrehen.

Das Halten der Bremshand zur Seite verdreht das Seil, während das Halten der Bremshand gerade nach unten, parallel zur Karosserie, einen kontrollierten Abstieg ermöglicht, ohne das Seil zu verdrehen. Eine Figur mit acht Abseilern kann ein Seil aufgrund der vielen Biegungen, die es in das Seil legt, schneller tragen als ein Sicherungs/Abseilgerät in Röhrenform.

H). Rette acht

Eine Rettungs-Acht ist eine Variante einer Acht, mit Ohren oder Flügeln, die verhindern, dass das Seil einrastet und so den Rapper auf dem Seil verseilt. Rettungsschirme werden häufig aus Stahl und nicht aus Aluminium hergestellt.

I). Linke und rechte Hand Aufsteiger

Aufsteiger sind mechanische Vorrichtungen zum Aufsteigen an einem Seil. Sie werden auch Jumars genannt, nach einer beliebten Marke. Jumars bieten die gleiche Funktionalität wie Reibungsknoten, aber es ist weniger Aufwand erforderlich, sie zu verwenden. Ein Jumar verwendet eine Nocke, die es dem Gerät ermöglicht, in eine Richtung frei zu gleiten, aber das Seil fest zu greifen, wenn es in die entgegengesetzte Richtung gezogen wird. Um zu verhindern, dass sich ein Jumar versehentlich vom Seil löst, wird ein Verriegelungskarabiner verwendet. Der Jumar wird zuerst mit einem Gurtband oder einer Schlinge am Klettergurt befestigt und dann wird der Jumar auf das Seil geklipst und verriegelt. Normalerweise werden zwei Steigrohre verwendet, um ein festes Seil zu besteigen. Für das Besteigen eines festen Seils, das an Schneeankern an einem steilen Hang befestigt ist, wird nur ein Jumar verwendet, da die andere Hand zum Halten des Eispickel verwendet wird.

J). Kletterriemen

Eine Schlinge oder ein Läufer ist eine Kletterausrüstung, die aus einer gebundenen oder genähten Gurtbandschlaufe besteht, die um Felsabschnitte gewickelt, an andere Ausrüstungsgegenstände angehängt (gebunden) oder sogar direkt mit einem Prusikknoten an eine gespannte Leine gebunden werden kann, zur Ankerverlängerung (https://en.wikipedia.org/wiki/Climbing_equipment - Protection_deviceszur Verringerung des Seilwiderstands https://en.wikipedia.org/wiki/Rope_drag und für andere Zwecke), zum Ausgleich oder zum Klettern des Seils.

K). Daisy Chain

Eine Gänseblümchenkette ist ein Gurtband, das mehrere Fuß lang ist und in der Regel aus einem 1-Zoll-Nylonschlauchgewebe des gleichen Typs besteht, das zum Verlängern von Gurten zwischen Ankerpunkten und dem Hauptseil verwendet wird. Das Gurtband wird in Abständen von etwa zwei Zoll geheftet oder gebunden, um eine Länge von kleinen Schlaufen zur Befestigung zu schaffen. Im Gegensatz zur Verwendung ähnlicher Geräte beim Rucksackfahren wird von Daisy Chains beim technischen Klettern erwartet, dass sie eine ausreichende Festigkeit aufweisen, um belastbar zu sein. Daisy-Chain-Taschen sind jedoch nicht voll belastbar und können nur statische Belastungen aufnehmen.

Im eingeklemmten Zustand sollten Gänseblümchenketten nicht durch das Einklipsen einer anderen Tasche in denselben Karabiner verkürzt werden. Ein Versagen der Taschennaht führt dazu, dass sich die Daisy Chain vom Anker löst, mit potenziell tödlichen Folgen. Wenn die Gänseblümchenkette im eingeklemmten Zustand verkürzt wird, sollte ein zweiter Karabiner verwendet werden, um ein gefährliches Durchhängen zu vermeiden, um sie mit dem Anker zu verbinden.

L). Schutzgeräte

Schutzvorrichtungen, zusammenfassend als Felsschutz bezeichnet, bieten die Möglichkeit, temporäre Ankerpunkte auf dem Fels zu platzieren. Diese Vorrichtungen können als aktiv kategorisiert werden, wie z. B. eine federbelastete Nockenvorrichtung (SLCD) oder passiv wie Muttern. Passiver Schutz wirkt als Erstickung, wenn er angezogen wird, und Verengungen im Gestein verhindern, dass es herausgezogen wird. Aktiver Schutz wandelt einen Zug auf das Gerät in einen Druck nach außen auf den Felsen um, wodurch das Gerät fester eingestellt werden kann. Die Art des Schutzes, der am besten geeignet ist, hängt von der Art des Gesteins ab.

1. Muttern

Nüsse werden in vielen verschiedenen Sorten hergestellt. In ihrer einfachsten Form sind sie nur ein kleiner Metallblock, der an einer Schlaufe aus Kabel oder Draht befestigt ist. Sie werden verwendet, indem sie einfach in verengte Risse im Gestein eingeklemmt und dann gezogen werden, um sie zu fixieren. Muttern werden manchmal als Stopper bezeichnet.

2. Hexen

Hexen sind die älteste Form des aktiven Schutzes. Sie bestehen aus einem hohlen exzentrischen sechseckigen Prisma mit verjüngten Enden, in der Regel mit Kordel oder Gurtband. Sie werden häufig als passives Unterlegkeil platziert, werden aber häufiger in aktiven Nockenpositionen platziert. Bei der standardmäßigen aktiven Platzierung führt ein Sturz dazu, dass sich der Sechskant in seiner Platzierung verdreht und eine seitwärts gerichtete Kraft auf das Gestein ausübt, in dem er platziert ist. Sie werden von mehreren Firmen hergestellt, wobei die Größen von etwa 10 mm Dicke bis 100 mm Breite variieren. Die Seiten können gerade oder gebogen sein.

3. Federbelastete Nockenvorrichtungen

Diese bestehen aus drei oder vier Nocken, die auf einer gemeinsamen Achse oder zwei benachbarten Achsen so montiert sind, dass das Ziehen an der mit der Achse verbundenen Welle die Nocken dazu zwingt, sich weiter auseinander zu spreizen. Die SLCD wird wie eine Spritze verwendet, indem die Nocken über einen Abzug (einen kleinen Griff) gezogen werden, der sie näher drückt, sie in einen Riss oder eine Tasche im Gestein steckt und dann den Abzug loslässt. Die Federn sorgen dafür, dass sich die Nocken ausdehnen und die Felswand sicher greifen. Ein Kletterseil kann dann über eine Schlinge und einen Karabiner am Ende des Stiels befestigt werden. SLCDs sind in der Regel so konzipiert, dass sie einen konstanten Nockenwinkel mit dem Gestein aufrechterhalten, um sicherzustellen, dass die normale Kraft, die von den Nockenlappen gegen die Gesteinswand bereitgestellt wird, genügend Reibung liefert, um einen Nocken im Gleichgewicht mit dem Gestein zu halten. Diese Geräte werden auch als Freunde bezeichnet.

4. Tricams

Eine Tricam ist ein Gerät, das entweder als aktiver oder passiver Schutz verwendet werden kann. Es besteht aus einem geformten Aluminiumblock, der an einer Bandlänge (Gurtband) befestigt ist. Der Block ist so geformt, dass das Ziehen am Band es gegen den Riss drückt und den Felsen fester greift. Eine sorgfältige Platzierung ist erforderlich, damit sich der Nocken nicht löst, wenn er nicht belastet wird.

M). Kletterhelm

Der Kletterhelm ist eine Sicherheitsausrüstung, die in erster Linie den Schädel vor herabfallenden Trümmern (wie Steinen oder herabfallenden Schutzteilen) und Aufprallkräften bei einem Sturz schützt. Wenn zum Beispiel ein Leadkletterer das Seil hinter einen Knöchel wickeln lässt, kann ein Sturz den Kletterer umdrehen und somit den Hinterkopf treffen. Darüber hinaus können etwaige Auswirkungen des Pendels durch einen Sturz, die nicht durch den Belayer kompensiert wurden, auch zu Kopfverletzungen des Kletterers führen. Das Risiko einer Kopfverletzung eines stürzenden Kletterers kann durch korrektes Stürzen weiter deutlich reduziert werden.

N). Kletterschuhe

Speziell entworfene Fußbekleidung wird normalerweise zum Klettern getragen. Um den Halt des Fußes an einer Kletterwand oder Felswand durch Reibung zu erhöhen, ist der Schuh mit einer vulkanisierten Gummischicht beschichtet. Normalerweise sind Schuhe nur wenige Millimeter dick und liegen sehr eng am Fuß an. Steifere Schuhe werden zum Kanten verwendet, nachgiebigere zum Verschmieren. Einige haben eine Schaumstoffpolsterung an der Ferse, um Abfahrten und Abseilungen angenehmer zu machen. Kletterschuhe können mit einer neuen Sohle versehen werden, was die Häufigkeit verringert, mit der Schuhe ausgetauscht werden müssen.

O). Sicherungshandschuhe

Ein Sicherungshandschuh ist ein Handschuh, der entweder aus Leder oder einem synthetischen Ersatzstoff hergestellt wird und zum Schutz der Hände beim Sichern verwendet wird und besonders nützlich ist, wenn ein klassischer oder Körper-Sicherungsschuh verwendet wird. Sie sind auch sehr nützlich für die Steuerung der Sicherung mit einfachen, führenden Seilen, die 9,5 mm oder kleiner sind. Letztendlich können Sicherungshandschuhe die Möglichkeit von Seilverbrennungen und der anschließenden unfreiwilligen Freigabe des Seils verringern.

P). Medizinisches Klebeband

Medizinisches Klebeband ist nützlich, um kleinere Verletzungen zu verhindern und zu reparieren. Zum Beispiel wird oft Klebeband verwendet, um Klappen zu fixieren. Viele Kletterer verwenden Klebeband, um Finger oder Handgelenke zu binden, um wiederkehrende Sehnenprobleme zu vermeiden. Klebeband ist auch sehr wünschenswert, um Hände auf Kletterrouten zu schützen, die meist aus wiederholtem Handeinklemmen bestehen.

Q). Transporttasche

Eine Transporttasche bezieht sich auf eine große, robuste und oft unhandliche Tasche, in die Vorräte und Kletterausrüstung geworfen werden können. Ein Rucksack oder Tagesrucksack hat oft ein Gurtband und Schleppschlaufen am oberen Rand. Sie werden aufgrund ihrer zähen Beschaffenheit häufig beim Klettern an großen Wänden verwendet, sodass sie entlang des Felsens gerieben werden können, ohne dass der Sack bricht.

R). Zahnradschlinge

Eine Zahnradschlinge wird normalerweise von traditionellen oder großen Wandkletterern verwendet, wenn sie zu viel Ausrüstung haben, um in die Zahnradschlaufen ihrer Gurte zu passen. Die einfachsten Formen sind selbstgemachte Gurtbänder; aufwendigere Formen sind gepolstert.

S). Kreide

Kreide wird von fast allen Kletterern verwendet, um problematische Feuchtigkeit, oft Schweiß, an den Händen aufzunehmen. In der Regel wird Kreide als loses Pulver in einem speziellen Kreidebeutel aufbewahrt, der zum Schutz vor Verschütten entwickelt wurde und meist mit einem Kordelzug verschlossen ist.

Kletteranker bauen

Ein Kletteranker ist ein System aus einzelnen Ankerpunkten, die miteinander verbunden sind, um einen Masterpunkt zu schaffen, an dem das Seil und/oder die Kletterer befestigt werden, um sicher am Felsen befestigt zu werden. Egal, ob Sie Top-Seil-Klettern oder Lead-Klettern sind, zu wissen, wie man einen soliden Anker baut, ist absolut entscheidend, um sicher zu bleiben.

Grundlegende Schritte

Es gibt viele wichtige Überlegungen beim Bau eines Ankers, aber der Prozess kann in drei grundlegenden Schritten erklärt werden:

A). Ankerpunkte identifizieren

Bevor Sie einen Anker bauen, müssen Sie zunächst identifizieren, was Sie als Ankerpunkte verwenden werden. Was Sie verwenden, hängt weitgehend davon ab, wo Sie sich befinden und welche Ausrüstung Sie zur Verfügung haben.

Natürliche Anker, wie Bäume und Felsblöcke, können gute Anker sein und Ihnen helfen, andere Ausrüstung zu schützen. Sie müssen jedoch die Richtigkeit dieser Merkmale beurteilen, bevor Sie sie in ein Ankersystem integrieren.

Bäume: Bevor Sie einen Baum verwenden, überprüfen Sie, ob er lebendig, gut verwurzelt und stabil ist. Seien Sie misstrauisch gegenüber Bäumen, die aus Klippen wachsen, und testen Sie einen Baum immer, indem Sie mit einem Fuß dagegen drücken. Eine gute Faustregel ist, nur einen gesunden Baum mit einem Durchmesser von mindestens 12 Zoll zu verwenden. Um einen Baum als Ankerpunkt zu verwenden, können Sie einen Läufer um die Basis des Baumes kreisen und die Enden mit einem Karabiner zusammenklipsen.

Fels: Chockstones (ein Stein, der fest in einem Riss verkeilt ist) werden häufig als Teil eines Ankers auf felsigem Gelände verwendet. Überprüfen Sie, ob sie fest und gut befestigt sind. Achten Sie auf spröde Steine und Risse, die auf eine Schwäche hinweisen. Mit Hörnern (ein großer spitzer Felsvorsprung, der geschleudert werden kann) können Sie einen Läufer über die Oberseite schlingen und am Seil befestigen. Um das Seil an einem Blockstein zu befestigen, kreisen Sie einen Läufer um das Merkmal und befestigen Sie entweder die Enden mit einem Karabiner.

Feste Anker sind jede Art von künstlicher Ausrüstung, die nach dem Setzen dauerhaft am Gestein befestigt bleibt. Um das Seil zu befestigen, befestigen Sie Schnellzüge oder Läufer an der Ausrüstung. Zwei gängige Beispiele für feste Anker sind Bolzen und Gruben.

Wie bei natürlichen Ankern müssen feste Anker auf Anzeichen von Schwäche untersucht werden. Wenn Sie Risse oder übermäßige Korrosion oder Verschleiß sehen, ist das Festrad möglicherweise nicht vertrauenswürdig. Wenn sich der Bolzen oder der Piton in eine beliebige Richtung bewegt, verwenden Sie ihn nicht. Die aktuelle Standard-Bolzengröße beträgt 3/8 bis ½ Zoll im Durchmesser.

Abnehmbare Anker wie Nocken und Stopper werden verwendet, wenn kein natürlicher und fester Schutz verfügbar ist.

B). Verbinden Sie die Ankerpunkte

Um einen Anker zu bauen, verbinden Sie die einzelnen Ankerpunkte, um einen Masterpunkt zu erstellen, in den Sie einclipsen. Ein Standardanker hat zwei oder drei Ankerpunkte, die einen Zug nach unten halten, und einen, der einen Zug nach oben hält.

Um einen Anker zu bauen, müssen Sie diese Ankerpunkte verbinden und so ausgleichen, dass die Last gleichmäßig auf sie verteilt wird.

In der Regel gleichen Sie einen Anker aus, indem Sie Läufer oder einen langen Abschnitt der Zubehörschnur verwenden, der als Kordelette bezeichnet wird. Ein Kordelett ist eine Zubehörschnur, die einen Durchmesser von etwa 6 mm hat und zum Aufstellen von Ankern oder Abseilen verwendet wird, aber kompakter ist als ein Gurtband, wenn sie an einem Gurtzeug aufgehängt wird. Die Länge eines Kordeletts hängt von den Umständen beim Verankern ab, beträgt aber etwa 20 Fuß. Es gibt zwei primäre Methoden zum Ausgleich des Ankers: den statischen Ausgleich und den Selbstausgleich.

Statischer Ausgleich

Der statische Ausgleich bezieht sich auf ein Ankersystem, das mehrere Ankerpunkte umfasst, die miteinander verbunden sind. Sobald das System abgebunden ist, hat es keine Lose oder Einstellbarkeit mehr. Anker mit statischem Ausgleich eignen sich hervorragend für Anstiege, die eine klare Zugrichtung haben, z. B. gerade nach unten. Wenn Sie erwarten, dass sich die Zugrichtung ändert, ist es am besten, einen selbstausgleichenden Anker zu bauen.

Cordelette-Anker: Die Verwendung eines Cordeletts ist eine sehr beliebte Möglichkeit, zwei, drei oder mehr Ankerpunkte zu verbinden, um einen statischen Ausgleich zu schaffen.

Um ein Kordelett herzustellen, nehmen Sie einen 18–20 Fuß langen Abschnitt von 7 bis 8 mm Durchmesser Perlon-Zubehörschnur und verwenden Sie einen doppelten Fischerknoten, um die Schnur zu einer großen Schlaufe zu binden.

So gleichen Sie drei Ankerpunkte mit einem Kordelett aus:

1. Klipsen Sie das Kordelett mit Karabinern in jedes der Stücke und ziehen Sie die oberen Teile zwischen den Stücken herunter.

2. Verbinden Sie die Abschnitte mit dem unteren Teil des Kordeletts, indem Sie sie zusammenfügen und einen Verriegelungskarabiner an allen drei Schlaufen befestigen.

3. Ziehen Sie den Karabiner nach unten, um die Spannung in allen Strängen des Kordeletts auszugleichen.

4. Positionieren Sie den Knoten des Fischers so, dass er sich unter dem höchsten Ankerpunkt befindet, um ihn von dem Knoten des Masterpunkts fernzuhalten, den Sie binden werden.

5. Finden Sie so gut wie möglich heraus, woher die Kraft auf den Anker kommt, und ziehen Sie den Karabiner in diese Richtung.

6. Binden Sie alle drei Abschnitte mit einem Achtknoten zusammen, um den Masterpunkt zu erstellen. Wenn Sie nicht genug Schnur haben, um eine Acht zu binden, binden Sie eine Überhand. Beide Knoten sind effektiv, aber die Überhand ist schwieriger zu lösen, nachdem sie gewogen wurde.

7. Ziehen Sie den Karabiner, um sicherzustellen, dass alle drei Ankerpunkte gleich gewichtet sind.

Die Schleife, die durch das Binden der Acht entsteht, wird als Master-Punkt bezeichnet und sollte einen Durchmesser von etwa drei bis vier Zoll haben. Dies ist der Hauptbefestigungspunkt am Anker und ist der Ort, an dem Sie und Ihr Kletterpartner einrasten werden.

Der Nachteil eines Kordeletts ist, dass, wenn sich die Zugrichtung leicht ändert, ein Stück im Ankersystem am Ende die gesamte Last aufnehmen kann.

Selbstausgleich

Selbstausgleich ist eine Möglichkeit, einen Anker so zu konstruieren, dass er sich an Änderungen in der Zugrichtung anpasst, um die Last gleichmäßig auf die Ankerpunkte zu verteilen. Wenn Sie wissen, dass sich die Zugrichtung während des Aufstiegs ändert, versuchen Sie, einen selbstausgleichenden Anker zu schaffen.

Der Quad-Anker ist eine großartige Option an der Spitze eines Sportklettersteigs, wo Sie zwei nebeneinander liegende Schrauben haben. So erstellen Sie einen Quad-Anker:

1. Nehmen Sie Ihre Cordellete und verdoppeln Sie sie, so dass Sie vier gleich lange Stränge haben.

2. Klipsen Sie einen Verriegelungskarabiner in beide Stränge des Schlaufenendes, das der doppelten Fischerkurve am nächsten liegt.

3. Den gleichen Karabiner in einen der Bolzen einklipsen.

4. Halten Sie das gegenüberliegende Ende Ihrer Kordelettschlaufe an den anderen Bolzen.

5. Ergreife mit der Faust den Tiefpunkt in der Kordelettschlaufe.

6. Binde einen Überhandknoten auf beiden Seiten deiner Faust (etwa 8Zoll Abstand).

7. Klipsen Sie einen Verriegelungskarabiner in beide Stränge des freien Endes Ihrer Kordelettschlaufe.

8. Den gleichen Karabiner in die verbleibende Schraube einklipsen.

9. Erstellen Sie den Kraftpunkt Ihres Ankers (wo das obere Seil einrasten wird), indem Sie zwei gegenüberliegende Verriegelungskarabiner in drei der Stränge einrasten, die zwischen den Knoten verlaufen, die Sie zuvor gebunden haben. Lassen Sie den vierten Strang frei. Diese Einstellung begrenzt (fängt) die Karabiner für den Fall, dass eine Seite des Ankers ausfällt.

C). Grundsätze der Verankerung (HEITER)

Jeder Anker, den Sie bauen, wird wahrscheinlich ein bisschen anders sein. Es gibt jedoch Grundsätze, die für jeden einzelnen gelten.

Um die Prinzipien leicht zu merken, haben sich Kletterer ein Akronym wie SERENE ausgedacht. Es dient als Erinnerung daran, worüber man beim Bau eines Ankers nachdenken und worauf man achten sollte.

S für Solid

Jedes einzelne Stück, aus dem sich der Anker zusammensetzt, sollte möglichst fest sein. Dieses "Stück" kann ein Bolzen sein, der an der Spitze eines Aufstiegs platziert wurde, ein Baum oder Felsbrocken zum natürlichen

Schutz oder eine Nocke oder Mutter, die in einen Riss platziert wurde. Während es nicht immer möglich ist, jedes Stück eines Kletterankers so zu platzieren, dass es hohen Belastungen standhält, ist es wichtig, zu versuchen, die bestmöglichen Platzierungen zu erreichen.

E für Equalized

Manchmal ist es nicht möglich, einen Anker zu bauen, so dass jedes Stück einzeln hohen Belastungen standhalten kann. Ein Ankersystem so zu bauen, dass die Last auf alle einzelnen Komponenten verteilt wird, verringert die Wahrscheinlichkeit, dass eine Komponente ausfällt.

R für Redundant

Alle Komponenten des Ankers sollten über ein Backup verfügen, damit ein Single Point of Failure nicht zum katastrophalen Ausfall des gesamten Ankers führt. Wenn ein Schutzpunkt ausfällt oder ein Teil der Anlage durchtrennt wird, muss sich immer ein anderes Teil in der Anlage befinden, um die Last aufzunehmen. Übliche Beispiele sind zwei Bolzen an der Spitze eines Sportklettersteigs und drei oder mehr aktive oder passive Trad-Ausrüstung an der Spitze eines Trad-Klettersteigs.

E für Effizienz

Effizienz im Ankerbau bezieht sich nicht auf Eile, sondern auf den Versuch, eine einfache, zeitnahe Lösung für das vorliegende Problem zu finden. Wenn Sie die Dinge einfach (effizient) halten, sparen Sie Zeit und erleichtern die Bewertung der Sicherheit des Systems als Ganzes. Auf einer langen Strecke, wenn es 15 Minuten dauert, jeden Anker zu bauen, kann das Ihrem Tag an der Wand viel Zeit geben.

NE für No Extension

Wenn eine Komponente ausfällt, sollte das Ankersystem so konstruiert werden, dass Stoßbelastungen der verbleibenden Komponenten vermieden werden. Wenn das System vor oder infolge eines Versagens eines Teils durchhängt, wird eine starke Belastung auf die anderen Teile ausgeübt.

Wichtige Schritte zur Sicherung

Typischerweise hat jeder Seilkletterer, der sich an eine Felswand klammert, einen Partner, der eine kritische Rolle am Boden spielt. Der Belayer handhabt das Seil gekonnt und kann sich darauf verlassen, dass er bei jeder Notwendigkeit einen Sturz fängt.

Sichern ist eine grundlegende Fähigkeit, die beim Klettern unerlässlich ist. Grundsätzlich bestehen die wichtigsten Schritte zum Erlernen der Top-Seilsicherung aus den folgenden vier Schritten:

A). Rüsten auf Belay

Beim Sichern beim Klettern sind in der Regel ein Seil, ein Gurtzeug, ein Helm, ein Verriegelungskarabiner, ein Sicherungsgerät und Kletterschuhe erforderlich.

Ihr Sicherungsgerät wird verwendet, um die Seillose/Spannung zu bewältigen, einen Sturz zu fangen und Ihren Kletterpartner abzusenken. Die beiden wichtigsten Sicherungsgerätetypen sind Tubus und Bremsassistent.

Belay-Techniken variieren aus vielen Gründen. Wenn Sie sich für einen anderen Gerätetyp entscheiden als den, der Ihnen ursprünglich beigebracht wurde, müssen Sie mit diesem neuen Gerät Techniken erlernen und üben. Obwohl die grundlegende Oberseilsicherung auf vielen Geräten ähnlich ist, unterscheiden sich einige Details. Die Sicherung eines Leitkletterers kann ganz anders sein, insbesondere bei einer Bremsunterstützung.

B). Einrichten der Sicherung

Während sich der Kletterer mit einem 8-Knoten an das Gurtzeug <u>bindet</u>, müssen Sie mehrere Schritte ausführen:

Schließen Sie das System, indem Sie <u>einen</u> Stopperknoten am Ende des Seils anbinden. Dadurch wird sichergestellt, dass Ihr Seilende niemals vollständig durch das Sicherungsgerät läuft und den Kletterer fallen lässt.

Wenn der Kletterer viel schwerer ist als Sie, ziehen Sie auch in Betracht, sich an einen Bodenanker zu binden. Bodenanker sind auch eine Überlegung wert, wenn Sie gezwungen sind, sich an einem Ort zu sichern, der zum Beispiel nicht ideal ist, z. B. wenn Sie ein Hindernis zwischen sich und der Wand haben.

Richten Sie das Sicherungsgerät ein, indem Sie einen Seilzug durch die Röhre schieben, die Ihrer dominanten Hand am nächsten liegt. Obwohl viele Sicherungsvorrichtungen symmetrisch sind, haben einige eine gerillte Innenfläche auf einer Seite jedes Rohrs: Dies bietet zusätzliche Reibung, wenn nötig, um einen schwereren Kletterer zu sichern oder um mit einem Seil zu sichern, das dünner oder glatter als normal ist.

Die Kletterseilseite der Bucht, die hinauf zum Anker und wieder hinunter zum Kletterer führt, sollte sich immer auf der Oberseite Ihres Sicherungsgerätes befinden.

Befestigen Sie einen Verriegelungskarabiner, der durch die Bucht und das Sicherungsgerätkabel sowie Ihre Gurtsicherungsschlaufe führen muss. Um zu vermeiden, dass das Kabel an Ihrem Sicherungsgerät belastet wird, stellen Sie sicher, dass der Seilbogen das Kabel nicht überquert. Verriegeln Sie den Karabiner.

Durchführung der Sicherheitsprüfung

Vor dem Klettern überprüfen der Kletterer und der Belayer immer das Setup des anderen mit den folgenden Kontrollpunkten:

1. Knoten: Ist die Achtknotenfigur des Kletterers richtig gebunden und hat der Belayer das System mit einem Stopperknoten richtig geschlossen?

2. Schnallen: Sind beide Gurte eng anliegend mit sicher befestigten Schnallen? Unabhängig davon, ob es sich um das Schnallendesign handelt oder (bei älteren Gurten) der Kletterer die Aufgabe erfüllen muss, müssen sich die Gurte durch Schnallen zurückziehen, um sie zu sichern.

3. Sicherungsgerät: Ist es richtig eingefädelt? Passiert der Karabiner das Seil, das Sicherungsgerätkabel und die Kabelbaumsicherungsschlaufe? Ist der Karabiner verriegelt?

4. Überprüfung der Sicherheitskommunikation: Da die Begriffe variieren können, stellen Sie sicher, dass Sie Ihre Kommunikation durchgehen, um die Terminologie zu überprüfen und sicherzustellen, dass Sie jedem Begriff zustimmen, den Sie verwenden werden.

C). Sicherheitskommunikation

Seien Sie sich darüber im Klaren, denn Fehlkommunikation kann so folgenschwer sein wie jede andere Art von Ausfall des Klettersystems. Überprüfen Sie zunächst die Befehle, um sicherzustellen, dass Sie und Ihr Partner auf der gleichen Wellenlänge sind. Hier sind die gängigen Befehle:

Kletterer: „Auf Sicherung?" (Bist du bereit, mich zu sichern?)

Belayer: "Belay On." (Slack ist weg und ich bin bereit.)

Kletterer: „Klettern." (Ich werde jetzt klettern.)

Belayer: "Klettern Sie weiter." (Ich bin bereit, dass Sie klettern.)

Kletterer: „Slack." (Zahl mir ein kleines Seil aus.)

Belayer: Zahle das Seil aus und halte inne, um zu sehen, ob der Kletterer erneut fragt.

Kletterer: „Hochseil." (Seil locker einziehen.)

Belayer: Ziehen Sie das Seil locker an und halten Sie inne, um zu sehen, ob der Kletterer erneut fragt.

Kletterer: „Spannung." (Ich möchte mich jetzt ausruhen, indem ich am Seil hänge.)

Belayer: "Verstanden." (Entfernen Sie alles Spiel und halten Sie es fest.)

Kletterer: „Bereit zum Senken." (Ich bin mit dem Klettern fertig.)

Belayer: "Senken." (Verwenden Sie beide Hände, um zu brechen.)

Kletterer: „Off Belay." (Ich stehe sicher auf dem Boden.)

Belayer: "Belay Off." (Ich habe aufgehört, dich zu sichern.)

Der „Take" -Befehl: Viele Kletterer verwenden dies eher als „Spannung", wenn sie möchten, dass der Sicherungsbelag locker wird und das Gewicht des Kletterers auf dem Seil trägt. Das Argument für die Verwendung von "Spannung" ist stattdessen, dass "nehmen" mit "locker" verwechselt werden kann, und diese Befehle zu verwechseln wäre eine sehr schlechte Sache.

Beginnen Sie jeden Befehl mit dem Namen Ihres Partners. Auf einem überfüllten Felsen sind Stimmen schwer zu unterscheiden. Eine sichere Möglichkeit, dass Ihr Partner weiß, dass der Befehl von Ihnen stammt, besteht darin, den Namen Ihres Partners hinzuzufügen.

Es gibt noch einige andere wichtige Befehle. Wenn Sie diese von einem Kletterer mit oder ohne Namen rufen hören, machen Sie sich bereit.

»Rock.« Dies ist für alles, ob natürlich oder hergestellt, was sich löst. Wenn Sie dies hören, schauen Sie nach unten (nicht nach oben), damit Ihr Helm Sie schützen kann.

"Beobachte mich." Das bedeutet, dass ein Kletterer einen Sturz für wahrscheinlich hält.

»Fallen.« Bedeutet, dass der Kletterer fällt oder fallen wird.

D). Sicherungs-Technik

1. Richtige Sicherheitsposition
2. Richtige Handposition
3. PBUS-Technik (Ziehen, Bremsen, Unterfahren, Schieben)

Wenn Sie einen Top-Seilkletterer sichern, verbringen Sie die meiste Zeit damit, locker zu klettern, wenn die Person klettert. Die PBUS-Methode ist ein einfacher, effektiver Weg, dies zu tun:

Beobachten und hören Sie Ihrem Kletterer genau und kontinuierlich zu. Wenn der Kletterer pausiert, pausieren Sie. Halten Sie die Bremsposition immer inne. Sie müssen auch bereit sein, einen Sturz zu fangen, Spannung im Seil zu halten und Ihren Kletterer abzusenken.

4. Einen Sturz erwischen

Sei es, weil du den Bergsteiger „Falling!" rufen hörst und/oder du den Sturz bemerkst, weil du deinen Bergsteiger nie aus den Augen lässt, du musst schnell reagieren. Deshalb ist deine sportliche Standhaltung so wichtig.

Dein Körper wirkt als Gegengewicht zum Körper des Kletterers. Wenn Sie während des Aufstiegs konsequent nachgelassen haben, ist sowohl die Entfernung, auf die der Kletterer fällt, als auch die daraus resultierende Kraft, die Sie fangen, relativ bescheiden.

Beachten Sie, dass Kletterseile so konzipiert sind, dass sie sich ein wenig dehnen, was dazu beiträgt, die Kraft des Sturzes zu absorbieren und wiederum die Kraft auf den Körper des Kletterers während des Sturzes zu verringern.

5. Einen Kletterer halten, der pausiert

Wann immer ein Kletterer aus irgendeinem Grund innehalten möchte - zum Beispiel um sich auszuruhen, eine Bewegung in Betracht zu ziehen oder sich an der Spitze des Aufstiegs zu befinden - lautet der Befehl "Spannung".

- Entfernen Sie jegliche Lose im Seil.
- Ziehen Sie Ihre Bremshand nach unten.
- Lehnen Sie sich zurück, um die Seilspannung aufrechtzuerhalten.

- Rufe „Verstanden".

6. Absenken eines Kletterers

Wenn der Kletterer die Route beendet hat, nach Spannung gefragt hat und Sie sie bekommen haben, wird sich der Kletterer in eine sitzende Position zurücklehnen und rufen: "Senken Sie mich."

- Bringen Sie Ihre Führungshand unter Ihre Bremshand und rufen Sie „Senken".
- Lassen Sie das Seil langsam durch die Sicherungsvorrichtung führen und senken Sie den Kletterer ab.
- Halten Sie ein konstantes Tempo und passen Sie die Geschwindigkeit an, wenn der Kletterer dies wünscht.
- Fahren Sie in Bodennähe langsamer, damit der Kletterer mit gutem Stand aufsetzen kann.

Wenn der Kletterer auf zwei Beinen sicher balanciert auf dem Boden steht, ruft der Kletterer „Off say!" Du antwortest, indem du viel Schlaffheit auszahlst und "Belay off" schreist.

How to Rappel

Einleitung

Während alle Kletterer danach streben, die Spitze eines Feldes zu erreichen, ist es genauso wichtig, wieder nach unten zu kommen. Wenn wir mit dem Klettern beginnen, tun die meisten von uns das Senken auf der Stütze. Abseilen ist eine weitere wesentliche Fähigkeit, um ein abgerundeter Kletterer zu werden.

Senken erfordert einen Sicherungspartner, beim Abseilen senkt sich der Kletterer selbst ab. Abseilen ist in einer Reihe von Situationen nützlich, z. B. wenn Sie keinen Anfahrtsweg haben, um die Basis Ihres Aufstiegs zu erreichen, wie ein Berg, der das Meer berührt. Manchmal hat die Wand viele lose Felsen und Sie möchten die Route reinigen, bevor Sie klettern. In kritischen Situationen haben Sie einen verletzten Kletterer und eine Rettung von der Spitze des Aufstiegs ist erforderlich, um den verletzten Kletterer zu Fall zu bringen. Es gibt auch viele Male, wenn Sie den Verschleiß eines Ankersystems minimieren möchten, nachdem Sie den Anker gereinigt haben und herunterkommen müssen. Es gibt auch Bedingungen, wenn das Absteigen, Senken und Gehen nicht möglich oder nicht vorzuziehen ist.

Bevor Sie mit dem Abseilen beginnen, vergewissern Sie sich, dass Sie über gute Kenntnisse verfügen, <u>wie man Knoten, Biegungen und Anhängevorrichtungen bindet</u>, und dass Sie über angemessene Kenntnisse im <u>Bleiklettern</u> und <u>Sichern von Blei</u> verfügen. Beim Abseilen kommt es zu Kletterunfällen. Es ist wichtig, sich die Zeit zu nehmen, um zu lernen, wie man sie richtig macht. Bis Sie den Prozess unter der Aufsicht eines Experten gemeistert haben, sollten Sie sich nicht alleine abseilen.

HOW TO EMERGENCY RAPPEL

1: CHOOSE an anchor. Loop the center of your rope around a healthy, deep-rooted tree or a solid rock or boulder.

2: THROW both ends of the rope over the cliff. Make sure they reach the bottom and are not tangled.

3: FACE uphill and straddle the double rope. Pull the rope around your right thigh and lead it diagonally across your chest. Thread the rope over your left shoulder and across your back to your right hip.

4: HOLD the rope in front of you with your left hand and the rope behind you with your right. Lean back against the rope as you walk backward over the cliff.

5: STEP backwards down the cliff as you feed the rope over your body until you reach the ground.

6: WHEN you're safely at the bottom, pull one end of the rope to retrieve it from the anchor.

Die vier wichtigen Schritte beim Abseilen

A). Überprüfung der Abseilausrüstung

Deine unverzichtbare Kletterausrüstung ist auch deine Abseilausrüstung, mit ein paar Ergänzungen.

Ein zusätzliches Gerät, das hier und für viele Abseilungen benötigt wird, ist ein persönliches Ankersystem (PAS), das an Ihrem Gurtzeug durch eine Gurthaftung befestigt ist, die durch beide Gurtbindungspunkte gebunden ist. (Wenn Sie eine alternative Art von Ankerhalter an einem PAS verwenden, ändern sich einige Schritte hier leicht).

Sie benötigen auch eine 24 bis 36 Zoll lange 5 oder 6 mm lange Schnur, die mit einem doppelten Fischerknoten in einer Schlaufe gebunden ist. Dies ist für die Autoblock-Anhängerkupplung, die Ihr Abseilgerät sichert.

Beachten Sie, dass Sie dies regelmäßig überprüfen und ersetzen müssen, da Abseilungen Reibung erzeugen, die die Festigkeit des Kabels im Laufe der Zeit beeinträchtigt.

Überprüfen Sie auch die Herstellerempfehlungen für Ihr Sicherungsgerät. Einige eignen sich besser zum Abseilen als andere.

- Die meisten röhrenförmigen Sicherungsgeräte sind für Abseilungen zugelassen.
- Die meisten mechanischen Sicherungsgeräte eignen sich eher für die Sicherung als für die Abseilung.
- Das klassische Sicherungsgerät Figure-8 ist für Abseilungen zugelassen, und viele Kletterer glauben, dass es dafür besser geeignet ist als das Sicherungsgerät.

Ein nicht notwendiger Gegenstand, den viele Kletterer auch nehmen, sind Abseilhandschuhe, besonders wenn sie mehrere Abseilungen durchführen.

B). Vorbereitung am Anfang der Route

Diese Schritte variieren mit jedem Abseil-Szenario. In diesem Fall sind Sie an die Spitze der Route geklettert, um einen Top-Seil-Anker zu reinigen.

1. Befestigen Sie einen Schnellzug an einer Schraube oder einem anderen zulässigen Punkt und befestigen Sie das Seil an diesem Zug.

2. Sagen Sie Ihrem Sicherungshalter, dass er die Lose aufnehmen soll (der Sicherungshalter sichert Ihren Pas).

3. Verwenden Sie einen Verriegelungskarabiner, um eine Schlaufe des Pas an der gleichen Schraube wie die Ziehung zu befestigen.

4. Befestigen Sie eine weitere Pas-Schlaufe an der anderen Schraube und stellen Sie sicher, dass Sie eine Schlaufe auswählen, die das System während der Arbeit locker hält.

5. Reinigen und befestigen Sie den oberen Anker.

6. Bitten Sie um Durchhang und ziehen Sie etwa 30 Fuß Seil hoch.

7. Binden Sie die Lose mit einer Nelkenkupplung oder überhand an einer Bucht ab und befestigen Sie sie in Ihrer Sicherungsschlaufe. Dadurch wird verhindert, dass ein falsch behandeltes Seil zu Boden fällt und Sie stranden.

8. Lösen Sie die Abbildung 8, die das Seil an Ihrem Gurt befestigt, und fädeln Sie das Seil durch das untere Glied an beiden Ketten.

9. Schließen Sie das System, indem Sie einen Stopperknoten am Ende des Seils anbinden. In Kombination mit dem Stopperknoten, den Sie bereits am Bodenende des Seils angebunden haben sollten, stellen Sie sicher, dass Sie die Seilenden nicht abseilen können.

10. Fördern Sie das Seil, bis Sie an die Nelkenanhänger oder über eine Bucht kommen, die an Ihrer Sicherungsschlaufe befestigt ist. Lösen Sie es und füttern Sie das Seil weiter, bis sich die mittlere Markierung am Seil am oberen Punkt Ihres Abseils befindet.

11. Lassen Sie Ihren Belayer bestätigen, dass beide Seilenden den Boden berühren.

C). Rappel einrichten

Ihr PAS sollte immer noch fest mit beiden Schrauben verbunden sein. Jetzt kann es als Erweiterung Ihres Abseilgeräts eingerichtet werden.

1. Richten Sie eine Erweiterung für Ihr Abseilgerät ein:

Eine Verlängerung Ihres Abseilgeräts hält es von loser Kleidung fern, erleichtert das Sichern und Zentrieren, sodass Sie die Bremsstränge leichter kontrollieren können.

- Clipsen Sie einen Verriegelungskarabiner durch zwei der Schlaufen an Ihrem Pas und das Kabel Ihres Abseilgeräts.

- Greifen Sie beide Litzen des Seils, die in der Nähe der Abseilvorrichtung hängen, drücken Sie sie in eine Schlinge und schieben Sie sie durch beide Seiten der Abseilvorrichtung.

- Befestigen Sie Ihren Schließfachkarabiner in beiden Seilschlaufen und dem Kabel an der Abseilvorrichtung.
- Verriegeln Sie den Karabiner.

2. Sichern Sie Ihr Abseilgerät:

Sichern Sie Ihr Abseilgerät immer mit einer Reibungskupplung, die hilft, die Bremsstränge zu halten, wenn etwas passiert und Sie Ihren Halt verlieren. Zu den Anhängerkupplungsoptionen gehören der Prusik und der Autoblock, die hier beschrieben werden:

- Nehmen Sie Ihre vorgebundene 24 bis 36 Zoll Seilschlaufe und wickeln Sie ihre Litzen mehrmals um die Litzen Ihres Kletterseils.
- Befestigen Sie einen Verriegelungskarabiner durch (beide) verbleibende Enden der Schlaufe und die Sicherungsschlaufe Ihres Gurtzeugs.
- Überprüfen Sie, ob die umwickelten Stränge auf der Anhängerkupplung ordentlich und nicht gekreuzt sind.
- Überprüfen Sie, ob die Anhängevorrichtung nicht so lang ist, dass sie sich in Ihrem Abseilgerät verklemmen kann.
- Schieben Sie die Anhängerkupplung so hoch wie möglich, dann, mit Ihrer Bremshand fest auf dem Seil, wiegen Sie das Seil sanft, um zu sehen, ob die Anhängerkupplung Sie hält; wenn nicht, wickeln Sie die Schlaufe eine zusätzliche Zeit ein und verriegeln Sie den Karabiner wieder.

D). Abseilen

1. Überprüfen Sie alle Knoten, Anhängerkupplungen und Verriegelungskarabiner und stellen Sie sicher, dass alles sicher ist. Überprüfen Sie, ob beide Seilenden einen Knoten haben und beide Knoten auf dem Boden liegen.

2. Rufen Sie Ihrem Sicherungspartner unten "auf Abseilen" zu.

3. Stellen Sie Ihren Autoblock so ein, dass die Bremshand dazu neigen kann.

4. Halten Sie Ihre Bremshand am Seil, wo sie immer bleiben muss. Nehmen Sie das Seil locker auf und wiegen Sie es.

5. Lösen Sie Ihren PAS vom Anker und befestigen Sie das Ende an Ihrer Sicherungsschlaufe. Dies schafft Redundanz in Ihrer Abseilverlängerung.

6. Um mit dem Absenken zu beginnen, führen Sie das Seil mit Ihrer Führungshand durch die Abseilvorrichtung.

7. Versuchen Sie, Ihre Beine senkrecht zur Wand zu halten und Ihren Oberkörper leicht nach innen zu lehnen, während Ihre Füße Sie rückwärts die Wand hinuntergehen.

8. Drehen Sie Ihren Kopf, um auf Hindernisse zu achten. Behalten Sie ein gleichmäßiges, kontrolliertes Tempo bei.

9. Wenn Sie den Boden erreichen, entfernen Sie den Autoblock, ziehen Sie die Seile aus Ihrem Gerät und sagen Sie Ihrem Partner, dass Sie nicht abseilen.

10. Um Ihr Seil zurückzuholen, lösen Sie die Endknoten und ziehen eine der Litzen, bis sie frei ist und von den Abseilringen fällt.

Wie man durch Jumaring aufsteigt

Beim Jumaring geht es über Jumars, eine aufsteigende Ausrüstung, die von einer Schweizer Firma namens Jumar Pangit hergestellt wird, ein Seil hinauf. Die Gründer sind Adolf Juesi und Walter Marti. Juesi studierte Adler für die Schweizer Regierung, was bedeutete, auf Klippen aufzusteigen, um das Adlernest zu erreichen. Marti entwickelte für ihn den Ascender und 1958 wurde der erste Jumar in den Klettermarkt eingeführt. Viele neuere Modelle kamen anschließend von verschiedenen Herstellern wie Petzl, das 1968 von Fernand Petzl gegründet wurde, einem französischen Unternehmen, das sowohl gehandhabte als auch grifflose Steigrohre herstellt.

Diese Aufsteiger sind eine Art Klammern, die mit einem Griff befestigt sind, der hilft, sich frei an einem abgeschnittenen Seil hochzubewegen und bei bestimmtem Druck nach unten zu verriegeln. Diese Aktivität erfordert Ausgewogenheit und Konzentration. Es ist anders als beim Klettern, wo Kletterer mit Hilfe von natürlichen Griffen über die Felsen wandern, über Felskanten treten und mit der notwendigen Ausrüstung klettern.

Beim Jumaring klettert der Kletterer mit so genannten Jumars die Steigleiter hinauf, um den Gipfel zu erreichen. Diese Stegleiter wird verwendet, weil sie dem Kletterer den Aufstieg erleichtert, indem er sich am Seil hochzieht.

Für den Einstieg benötigen Sie zwei Jumars (links und rechts) und jeder Jumar sollte einen eigenen Verriegelungskarabiner haben, vorzugsweise einen kleineren ovalen oder D-förmigen Karabiner mit einem regulären Verriegelungstor. Jeder Jumar sollte an einer Gänseblümchenkette und einer Stegleiter-Kombination befestigt werden. Der Jumar mit der dominanten Hand ist oben und das Gänseblümchen sollte etwa 6 bis 8 Zoll kürzer sein als die Reichweite Ihres Arms (Ihr Arm sollte immer noch leicht gebeugt sein, wenn das Gänseblümchen vollständig ausgestreckt ist). Die Gänseblümchenkette des unteren Jumar sollte kürzer sein (einige Zentimeter weniger als die Länge Ihres Unterarms).

Wenn Sie den Jumaring-Vorgang beginnen, legen Sie zuerst Ihre Füße in die Stegleiter auf jedem Bein. Wenn die linke Hand dominant ist, dann ist dieser Aufsteiger höher und wenn sich der linke Fuß in der fünften Schleife der Stegleiter von oben befindet, dann sollte der rechte Fuß auf einem niedrigeren Niveau als der linke Fuß platziert werden.

Wenn Sie mit dieser Technik aufsteigen, bewegt sich der obere Jumar leicht, während Sie mit Ihrem Gewicht auf dem unteren Jumar stehen. Aber der untere Jumar kann schwieriger zu bewegen sein, da sich hinter dem Jumar kein Gewicht befindet. Schieben Sie nun den unteren Jumar nach oben, indem Sie die Nockeneinheit des unteren Jumars deaktivieren (verwenden Sie Ihren Daumen, um den Nocken am unteren Jumar leicht zu öffnen, damit er sich nach oben bewegt). Wiederholen Sie diesen Vorgang, bis das Seil gespannt ist. Der Schlüssel zu einer effizienten Bewegung mit dieser Technik besteht darin, Ihr Gewicht auf den Füßen zu halten. Wie bei jeder Art von Klettern sollten deine Arme dich nur aufrecht halten, während deine Füße dich nach oben treiben.

Eine wichtige Vorsichtsmaßnahme beim Jumaring ist das Tragen einer Ersatzprusik-Schlinge, nur für den Fall, dass das Jumar versagt oder fallen gelassen wird. Ein Grigri ist ein effektiverer niedrigerer Aufsteiger als ein Prusik, also ist dies die erste Sicherung zu einem Aufsteiger. Zweitens: Vorsicht vor scharfen Kanten. Jumaring setzt das Seil unter Spannung und scharfe Kanten können es schneiden. Zu guter Letzt sollten Sie die Standard-Klettertechnik nicht außer Acht lassen. Suchen Sie nach Felsvorsprüngen für Ihre Füße. Halten Sie Ihre Füße auf glatten Abschnitten in der Steigleiter, aber versuchen Sie, auf dem Felsen zu stehen, sich mit dem Oberkörper nach vorne zu lehnen und im Grunde nach oben zu gehen, während Sie die Jumars auf dem Kletterseil schieben.

Verwendung des Sitzgurts

Teile eines Klettergurts

Wenn Sie neu im Klettern sind, ist es wichtig, zuerst die Teile eines Gurtes zu verstehen.

a). Hüftgurt: Die meisten versuchen, eine Kombination aus Komfort und minimalem Gewicht zu bieten. Ein oder zwei Schnallen helfen bei der Einstellung des Gürtels.

b). Schnallen: Diese bestehen aus einem oder zwei Metallstücken, um einen manuellen Doppelrücken bzw. einen automatischen Doppelrücken zu ermöglichen. Die Schnalle ist in der Regel etwas außermittig, um Konflikte mit der Seilbindung zu vermeiden. Ein Gurt muss eine Schnalle für den Hüftgurt haben, braucht aber nicht unbedingt Schnallen an den Beinschlaufen.

c). Beinschlaufen: Für Komfort gepolstert und verstellbar, um Kleidungswechsel beim Binden zu ermöglichen. Beinschlaufen werden aus einer Vielzahl von Materialien hergestellt.

d). Getriebeschlaufen: Entwickelt, um Ausrüstung wie Schnellzüge und Karabiner zu tragen. Die meisten Gurte haben vier Ausrüstungsschlaufen, aber spezielle Gurte haben zusätzliche Schlaufen, um noch mehr Ausrüstung zu tragen. Zahnradschlaufen werden üblicherweise aus Kunststoff oder Gurtbandmaterial hergestellt.

e). Förderschlaufe: Diese Schlaufe aus genähtem Gurtband befindet sich auf der Rückseite des Gurtzeugs und wird verwendet, um ein zweites Seil oder eine zweite Förderleine zu befestigen. Es ist nicht dazu bestimmt, tragfähig zu sein oder für einen Schutz eingeclipst zu werden. Verwenden Sie diese Schlaufe niemals für Abseilzwecke.

f). Sicherungsschlaufe: Dies ist der stärkste Punkt am Gurtzeug, das aus Nylongewebe besteht und das einzige Teil ist, das belastungsgeprüft ist. Alles, was hart ist, sollte an der Sicherungsschlaufe befestigt werden (ein verriegelnder Karabiner, beim Sichern oder Abseilen). Sie sollten nichts wie eine Schlinge um die Sicherungsschlaufe binden, da sich die Sicherungsschlaufe sonst schneller abnutzt.

g). Anbindungspunkte: Dies sind die beiden Schlaufen, die mit der Sicherungsschlaufe verbunden sind. Sie sind zwar nicht festigkeitsgeprüft, aber ziemlich stark. Unabhängige Studien zeigen Bindungspunkte von etwa 12–14 Kilonewton (2.700-3.100 Pfund). Jede Schnur, jedes Seil oder Gurtband sollte sowohl durch die unteren als auch durch die oberen Einbindungspunkte befestigt werden. Dadurch wird der Verschleiß verteilt. Sichern oder abseilen Sie Ihren Karabiner nicht mit den 2 Anbindungspunkten, da dies die Festigkeit des Karabiners schwächt. Verwenden Sie stattdessen die Sicherungsschleife.

h). Rise/Elastikbänder: Der Rise ist der Abstand zwischen den beiden Beinschlaufen und dem Taillengurt. Es ist mit dünnen Gurtbändern oder elastischen Riemen verbunden. Wenn die Gurte vom Hüftgurt abnehmbar sind, gilt das Gurtzeug als Drop-Seat-Gurtzeug. Viele alpine und traditionelle Gurtzeuge sind Drop-Seat-Gurte und ermöglichen es einem Kletterer, die Beinschlaufen abzunehmen, ohne sie zu lösen, wenn die Natur es verlangt. Es gibt andere Sport- und Fitnessgurte, die über dauerhafte Gurte verfügen, die nicht vorübergehend entfernt werden können. Solche Gurte können nach oben und unten verstellt werden, um die Form des Gurtzeugs zu verändern.

Arten von Klettergurten

Gurte sind für bestimmte Kletterstile konzipiert, wie zum Beispiel:

Traditionelle Gurte

Traditionelles Klettern erfordert in der Regel viel mehr Ausrüstung als Sportklettern, so dass ein traditionelles Gurtzeug den Platz maximiert und gleichzeitig relativ leicht und komfortabel ist. Die typischen Merkmale bestehen aus verstellbaren Beinschlaufen mit Schnallen, die entweder automatisch oder manuell mit Doppelrücken sind. Es gibt vier oder mehr Ausrüstungsschleifen, die viel Ausrüstung aufnehmen können. Die Polsterung für das Gurtzeug ist dick und langlebig, um den Komfort zu erhöhen und gleichzeitig längere Zeit im Gurtzeug zu verbringen. Es gibt eine zusätzliche Lendenpolsterung auf dem Rücken, um den unteren Rücken und die Taille zu stabilisieren. Es gibt eine Schleife, um ein zusätzliches Seil zu tragen.

Eis und gemischte Gurte

Ähnlich wie herkömmliche Gurtzeuge, aber so konzipiert, dass sie den winterlichen Bedingungen standhalten. Typische Merkmale sind verstellbare Beinschlaufen mit Schnallen, die entweder automatisch oder manuell doppelter Rücken sind. Die Beinschlaufen sind vollständig verstellbar, um über Winterkleidung zu passen. Es gibt vier oder mehr Zahnradschleifen, die für Winterausrüstung wie Eisschrauben und Eiswerkzeuge ausgelegt sind. Es gibt einen oder mehrere Klipperschlitze, um die Befestigung von Eisschneidern zur Aufnahme von Schrauben und Werkzeugen zu ermöglichen. Es gibt eine zusätzliche Lendenpolsterung auf dem Rücken, um den unteren Rücken und die Taille zu stabilisieren. Es gibt eine Schleife, um ein zweites Seil zu tragen.

Alpines Bergsteigergeschirr

Diese bieten Vielseitigkeit für die ganze Saison und sind leicht mit verstellbaren Beinschlaufen für eine einfache Verwendung. Es gibt vier oder weniger Ausrüstungsschleifen, um eine minimale Menge an Ausrüstung zu transportieren, die ein Paket nicht stört. Das Gurtzeug besteht aus dünnem Material, um ein kleineres und besser verpackbares Gurtzeug zu schaffen, das nicht den ganzen Tag getragen werden kann. Die Sicherungsschlaufen sind ebenfalls dünn und in einigen Fällen vollständig vom Gurtzeug abnehmbar. In diesem Fall muss man den Hüftgurt und die Beinschlaufe sichern oder abseilen. Es gibt eine Schleife, um ein zweites Seil zu tragen.

Spezialisierte Rettungsgurte

Der Ganzkörper-Rettungsgurt verfügt über eine Kombination aus einem Brustgurtsystem und einem Sitzgurtsystem, um mehr Körperunterstützung zu bieten, die benötigt wird, um schwere Lasten zu tragen oder große Objekte zu stabilisieren. Solche Gurte sind nicht für normale Kletterzwecke gedacht.

Schritte zum Anlegen eines Klettergurts

1. Lösen Sie zuerst die Riemen an beiden Beinschlaufen (wenn sie verstellbar sind) und dann den Riemen, der den Hüftgurt sichert.

2. Steigen Sie in das Gurtzeug. Achten Sie darauf, dass sich die Beinschlaufen nicht kreuzen, die Sicherungsschlaufe nicht verdreht ist und der Hüftgurt nicht auf dem Kopf steht. Die Sicherungsschlaufe sollte zur Vorderseite des Gurtzeugs zeigen.

3. Platzieren Sie den Hüftgurt etwas über Ihrem Beckenkamm, der für die meisten Menschen in der Nähe des Bauchnabels liegt. Der Hüftgurt über den Hüften sorgt dafür, dass Sie nicht versehentlich aus dem Gurt rutschen, wenn Sie auf den Kopf fallen. Sobald der Hüftgurt positioniert ist, ziehen Sie ihn fest an.

4. Sie sollten nicht mehr als eine 2-Finger-Lücke zwischen Ihrer Taille und dem Gurtzeug haben. Stellen Sie sicher, dass die Schnalle zurückgedoppelt ist (nicht notwendig, wenn die Schnalle ein Auto-Doppelrücken-Modell ist).

5. Passen Sie die Beinschlaufen einzeln an. Einige Gurte haben keine verstellbaren Beinschlaufen und verwenden ein Stück Elastik, damit sich die Beinschlaufe dehnen kann.

6. Die genaue Platzierung der Beinschlaufen ist weniger wichtig als der Hüftgurt. Es basiert mehr auf Komfort. Stellen Sie sicher, dass die Schlaufen Mobilität ermöglichen und nicht in einer Weise einklemmen, die weh tun könnte. Ich finde, dass es am besten ist, die Beinschlaufen nahe an der Leistengegend zu platzieren und eine 2-Finger-Lücke zwischen der Schlaufe und meinem Bein zu haben.

7. Stellen Sie schließlich sicher, dass die Schnallen an jeder Schlaufe doppelt sind. Sie sind jetzt bereit, Ihr Gurtzeug zu testen.

Schritte zum Testen eines Gurtzeugs

1. Es ist unmöglich zu sagen, ob ein Gurtzeug wirklich bequem ist, ohne daran zu hängen oder es zu gewichten. Wenn Sie das Gurtzeug an einer Wand testen, sollte es sich relativ bequem anfühlen und leicht aufrecht sitzen können.

2. Der Hüftgurt darf sich nicht verschieben oder übermäßig bewegen. Wenn dies der Fall ist, ziehen Sie es fest, bis die Schaltung stoppt. Der Gurt sollte sich auch nicht so anfühlen, als würde er zu stark in die Haut eindringen. Wenn es spürbare Druckpunkte gibt, sollten Sie ein anderes Gurtzeug ausprobieren. Sie können das Verschieben auch testen, indem Sie versuchen, den Hüftgurt über die Hüften nach unten zu ziehen. Wenn Sie dies nicht tun können, bedeutet dies, dass das Taillenband richtig platziert ist.

3. Wenn Sie das Gefühl haben, dass Sie zu viel von Ihrem Rumpf verwenden, um sich aufrecht zu halten, müssen Sie möglicherweise den Anstieg des Gurtzeugs anpassen. Jede Beinschlaufe hat einen elastischen Riemen am Rücken, der in der Länge verstellbar ist. Die Verkürzung der Rise sollte es Ihnen ermöglichen, aufrecht im Gurt zu sitzen, ohne zu viel von Ihrem Rumpf zu verwenden. Wenn die Anpassung der Steigung nicht hilft, sollten Sie ein anderes Gurtzeug ausprobieren.

4. Es sollte daran erinnert werden, dass jeder anders ist und nicht jedes Gurtzeug perfekt zu Ihnen passt. Es ist also ratsam, ein paar verschiedene Modelle auszuprobieren, um zu sehen, welches für Sie am besten geeignet ist.

Kabelbaum-Standards

Klettergurte sind, wie die meisten Klettergeräte, auf Sicherheit ausgelegt. Die Kräfte, die erforderlich sind, um den Gurt zu brechen, würden die Kraft, die erforderlich ist, um innere Körperverletzungen zu verursachen, bei weitem übersteigen. Dies ist Ihnen bei der Auswahl eines Gurtzeugs vielleicht nicht wichtig, aber die Informationen sollten jedem klugen Kletterer bekannt sein.

Alle Kabelbäume müssen einer strengen Prüfung unterzogen werden, um die Anforderungen der **Union Internationale des Associations d'Alpinisme (UIAA 105)** oder des **Europäischen Komitees für Normung (EN 1277)** zu erfüllen. Beide sind unabhängige Testgruppen, die dazu beitragen, Qualitätsstandards bei einer Vielzahl von Produkten zu gewährleisten.

Auswahl des Campingplatzes

Die Wahl eines Campingplatzes ist wie die Wahl Ihres Hauses. Es gibt viele wichtige Faktoren, die bei der Auswahl eines Campingplatzes eine Rolle spielen.

1. Wissen im Voraus

Beim Trekking in den Bergen sollten Sie Ihre Reiseroute im Voraus planen. Sie sollten wissen, wie viel Strecke Sie an einem Tag zurücklegen und wo Sie am Ende des Tages campen werden.

2. Nähe zur Wasserquelle

Genau wie Sie einen Wasseranschluss in Ihrem Zuhause benötigen, benötigen Sie eine Wasserquelle in der Nähe Ihres Campingplatzes, um Vorgänge wie Kochen, Waschen, Trinken und Aufräumen durchzuführen.

Denken Sie bei der Auswahl eines Campingplatzes daran, dass Ihre Wasserquelle läuft und nicht stagniert. Stehendes Wasser kann mit Tierkadavern und Mücken verschmutzt werden. Es ist besser, einen fließenden oder frischen Wasserstrahl zu finden. Stellen Sie sicher, dass Sie Ihre Wasserquelle sauber und hygienisch halten. Verschmutzen Sie den Wasserstrom nicht mit Ihrem Abfall. Campen Sie in einer Entfernung von 200 Fuß von der Wasserquelle.

3. Ebene der Oberfläche

Wählen Sie den Bereich des Campingplatzes, der groß genug ist, um Ihre Trekkinggruppe unterzubringen. Berge neigen dazu, eine unregelmäßige Oberfläche zu haben. Wenn Sie mit einer großen Gruppe campen, wählen Sie einen ebenen Boden, der alle Zelte aufnehmen kann. Es sollte genug Wasser für alle da sein.

Der Boden, auf dem Sie campen möchten, sollte eben und nicht steil sein. Sie werden die Bedeutung von ebenem Boden in der Nacht kennen, während Sie in Ihrem Zelt schlafen. Wenn sich Kopf und Zehen nicht auf dem gleichen Niveau befinden, stört dies die Durchblutung im Schlaf.

Ein ebener Untergrund steht zwar nicht immer zur Verfügung, ist aber bei der Wahl eines Campingplatzes erwünscht. Wenn kein ebener Bereich verfügbar ist, können Sie leicht von einer Seite graben und die Erde auf der anderen Seite verschieben, um einen ebenen Bereich zu schaffen. Ihr Campingplatz sollte erhöht sein, damit sich das Wasser bei Regen nicht ansammelt und in Ihre Zelte gelangt.

Mache eine enge Schlucht mit deinem Eispickel oder deiner Schaufel um dein Zelt, um das Wasser abzulassen. Lassen Sie Staunässe kein Problem sein.

4. Sonnenlicht- und Windfaktor

Wenn Ihr Campingplatz für ein paar Tage ein Basislager sein wird, wählen Sie einen Ort, der tagsüber viel Schatten bietet. Das Nylon-Vordach eines Zeltes kann sich verschlechtern, wenn es längere Zeit in direktem Sonnenlicht steht. Viele Menschen richten das Kopfende ihrer Zelte gerne nach Osten, um die frühen Morgenstrahlen der Sonne einzufangen. Obwohl dies nicht unbedingt erforderlich ist, kann es Ihnen helfen, morgens aufzuwachen.

Antizipieren Sie den Wind. Wenn es sehr windig ist, versuchen Sie, einen Campingplatz zu wählen, auf dem Felsbrocken oder Bäume eine Barriere bilden. Dies ist wichtig, wenn Sie das Zelt aufschlagen. Das Rascheln des Windes kann Sie im Schlaf stören. Die Tür Ihres Zeltes sollte nicht dem Wind zugewandt sein. In der Regel kommt der Wind abends aus den Bergen in Richtung Ebene. Eine einfache Daumenregel lautet also, deinem Zelt bergab entgegenzusehen.

5. Camping auf Schnee

Camping auf Schnee reduziert Ihre Umweltbelastung auf nahezu Null. Vermeiden Sie einfach Bereiche mit Tierspuren, um die Tierwelt nicht zu stören. Campen Sie höher statt niedriger. Kalte Luft neigt dazu, sich in Tälern zu sammeln. Berechnen Sie, wo die Sonne am Morgen zuerst ankommen könnte und positionieren Sie Ihr Zelt entsprechend, wo es am Morgen den vollen Sonnenstrahl erhält. Untersuchen Sie die Oberfläche des Schnees und prüfen Sie, ob er eine frostige, spröde Textur hat, was auf raue Windmuster hinweist. In einem solchen Fall ist es am besten, woanders nach einem Standort zu suchen. Untersuchen Sie das Gebiet auf Anzeichen von Lawinenaktivität wie einen Baumabschnitt, der von einer vergangenen Lawine niedergemäht wurde, oder auf Lawinentrümmer in der Gegend unter Ihnen. Wenn ja, bewegen Sie sich in einen weniger bedrohlichen Bereich.

6. Küchenbereich

Küchenbereiche sollten sich auf bereits betroffene Bereiche oder einen Standort konzentrieren, an dem es natürlich an Vegetation mangelt, wie z. B. freiliegendes Grundgestein oder sandige Bereiche. Eine ideale flache

Gesteinsplattform eignet sich am besten zum Kochen, da sie die Wärme leicht ableitet und die harte Oberfläche auch die Reinigung von Ablagerungen ermöglicht und kein Wasser durchsickern lässt.

7. Toilettenbereich

Die morgendlichen Waschungen sollten weit weg vom Zelt getragen werden. Die Exkremente laden Mücken und Fliegen ein und verbreiten den üblen Geruch überall.

Wählen Sie einen Ort, der mindestens 200 Fuß von den Zelten und der Wasserquelle und in Abfahrtsrichtung von Ihrem Hauptlager entfernt ist. Der Regen spült den Abfall weg. Katzenlöcher sind die am weitesten verbreitete Methode der Abfallentsorgung. Verwenden Sie eine Gartenkelle, um ein 6 Zoll bis 8 Zoll tiefes Loch mit einem Durchmesser von 4 Zoll bis 6 Zoll zu graben. Das Katzenloch sollte nach Fertigstellung mit natürlichen Materialien abgedeckt und verkleidet werden. Versuchen Sie, einen Standort mit organischem Material zu finden, da diese Organismen enthalten, die zur Zersetzung des Abfalls beitragen. Lokalisieren Sie Ihr Katzenloch, wo es maximales Sonnenlicht erhält, was die Zersetzung unterstützt.

8. Zu vermeidende Bereiche

Stellen Sie Ihr Zelt nicht an einem Ort auf, an dem tote Bäume mit überhängenden Ästen über dem Zeltbereich stehen. Vermeiden Sie Erdrutsch- und Lawinengefährdete Bereiche. Oberhalb Ihres Campingplatzes sollte sich kein loser Felsvorsprung befinden.

9. Hinterlassen Sie keine Spuren

Wenn Sie gepackt sind und bereit sind, auf einen anderen Campingplatz zu ziehen, stellen Sie sicher, dass Sie keine Spuren hinterlassen. Wenn Sie irgendwelche Abfälle zurücklassen, wird es nicht nur die Umgebung verschmutzen, sondern auch wilde Tiere anziehen. Abgeschabte Flächen mit einheimischen Materialien wie Kiefernnadeln, Zweigen und Steinen abdecken. Bürsten Sie Fußabdrücke aus und harken Sie verfilzte Grasflächen mit einem Stock, um die Erholung des Standorts zu erleichtern und ihn als Campingplatz weniger offensichtlich zu machen. Dieser zusätzliche Aufwand wird dazu beitragen, alle Hinweise zu verbergen, wo Sie campiert haben, und die unberührte Pracht der natürlichen Umgebung zu bewahren.

Zeltplatz

Da sie über weite Strecken getragen werden müssen, sind Rucksackzelte auch so konzipiert, dass sie zu einem ordentlichen Paket komprimiert werden können, das für Rucksäcke kompakt ist.

Teile eines Rucksackzeltes

Beginnen wir mit den allgemeinen Merkmalen, die ein Zelt ausmachen.

1. Zeltkörper

Dieser Teil umfasst den Boden und das Stoffoberteil, auch bekannt als Außenzelt.

2. Regenfliege

Dies ist die wasserdichte Abdeckung, mit der Regen von den Seiten des Außenzeltes ablaufen kann. Es widersteht auch Winden und schützt so das Zelt. Die Regenfliege wird in der Regel an die Form des Zeltes angepasst.

3. Zeltstangen

Die Zeltstangen sind es, die das äußere Zelt festhalten. Sie bilden den Rahmen und geben dem Zelt eine stabile Struktur.

4. Zeltstangenhülsen oder -clips

Zur Befestigung der Zeltstangen am Außenzelt werden Zeltstangenhülsen oder Clips verwendet. Diese befinden sich am Zeltkörper.

5. Abspannleinen

Eine Abspannleine ist eine am Außenzelt befestigte Schnur, die weiter im Boden verankert ist, um dem Zelt Stabilität zu verleihen und windigen Bedingungen standzuhalten.

6. Zeltklammern

Ein Zeltpflock ist eine nagelartige Struktur, die in verschiedenen Formen und Größen in den Schmutz getrieben wird, um sowohl das äußere Zelt als auch die Abspannleine am Boden zu verankern. Tragen Sie beim Trekking immer zusätzliche Zeltklammern bei sich, da diese oft brechen oder sich biegen können.

7. Anknüpfungspunkte

Zur Befestigung der Abspannleinen finden Sie Abspannpunkte an der Regenfliege. Diese Abspannleinen werden dann mit Zeltstiften am Boden verankert. Auf diese Weise erhält das Zelt eine Gesamtstruktur und Stabilität.

8. Lüftungsschlitze

Die Belüftungsöffnungen lassen Feuchtigkeit aus dem Zelt entweichen und reduzieren so die Menge an Kondenswasser, die sich auf der Innenseite der Regenfliege aufbaut.

9. Bug Netting

Insektennetz verhindert das Eindringen von Insekten in den Schlafbereich und hilft auch bei der Belüftung.

Dies sind die wesentlichen Teile, die ein einfaches Rucksackzelt ausmachen. Es gibt weitere Ergänzungen, die an einem Rucksackzelt vorgenommen werden können, um Ihren Aufenthalt komfortabler zu gestalten. Viele Camper ziehen es vor, Zeltzubehör mitzubringen, um auf unsichtbare Situationen vorbereitet zu sein.

Zusätzliches Rucksack-Zeltzubehör

1. Gear Lofts

Gear Lofts sind zusätzlicher Stauraum, der vom Dach des Zeltes abgehängt werden kann.

2. Kerzenlaternen

Sie können von der Decke abgehängt werden. Kerzenlaternen tragen dazu bei, das Zelt zu erwärmen und das Zelt zu beleuchten.

3. Bodenbleche

Bodenbleche verhindern, dass das Zelt auf dem Campingplatz von scharfen Steinen/Kieselsteinen durchbohrt oder abgeschliffen wird.

4. Reparatursatz

Es ist immer ratsam, ein Reparaturset mitzuführen, um alles von einem Loch im Zeltboden bis hin zu gebrochenen Zeltstangen zu reparieren, insbesondere bei längeren Rucksackreisen.

Wie man ein Zelt aufstellt

Ein richtig aufgestelltes Zelt kann Sie vor widrigen Witterungsbedingungen schützen und Ihnen nach einer Wanderung in den Bergen eine angenehme Nachtruhe bieten. Bevor Sie zu Ihrem nächsten Campingplatz aufbrechen, ist es wichtig, sich mit Ihrem Zelt vertraut zu machen und den Aufbau zu üben. Die wichtigsten Schritte zum Aufstellen eines Zeltes sind wie folgt:

1. Finde einen guten Platz für dein Zelt. Suchen Sie nach flachem, ebenem Boden, frei von Stöcken oder Stümpfen. Wenn nötig, bürsten Sie Steine, Zweige, Tannenzapfen und andere abnehmbare Gegenstände beiseite, bevor Sie Ihren Zeltboden aufstellen. Stellen Sie sicher, dass Sie diese Gegenstände zurücklegen, nachdem Sie Ihren Campingplatz verlassen haben. Vergessen Sie nicht, nachzusehen und sicherzustellen, dass Ihr Raum frei von toten Bäumen oder tief hängenden Ästen ist, die im Begriff sind zu fallen.

2. Legen Sie die Plane auf den Boden. Die Plane ist im Wesentlichen ein Stoff, der den Boden des Zeltes schützt. Wenn Sie einen guten Platz gefunden haben, legen Sie die Plane flach mit der glänzenden Seite nach oben auf den Boden.

3. Legen Sie den Körper des Zeltes aus. Stellen Sie den Zeltkörper auf die Plane und passen Sie jede Ecke des Zeltkörpers an jede Ecke der Plane an. Achten Sie darauf, dass die Türen unter Berücksichtigung der Windrichtung in die richtige Richtung zeigen.

4. Montieren Sie die Stangen. Nehmen Sie sich die Zeit, jede Stange vorsichtig in die benachbarte Stange einzuführen und stellen Sie sicher, dass jede Stange in der nächsten vollständig ausgesät ist. Vermeiden Sie es, die Stangen von selbst einrasten zu lassen, und vermeiden Sie es, die Stangen unter der Kraft eines Gummiseils zusammenzubrechen.

5. Passen Sie die Stangen an den Metallring (Öse) auf dem Zeltkörper und der Plane an.

6. Befestigen Sie den Zeltkörper an den Stangen. Heben Sie den Zeltkörper an und befestigen Sie ihn mit den Clips an den Stangen.

7. Legen Sie die Regenfliege auf das Zelt. Stellen Sie sicher, dass die Reißverschlüsse geschlossen sind, bevor Sie die Fliege an Ihren Zeltstangen befestigen. Dadurch werden potenzielle Probleme mit den Reißverschlüssen Ihrer Fliege vermieden. Stellen Sie sicher, dass die Tür an der Regenfliege mit der Tür am Zelt übereinstimmt. Verbinden Sie die Regenfliege mit jeder Ecke des Zeltes.

8. Abstecken des Zeltes. Wählen Sie eine Ecke des Zeltes und stecken Sie einen Pflock in die Verzurrschlaufe. Drücken Sie die Stifte vorsichtig in einem 45-Grad-Winkel in den Boden, wobei die Oberseite

des Stifts vom Schutzraum weg zeigt. Um zu vermeiden, dass ein Stift verbogen wird, wenn er auf harten Boden trifft, treten Sie den Stift niemals mit Ihrem Stiefel. Verwenden Sie stattdessen einen mittelgroßen Stein, um den Stift sanft in den Boden zu hämmern. Wiederholen Sie dies an jeder Ecke des Zeltes, gefolgt von den Türen und allen Abspannleinen.

9. Ziehen Sie die Regenfliege fest. Ziehen Sie die verstellbaren Gurte fest, bis die Fliege alle Seiten und Ecken des Zeltbodens bedeckt. Achten Sie darauf, jede Ecke gleichmäßig zu spannen, um sicherzustellen, dass die Nähte über den Stangen ausgerichtet sind.

Lagerhygiene und -hygiene

A). Körperhygiene

Vernachlässigen Sie die persönliche Hygiene nicht, nur weil Sie in den Bergen sind. Ein sauberer Körper sorgt dafür, dass Sie auf Ihrer Reise gesund bleiben, was sonst verwöhnt werden könnte, wenn Sie an einer Darmerkrankung leiden, die mit einer schlechten Hygiene einhergehen kann. Sauber zu bleiben sollte jedoch nicht auf Kosten der Umwelt gehen.

Achten Sie darauf, biologisch abbaubare Seifen, Rasiercreme oder andere Reinigungsmittel zu verwenden, wenn Sie in den Bergen sind. Es mag nicht wie Verschmutzung aussehen, aber nachdem Tausende von Campern Jahre an einem bestimmten Ort verbracht haben, können ihre Reinigungsmittel einen großen Einfluss haben. Eine der einfachsten Möglichkeiten, sauber zu bleiben, ist das Hinzufügen von Mehrzweck-Seife aus Kastilien. Kastilienseife oder -flüssigkeit ist eine vielseitige Seife auf pflanzlicher Basis, die frei von tierischen Fetten und umweltfreundlich ist. Diese natürliche, ungiftige, biologisch abbaubare Seife wird jetzt aus Ölen wie Kokosnuss, Oliven, Rizinus, Hanf und anderen hergestellt. Sie können es für eine Vielzahl von Zwecken wie Reinigung kleinerer Wunden, Geschirrspülmittel, Shampoo, Duschgel, Handseife, Rasur, Waschmittel und Toilettenreiniger verwenden.

Es ist am besten, in Teichen oder Bächen keine Seifen zu verwenden. Wenn Sie aufschäumen möchten, stellen Sie sicher, dass Sie sich mindestens 200 Fuß von jeder Wasserquelle entfernt befinden.

B). Kochen und Essen

Wenn Sie Zeit im Freien verbringen, bauen Sie natürlich etwas mehr Schmutz auf und sind potenziell infektiösen Substanzen ausgesetzt. Bevor Sie eine Mahlzeit zubereiten, entfernen Sie am besten alle Keime mit Handdesinfektionsgel oder Tüchern.

Zeit in den Bergen zu verbringen, rechtfertigt nicht, die Umwelt zu verschmutzen. Sobald Sie Ihre Mahlzeit beendet haben, reinigen Sie Ihr Kochgeschirr und befolgen Sie die gleichen Prinzipien, die Sie verwendet haben, um sich selbst mit biologisch abbaubaren Seifen oder Flüssigkeiten zu reinigen. Bei hartnäckigen Speiseresten, die auf dem Kochgeschirr kleben, versuchen Sie, Wasser in den schmutzigen Topf zu kochen und ihn dann sauber zu wischen.

Da es kein Waschbecken gibt, um Ihr Abwasser auszugießen, müssen Sie ein Loch außerhalb Ihres Lagers graben und es einfüllen, um zu verhindern, dass wilde Tiere Ihren Campingplatz betreten. Dieses Wasser wird einen Essensgeruch haben, der Wildtiere anziehen wird. Es ist am besten, ganz zu vermeiden, dass Reste von zusätzlichen Lebensmitteln übrig bleiben.

C). Abfall

Neben Lebensmittelabfällen müssen Sie sich beim Camping auch mit menschlichen Abfällen auseinandersetzen. Katzenlöcher sind die am weitesten verbreitete Methode der Abfallentsorgung. Verwenden Sie eine Gartenkelle, um ein 6 Zoll bis 8 Zoll tiefes Loch mit einem Durchmesser von 4 Zoll bis 6 Zoll zu graben. Das Katzenloch sollte nach Fertigstellung mit natürlichen Materialien abgedeckt und verkleidet werden. Versuchen Sie, einen Standort mit organischem Material zu finden, da diese Organismen enthalten, die zur Zersetzung des Abfalls beitragen. Lokalisieren Sie Ihr Katzenloch, wo es maximales Sonnenlicht erhält, was die Zersetzung unterstützt. Die Verwendung von biologisch abbaubarem Toilettenpapier ist auch eine der besten Möglichkeiten, um sicherzustellen, dass Sie die Leave no Trace-Prinzipien einhalten.

D). Trinkwasser

Sauberes Trinkwasser auf dem Campingplatz ist sehr wichtig. Auch wenn das klare Wasser, das in Flüssen und Bächen fließt, erfrischend aussehen mag, könnte es immer noch die Heimat von Bakterien, Parasiten, Viren und anderen Schadstoffen sein. Diese können zu Darminfektionen führen. Halten Sie sich von stehenden Planschbecken oder Sümpfen fern, die wahrscheinlich reich an parasitärem Leben sind

Das gesamte Wasser sollte vor dem Trinken mit einer von mehreren Methoden zubereitet werden. Das Kochen von Wasser für mindestens drei Minuten tötet in der Regel alle Keime ab. Die Verwendung chemischer Behandlungstabletten ist auch eine effektive Möglichkeit, Wasser zu sterilisieren, und es dauert nur etwa 30 Minuten für einen Liter.

Andere, bequemere Optionen sind der Sterilisationsstift, ein kompakter handgehaltener Wasserreiniger für ultraviolettes Licht (UV), der speziell für den Außen- und Expeditionsgebrauch entwickelt wurde. Es zerstört über 99% der schädlichen Bakterien und Verunreinigungen. Es ist schnell, sicher und chemikalienfrei. Es verändert nicht den Geschmack, den pH-Wert oder andere Wassereigenschaften.

Wir fahren in die Berge, um den alltäglichen Problemen und Unreinheiten von Vororten und Städten zu entkommen. Üben Sie daher persönliche Hygiene und sanitäre Einrichtungen im Camp mithilfe der Leave No Trace-Prinzipien, um die natürliche Umgebung zu erhalten.

Ernährung für bessere Leistung

Es gibt viele verschiedene Meinungen über den besten Ernährungsplan für Bergsteiger. Seriöse Bergsteiger müssen sich auf Lebensmittel für Ausdauer konzentrieren, während Trekker etwas mehr Spielraum haben, um ihre Ernährungsbedürfnisse auf der Grundlage vieler Faktoren zu bestimmen.

Es ist wichtig, dass Bergsteiger ihre Ernährung unterschiedlich planen, je nachdem, ob sie mit dem Training beginnen, gerade trainieren, klettern oder sich erholen. Die wichtigsten Faktoren, die Sie berücksichtigen sollten, sind Ihr Energiebedarf und eine ausreichende Flüssigkeitszufuhr. Es wird empfohlen, einige Tage vor dem eigentlichen Training mit der Trainingsdiät zu beginnen.

Der Grund dafür ist, dass Kohlenhydrate die beste Treibstoffquelle für das Training sind und als Glykogenmoleküle in den Muskeln gespeichert werden.

Eine kohlenhydratreiche Mahlzeit am Tag des Trainings liefert nicht die Energiespeicher, die benötigt werden, um Spitzenleistungen zu erreichen. Daher sollte mindestens einige Tage vor Trainingsbeginn mit einer kohlenhydratreichen Ernährung begonnen werden. Die Trainingsernährung sollte sich auf den Muskelaufbau konzentrieren. Viele Leute denken, dass Protein alles ist, was benötigt wird, um Muskeln aufzubauen, aber Kohlenhydrate sind die Energie, die benötigt wird, um dies zu erreichen.

Daher ist eine Kombination aus protein- und kohlenhydratreicher Ernährung essentiell für das Training. Einige gesunde Lebensmittel, die den täglichen Kohlenhydratgehalt in Ihrer Ernährung erhöhen können, sind: Vollkornnudeln, Vollkornbrot und Früchte. Achten Sie darauf, Gemüse zu essen, da sie für die Reparatur eines Körpers unter Stress benötigt werden. Um etwas mehr Protein zu bekommen, essen Sie mehr Fleisch, Milchprodukte und Bohnen, wenn Sie Vegetarier sind, nehmen Sie Milchprodukte oder Bohnen oder probieren Sie täglich Molkenprotein-Pulver-Shake. Für das Krafttraining benötigen Sie etwa 0,7 bis 0,9 Gramm Protein pro Pfund Körpergewicht.

Fett ist auch eine Notwendigkeit, da es Ihre Leistung verbessern kann. Probieren Sie Mega-Dosen gesunder Fette wie Olivenöl auf Salaten und verwenden Sie Kokosöl zum Braten. Denken Sie daran, dass der Nährstoffbedarf der Bergsteiger im Training täglich und nicht nur an den eigentlichen Trainingstagen gedeckt werden muss, um eine ausreichende Energiespeicherung zu gewährleisten.

An Trainingstagen verwenden manche Menschen gerne Zucker, um die Ausdauer zu verbessern. Zucker kurz vor dem Klettern kann etwas zusätzliche Energie liefern, aber das hängt vom Kletterer ab. Jeder Kletterer täte gut daran, mit dieser Strategie zu experimentieren, um seine Blutzuckerreaktion zu messen. Zucker kann unmittelbar vor dem Training eine schnelle Energiequelle sein, aber für einige kann es zu einem Energieverlust kommen, wenn er mitten im Klettern nachlässt. Für Anstiege gibt es viele ausgewogene vorverpackte Mahlzeiten (Nudeln, Nudeln und Hafer), um sicherzustellen, dass Sie eine ausreichende Ernährung erhalten.

Protein ist besonders wichtig für Sportler, um die Vorteile der Kohlenhydratspeicherung zu optimieren und das beim Bergsteigen abgebaute Muskelgewebe zu reparieren. Ausdauersportler und Bergsteiger haben einen täglichen Eiweißbedarf von 0,6 bis 0,7 Gramm Eiweiß pro Pfund Körpergewicht. Für Bergsteiger ist es wichtig, sich an die Bedeutung von hochwertigem Protein zu erinnern. Zum Beispiel Protein aus Fisch, Huhn, Milch und Erdnussbutter wird Ihnen gut dienen. Erhöhen Sie beim Klettern Ihre Kohlenhydratzufuhr, um ausreichend Energie zu bekommen, indem Sie Reis, Nudeln, Brot und Früchte probieren. Wenn du gut mit Feuchtigkeit versorgt bleibst, erhältst du ein wenig mehr Energie. Trinke also weiterhin viel Wasser. Zweimal täglich Tee zu trinken ist in Ordnung und führt nicht zu Austrocknung.

Die Erholungsernährung ist oft der am meisten übersehene Aspekt des Bergsteigens. Wenn Sie mit dem Klettern fertig sind und die zusätzliche Energie nicht mehr benötigen, ist es immer noch nicht an der Zeit, mit dem richtigen Essen aufzuhören. Unmittelbar nach dem Aufstieg muss Ihr Körper seine Energiespeicher wieder auffüllen und Muskeln reparieren. Gehen Sie also nach einem Aufstieg für ein paar Tage zurück zu Ihrer Ernährung vor dem Training. Da die Genesungsernährung Sie auf den nächsten Anstieg vorbereitet, halten Sie nach diesen ersten Tagen an Ihrem ausgewogenen Ernährungsplan fest und bleiben Sie hydratisiert, um die Muskelkraft zu erhalten. Die richtige Diätkombination für Ihren Körper zu finden, kann ein wenig Experimentieren erfordern.

Flussüberquerung

(Angepasst von der öffentlich zugänglichen Website des Jawahar Institute of Mountaineering and Winter Sports, Pahalgam. Danksagung an den Institutsdirektor).

Einleitung

Bergsteigen in bergigem Gelände erfordert oft die Überquerung schnell fließender Flüsse oder Bäche. Solche Überfahrten sollten nicht auf die leichte Schulter genommen werden. Die Kraft des fließenden Wassers ist in der Regel groß und wird meist unterschätzt. Wenn Flüsse oder Bäche überquert werden müssen, gibt es eine Vielzahl von Techniken, aus denen ein Bergführer wählen kann, abhängig von der Art des Stroms, seiner Breite, der Geschwindigkeit der Strömung und der Tiefe des Wassers. Einige der am häufigsten verwendeten Techniken der Stromkreuzung werden in den folgenden Absätzen erwähnt.

Aufklärung

Karten, Fotos und Luftaufklärung zeigen möglicherweise nicht immer die Ungeheuerlichkeit eines Wasserhindernisses oder seiner wahrscheinlichen Überquerungsstellen. Die Auswahl des Standorts ist daher äußerst wichtig, sobald die Überquerung entschieden wurde. Diese Standortauswahl muss vor der Ankunft des Hauptkörpers getroffen werden. Ein entfernter Blick, vielleicht von einem Bergrücken, ist manchmal besser als hundert Nahansichten von einem Flussufer. Vor der Entscheidung über den Ort der Überfahrt muss Folgendes beachtet werden:—

A). Eine trockene Überfahrt auf einem umgefallenen Holz oder Baumstamm ist dem Versuch einer nassen Überfahrt vorzuziehen.

B). Ein Kreuzungspunkt sollte normalerweise an der breitesten Stelle gewählt werden, die normalerweise die flachste Stelle des Flusses zum Waten ist.

C). Scharfe Kurven im Fluss sollten vermieden werden, da das Wasser wahrscheinlich tief ist und eine starke Strömung an der Außenseite der Kurve hat.

D). Die Kreuzungsstelle sollte auf der nahen und fernen Seite niedrig genug sein, damit eine Person, die Ausrüstung trägt, relativ leicht in den Bach ein- und aussteigen kann.

Vorbereitung von Bergsteigern und Ausrüstung

Männer und Ausrüstung sollten so weit wie möglich im Voraus auf eine Überfahrt vorbereitet werden. Die letzte Vorbereitung kann in der Nähe des Wasserhindernisses erfolgen, kurz bevor die Überfahrt stattfindet. Die Vorbereitung sollte Folgendes umfassen:

A). Verpacken Sie wasserempfindliche Gegenstände wie Papierdokumente, Lebensmittel, Kleidung und Batterien in wasserdichte Taschen. Diese Taschen bieten auch zusätzlichen Auftrieb im Falle eines Sturzes.

B). Für nasse Überfahrten ist es eigentlich besser, weniger zu tragen, ein Badeanzug oder ein relativ enges Paar schnelltrocknende Shorts und ein Oberteil sind großartig. Je tiefer Sie gehen, desto wichtiger ist es, weniger zu tragen. Andernfalls würde sich die Kleidung füllen und Wasser zurückhalten. Für Schuhe sind in der Regel Wandersandalen (Marke CROCS) anstelle von Stiefeln oder Schuhen die beste Wahl.

C). Individuelle Ausrüstung sollte über die Schulter geschlungen oder am Rucksack befestigt werden.

Methoden der Flussüberquerung

Nicht alle Gebirgsflüsse oder Bäche sind befahrbar. In einem solchen Fall sollte eine alternative Route verwendet oder eine Kreuzung mit Hilfe der erfahrenen Bergsteiger durchgeführt werden. Die Flussüberquerung stellt eine der gefährlichsten Situationen für die Bergsteiger dar. Das Überqueren sollte unter Berücksichtigung der Sicherheit des Personals versucht werden. Einige der Techniken, die zum Überqueren von Flüssen oder Bächen verwendet werden können, deren Tiefe im Allgemeinen die Taillenhöhe nicht überschreitet:

A). Waten: Wann immer möglich und wenn es der Grad der Erfahrung zulässt, sollten die Bäche für eine schnellere Überquerung einzeln durchströmt werden. Einige nützliche Tipps sind wie folgt:—

(i). Die Person sollte im Allgemeinen stromaufwärts und leicht seitwärts blicken und sich leicht in die Strömung lehnen, um das Gleichgewicht zu erhalten.

(ii). Die Füße sollten entlang des Bodens gemischt und nicht angehoben werden, wobei der stromabwärtige Fuß normalerweise an der Spitze steht.

(iii). Es sollten kurze, bewusste Schritte unternommen werden.

(iv). Individuelle Überquerung des Bachs kann mit Hilfe eines Seils gesichert werden, insbesondere Nichtschwimmer und schwache Schwimmer.

(v). Wenn möglich, legen Sie ein Seil über den Bach, das an beiden Enden ordnungsgemäß gesichert ist. Das Seil sollte sich knapp über dem Wasser befinden.

(vi). Posten Sie einen Mann über der Kreuzung, um vor Sturzfluten zu warnen. Achten Sie darauf, dass sich bei Bedarf auch ein Mann stromabwärts befindet, um Hilfe zu erhalten.

B). Kettenmethode der Überquerung: Wenn der Wasserstand beginnt, die Oberschenkeltiefe zu erreichen, oder wenn die Strömung zu schnell ist, um eine einzelne Überquerung sicher durchzuführen, kann eine Teamüberquerung verwendet werden. Bei der Kettenkreuzung verschränken zwei oder mehr Personen die Arme miteinander und verschließen ihre Hände vor sich. Die gebildete Linie zeigt zum entfernten Ufer. Die größte Person sollte sich am stromaufwärtigen Ende der Leitung befinden, um den Strom für die Gruppe zu unterbrechen.

C). Single Log Bridge: Diese Methode wird verwendet, wenn das Wasserhindernis etwa sechs bis sieben Fuß breit ist und der Stromfluss schnell ist. Gefallene Baumstämme von acht bis zehn Fuß Länge mit ausreichender Dicke werden verwendet, um eine Brücke zu bauen. Der Baumstamm kann entweder mit Seilen oder durch Schieben aufgestellt werden. Die Brücke wird überquert, indem man auf dem Baumstamm sitzt und sich vorwärts bewegt. Sicherheitsmaßnahmen wie die Sicherung müssen ergriffen werden, wenn die Person die Brücke überquert.

D). Double Log Bridge: Diese Methode wird verwendet, wenn mehr Zeit für die Herstellung einer Brücke zur Verfügung steht. Sobald eine einzelne Blockbrücke erstellt wurde, wird parallel zum vorherigen Block ein weiterer Block gleicher Größe über das Wasserhindernis gelegt. An den beiden Baumstämmen ist ein Nelkenknoten befestigt, um sicherzustellen, dass sich diese nicht voneinander entfernen. Die Person, die diese Brücke überquert, kann leicht über die beiden Baumstämme gehen.

E). Einzelseilbrücke: Eine Einzelseilbrücke wird hergestellt, wenn der Wasserstand des Hindernisses hoch ist und der Wasserfluss schnell ist. Bei dieser Methode wird ein Seil an die Bäume oder einen Anker auf beiden

Seiten des Flusses gebunden und das Hindernis durch Krabbeln über das Seil entweder durch Affenkriechen oder mit einem Karabiner mit einer langen Schlinge überquert. Bei dieser Methode muss eine Person mit dem Seil, das an einem Anker befestigt werden soll, durch den Fluss zum anderen Ende waten.

F). Doppelseilbrücke: Zwei Seile sind untereinander an den Ankern auf beiden Seiten des Hindernisses befestigt. Der Abstand zwischen den Seilen sollte nicht mehr als drei Fuß betragen. Das untere Seil wird verwendet, um zu gehen, und das Seil auf der Oberseite wird von der Person gehalten, während man seitwärts geht. Bei dieser Methode kann ein Individuum das Hindernis mit seiner Ausrüstung überqueren.

G). Tarzan Swing: Diese Methode kann verwendet werden, um ein schmales Wasserhindernis zu überqueren, bei dem ein Baum oder ein anderer natürlicher Anker in der Nähe und über dem Hindernis verfügbar ist. An diesem Anker wird ein Seil befestigt und das Hindernis kann von der Person durch einen Schwung überquert werden. Das freie Ende des Seils sollte ausreichend lang sein, damit der Einzelne leicht schwingen und überqueren kann. Vor einer Schaukel sollte auch die Festigkeit des Astes überprüft werden.

Das Wetter in den Bergen

1. Wie beeinflussen Berge das Wetter?

Berge können das Wetter oder Klima eines Gebiets anders machen, zum Beispiel können sie die Temperatur und Feuchtigkeit beeinflussen. Die Temperatur in den Bergen wird kälter, je höher man steigt. Berge haben also tendenziell ein feuchteres Klima als das sie umgebende flache Land. Auch die Wetterbedingungen in den Bergen ändern sich drastisch. Zum Beispiel könnte das Wetter ein klarer blauer Himmel sein, dann ein Gewitter Minuten später. Die Temperatur kann auch von extrem heiß bis unter den Gefrierpunkt gehen.

Berge erhalten auch viel mehr Niederschlag als das umliegende flache Land. Dies liegt daran, dass die Temperatur an der Spitze der Berge niedriger ist als die Temperatur auf Meereshöhe.

2. Wie beeinflussen Berge den Niederschlag?

Niederschlag ist ein anderes Wort für jede Form von Wasser aus der Atmosphäre, wie Regen, Schneeregen, Schnee oder Hagel. Sie bilden sich durch den Prozess der Kondensation aus Wasserdampf und fallen aufgrund der Schwerkraft auf den Boden.

Der Niederschlag und die Niederschlagsmenge, die in eine Region fällt, wird durch Temperatur und Landmassen beeinflusst. Berge können einen erheblichen Einfluss auf die Niederschlagsmenge haben.

Wenn Luft einen Berg erreicht, ist sie gezwungen, sich zu heben und über die Barriere zu steigen. Je weiter den Berg hinauf, desto kälter ist die Temperatur. Dann, wenn die Luft wieder den Berg hinunterfliegt, wird es wärmer und trockener, weil die Feuchtigkeit in der Luft während des Aufstiegs den Berg hinauf austrocknet. Dieser Bereich erhält dadurch weniger Regen. Dieser Bereich mit einem Mangel an Feuchtigkeit wird als Regenschatten bezeichnet.

Das bedeutet auch, dass eine Seite des Berges mit Schnee bedeckt sein könnte, während die andere heiß und trocken sein könnte. Dies zeigt sich in der Sierra Nevada (Kalifornien, USA), dem Himalaya (Indien) und den Rocky Mountains (Kanada).

3. Wie beeinflussen Berge die Temperatur?

Die Temperatur wird kälter, je höher Sie den Berg hinaufgehen. Dies liegt daran, dass die Luft mit zunehmender Höhe dünner wird und weniger Wärme aufnehmen und speichern kann. Je kühler die Temperatur ist, desto weniger Verdunstung gibt es, so dass auch mehr Feuchtigkeit in der Luft ist. Dies ist auch der Grund, warum mehr Niederschlag an höheren Stellen des Berges zu verzeichnen ist.

Die rasanten Temperatur- und Klimaveränderungen entlang eines Berghangs bedeuten, dass es Regionen mit völlig gegensätzlichem Wetter nebeneinander geben könnte. Zum Beispiel kann das Klima von tropischen Dschungeln bis hin zu Gletschereis reichen.

4. Beispiele für berühmte Berge:

a). Mount Everest. Dies ist mit 8.849 Metern der höchste Berg der Welt.

b). Kilimandscharo. Dies ist der höchste Berg Afrikas. Er ist ein Vulkanberg und 5.895 Meter hoch.

c). Der Fuji ist ein Vulkan in Japan, der 3.776 Meter hoch ist.

d). Der K2 ist mit 8.611 Metern der zweithöchste Berg der Welt. Es befindet sich in der Region Gilgit-Baltistan in Kaschmir und hat die höchste Sterblichkeitsrate für diejenigen, die es erklimmen.

e). Die Alpen sind das umfangreichste Gebirgssystem. Es erstreckt sich über 8 Länder, darunter Frankreich, die Schweiz, Monaco, Italien, Liechtenstein, Österreich, Deutschland und Slowenien.

Arten von Wolken

Alle Wolken bestehen im Wesentlichen aus <u>Wassertröpfchen oder Eiskristallen</u>, die am Himmel schweben. Aber alle Wolken sehen ein bisschen anders aus und manchmal können diese Unterschiede uns helfen, eine Änderung des Wetters vorherzusagen.

Eine Liste der häufigsten Wolkenarten, die Sie am Himmel entdecken können:

1. Hohe Wolken (16.500-45.000 Fuß)

a). Cirrus

Zirruswolken sind zarte, gefiederte Wolken, die größtenteils aus Eiskristallen bestehen. Ihre zarte Form kommt von Windströmungen, die die Eiskristalle verdrehen und zu Strängen ausbreiten. Die Vorhersage ist, dass eine Veränderung auf dem Weg ist.

b). Cirrostratus

Cirrostratuswolken sind dünne, weiße Wolken, die wie ein Schleier den ganzen Himmel bedecken. Diese Wolken sind am häufigsten im Winter zu sehen und können das Auftreten eines Heiligenscheines um die Sonne oder den Mond verursachen. Die Vorhersage ist, dass Regen oder Schnee innerhalb von 24 Stunden eintreffen wird.

c). Cirrocumulus

Cirrocumulus-Wolken sind dünne, manchmal fleckige, blattartige Wolken. Sie sehen manchmal so aus, als wären sie voller Wellen oder bestehen aus kleinen Körnern. Die Vorhersage ist, dass das Wetter kalt bleiben wird.

2. Mittlere Wolken (6.500-23.000 Fuß)

a). Altokumulus

Altokumuluswolken haben mehrere fleckige weiße oder graue Schichten und scheinen aus vielen kleinen Reihen flauschiger Wellen zu bestehen. Sie sind niedriger als Zirruswolken, aber immer noch ziemlich hoch. Sie bestehen aus flüssigem Wasser, erzeugen aber nicht oft Regen. Die Vorhersage ist, dass das Wetter normal bleiben wird.

b). Altostratus

Altostratuswolken sind graue oder blaugraue mittelschwere Wolken, die aus Eiskristallen und Wassertröpfchen bestehen. Die Wolken bedecken in der Regel den gesamten Himmel. Die Vorhersage ist je nach Umständen auf Dauerregen oder Schnee vorzubereiten.

c). Nimbostratus

Nimbostratuswolken sind dunkle, graue Wolken, die in fallenden Regen oder Schnee zu verblassen scheinen. Sie sind so dick, dass sie oft das Sonnenlicht auslöschen. Die Vorhersage ist für düsteres Wetter mit Regen oder Schnee.

3. Niedrige Wolken (weniger als 6.500 Fuß)

a). Cumulus

Cumuluswolken sehen aus wie flauschige, weiße Wattebäusche am Himmel. Sie sind wunderschön in Sonnenuntergängen und ihre unterschiedlichen Größen und Formen können es Spaß machen, sie zu beobachten. Die Vorhersage ist für normales Wetter.

b). Stratus

Stratuswolke sieht oft aus wie dünne, weiße Laken, die den ganzen Himmel bedecken. Da sie so dünn sind, produzieren sie selten viel Regen oder Schnee. Manchmal scheinen diese Wolken in den Bergen oder Hügeln Nebel zu sein. Die Vorhersage ist für düsteres Wetter.

c). Cumulonimbus

Cumulonimbuswolken wachsen an heißen Tagen, wenn warme, feuchte Luft sehr hoch in den Himmel steigt. Von weitem sehen sie aus wie riesige Berge oder Türme. Die Vorhersage ist, nach Regen und Hagel Ausschau zu halten.

d). Stratokumulus

Stratokumuluswolken sind fleckige graue oder weiße Wolken, die oft ein dunkles wabenartiges Aussehen haben. Die Vorhersage ist, dass bald ein Sturm kommt.

4. Besondere Wolken

a). Kondensstreifen

Kondensstreifen werden von hochfliegenden Düsenflugzeugen hergestellt. Sie sind jedoch immer noch Wolken, da sie aus Wassertröpfchen bestehen, die aus dem Wasserdampf im Auspuff der Strahltriebwerke kondensiert sind. Kondensstreifen können Aufschluss über die Feuchtigkeitsschichten am Himmel geben.

b). Mammatuswolken

Mammatuswolken sind eigentlich Altokumulus, Zirrus, Cumulonimbus oder andere Arten von Wolken, bei denen diese beutelartigen Formen aus dem Boden hängen. Die Beutel entstehen, wenn kalte Luft innerhalb der Wolke in Richtung Erde absinkt. Die Vorhersage bezieht sich auf Unwetter.

c). Orographische Wolken

Orographische Wolken erhalten ihre Form von Bergen oder Hügeln, die die Luft zwingen, sich über oder um sie herum zu bewegen. Sie können auch durch Meeresbrisen gebildet werden und erscheinen oft als Linien, wo sich zwei Luftmassen treffen. Die Vorhersage für ein frühes Zeichen, dass die Bedingungen richtig sein könnten, um Gewitter am Nachmittag zu bilden.

d). Lentikuläre Wolken

Linsenförmige Wolken sind wie Linsen oder Mandeln geformt. Sie können ihre Form von hügeligem Gelände oder einfach von der Art und Weise erhalten, wie die Luft über flachem Gelände aufsteigt. Diese Form von Wolken gibt keinen Hinweis auf irgendeine Art von Wetterlage.

Karte als Navigationswerkzeug

Kartengrundlagen

Die Karte ist das grundlegende Navigationswerkzeug, bei dem es sich um eine schematische Darstellung des Bodens handelt, über den Sie fahren möchten. Eine Kartenprojektion ist eine systematische und geordnete Zeichnung eines Gitters von Breitengraden und Längenkreisen, das verwendet wird, um die sphärische Oberfläche der Erde oder einen Teil davon in verkleinertem Maßstab auf einem flachen Blatt Papier darzustellen.

Eines der hervorstechenden Merkmale einer Karte ist die Darstellung der Abgrenzung von Hügeln und Ebenen durch den (physischen Relief-) Höhenunterschied zwischen dem Hoch- und Tiefpunkt einer Landschaft. Die Hauptmethode zur Darstellung von Reliefmerkmalen auf einem flachen Blatt Papier ist die Verwendung von Konturen.

Konturen

Die nützlichste Funktion auf der Karte für die Navigation in den Bergen ist die Konturlinie. Die Konturen sind braun und zeigen die Form des Landes sowie seine Steilheit. Konturen ermöglichen es, das Land in drei Dimensionen zu sehen. Konturmerkmale können fast immer am Boden erkannt werden, auch wenn sie mit Schnee bedeckt sind. Streams und Tracks sind ebenfalls nützlich, aber sie sind in der Regel weniger zuverlässig.

Eine Konturlinie ist eine Linie auf der Karte, die Punkte gleicher Höhe über dem Meeresspiegel verbindet. Das Konturintervall ist die Höhe zwischen den einzelnen Konturen, die auf der Karte angezeigt wird. Neben der Darstellung der Höhe veranschaulichen Konturlinien auch die Form des Bodens. Diese sind als Konturmerkmale bekannt, die im Folgenden als gemeinsame Merkmale dargestellt werden:

1. Konischer Hügel: Ein Hügel hat ziemlich regelmäßige Steigungen wie ein Kegel. Sie zeigt sich durch geschlossene Konturen in nahezu kreisrunder Form.

2. Plateau: Ein Plateau ist wie eine Tischplatte. Es hat einen Hochlandbereich mit einer fast flachen Oberseite und steilen Seiten.

3. Spur und Tal: Spur sind Projektionen von Hochland über einem unteren Bereich. Ein Sporn wird normalerweise zwischen zwei Tälern gefunden. Sie wird durch V-förmige Konturmuster dargestellt. Täler sind tief liegende Gebiete, die in das Hochland eindringen.

4. Col und Pass: Ein Col oder Sattel ist eine flache Vertiefung zwischen zwei Hügeln oder Gipfeln. Ein Pass oder eine Lücke ist eine tiefe Vertiefung in einer Bergkette. Sie wird in der Regel als Trasse für Straßen und Eisenbahnen genutzt.

5. Schlucht: Flüsse, die sich in Bergen erheben, fließen oft durch sehr enge Täler mit steilen Ufern auf beiden Seiten. Wo sich das steil abfallende Tal verengt, wird es zu einer Schlucht.

6. Klippe: Eine Klippe ist eine Felswand entweder an Land oder an der Meeresküste, die vertikal oder fast vertikal ist. Eine Klippe wird gezeigt, wenn sich mehrere Konturlinien an der gleichen Stelle treffen.

7. Knoll: Ein Knoll ist ein isolierter Hügel. Sie zeigt sich durch kleine, etwa kreisförmige Konturen. Knolls finden sich in den Bereichen der sanften Entlastung.

8. Konvexe Neigung: Die Konturen sind im unteren Teil der Neigung eng beabstandet und im oberen Teil weiter beabstandet.

9. Konkave Neigung: Die Konturen sind im unteren Teil der Neigung weit verbreitet und im oberen Teil enger beabstandet.

Kartenmaßstäbe

Der Maßstab einer Karte ist die Beziehung zwischen der Entfernung auf dem Boden und der Entfernung auf der Karte und wird typischerweise als Verhältnis wie 1:50.000 ausgedrückt. Im Maßstab 1:50.000 bedeutet dies, dass 1 Zentimeter auf der Karte 50.000 Zentimetern (oder 500 Metern) am Boden entspricht. Zwei Zentimeter auf der Karte entsprechen einem Kilometer auf dem Boden.

Rasterreferenzen

Auf allen Karten ist im Abstand von 1 Kilometer ein Netz aus horizontalen und vertikalen Linien aufgedruckt. Dies hilft, einen genauen Standort zu identifizieren und zu identifizieren, wo sich dieser Kartenbereich im Verhältnis zum Rest des Landes befindet.

Diese Linien werden als vertikale Linien und horizontale Linien bezeichnet und sind in 100-Kilometer-Blöcken von 00 bis 99 nummeriert. Die Blöcke selbst sind durch Buchstaben gekennzeichnet, die im Schlüssel zur Karte zu sehen sind.

Um die Gitterlinien zu verwenden, um einen Ort zu identifizieren, lesen Sie einfach zuerst die Zahlen auf den vertikalen Linien und dann die horizontalen Linien.

Bei der Konturinterpretation geht es darum, die Konturmerkmale auf der Karte mit den realen Merkmalen auf dem Boden in Beziehung zu setzen (und umgekehrt). Dies kann auf drei Hauptwegen erfolgen:

a). Indem Sie den Boden unter Ihren Füßen auswerten, definieren, welche Art von Merkmal er bildet, und ihn dann auf der Karte identifizieren.

b). Bei guter Sichtbarkeit, indem du dir Funktionen ansiehst, die über deinen unmittelbaren Standort hinausgehen, und sie auf der Karte identifizierst. Diese Funktionen können in der Nähe oder mehrere hundert Meter entfernt sein.

c). Woher wissen wir, ob die Konturen auf der Karte bergauf oder bergab verlaufen? Hier sind ein paar Vorschläge:

1. Achten Sie auf die Konturhöhen, die innerhalb der Konturlinien enthalten sind. Denken Sie auch daran, dass die Konturhöhenfiguren auf der Karte nach oben gedruckt sind, d. h. wenn Sie die Figuren richtig nach oben betrachten, schauen Sie bergauf (auf der Karte) und wenn sie auf dem Kopf stehen, schauen Sie bergab (auf der Karte).

2. Flüsse und Bäche fließen bergab und sind daher nützliche Indikatoren für hohe und niedrige Böden auf der Karte.

3. Eine weitere nützliche Möglichkeit, um zu überprüfen, ob ein Hang auf der Karte nach oben oder unten geht, besteht darin, den nächstgelegenen Hügel auf der Karte zu finden. Dies wird in der Regel deutlich machen.

Ein grundlegendes Verständnis des Kompasses

Ihr Kompass sollte verwendet werden, um die Richtung eines bestimmten Objekts zu bestimmen. Dieses Lager kann helfen, entweder Ihre beabsichtigte Richtung oder Ihren spezifischen Standort zu bestimmen. Dies ist wichtig, da Sie jederzeit wissen müssen, in welche Richtung Sie gehen sollen.

Auf einem markierten Weg kann man an Wegweisern leicht nach links oder rechts abbiegen. Ohne diese Wegmarkierungen gibt es oft Unentschlossenheit. Dies ist insbesondere im Wald, Moor und nach

Einbruch der Dunkelheit oder bei schlechten Sichtverhältnissen der Fall. So oder so, ein Kompass sollte sich jederzeit in Ihrem Rucksack befinden.

Die meisten Kompasse haben eine Magnetnadel. Sie sollten bemerken, dass die rote Spitze dieser Nadel "magnetisch nach Norden" zeigt, was auch auf den Linien einer Karte angezeigt wird. Der magnetische Norden ist die Richtung, in die das nördliche Ende einer Kompassnadel oder eines anderen frei schwebenden Magneten als Reaktion auf das Erdmagnetfeld zeigt. Sie weicht im Laufe der Zeit und von Ort zu Ort vom wahren Norden ab, da die magnetischen Pole der Erde nicht in Bezug auf ihre Achse fixiert sind.

Die Karte und den Kompass gemeinsam nutzen

Für die meisten Anfänger kommt der knifflige Aspekt der Verwendung einer Karte und eines Kompasses, wenn sie versuchen, die Karte so zu halten, dass sie mit der Ansicht übereinstimmt. Das bedeutet, dass du die Karte weiter drehen musst, damit alles, was vor dir liegt, auch so auf der Karte erscheint. Es ist eine Form der "Spiegelung", die sicherstellt, dass das, was Sie auf der Karte sehen, in der Landschaft zu sehen ist. Um es einfacher zu machen, lassen Sie uns Folgendes in Betracht ziehen:

1. Ein Kompass zeigt immer nach Norden und Sie sollten dasselbe mit Ihrer Karte tun. Wenn Sie zum Beispiel im Wald nach Norden stehen, halten Sie die Karte so, dass sie auch nach Norden zeigt. Wenn du dich nach Süden wendest, drehe deine Karte so, dass der Norden auf deiner Karte weiterhin nach Norden zeigt.

2. Eine Möglichkeit, den Standort auf einer Karte zu verfolgen, besteht darin, den Daumen auf diesen Standort zu halten. Wenn du weiter in eine bestimmte Richtung wanderst, bewegst du meinen Daumen auf der Karte in die gleiche Richtung. Obwohl diese Technik weit verbreitet ist, braucht es Übung.

3. In diesem Sinne erfordert eine ordnungsgemäße Navigation, dass Sie lernen, wie man eine Karte und einen Kompass zusammen verwendet. Schließlich sind eine Karte und ein Kompass weitaus zuverlässiger und helfen, diesen Standort zu „triangulieren". Das bedeutet, dass Sie während des Prozesses auf drei verschiedene Systeme verweisen können.

a). Um Ihren genauen Standort auf der Karte zu bestimmen.

b). Um Ihr nächstes Ziel/Ziel auf der Karte zu identifizieren.

c). Um die Zeit und Entfernung zu berechnen, um dieses Ziel/Ziel zu erreichen.

Der erste dieser Schritte kann durch "mentales Mapping" unterstützt werden, und dies ist ein einfacher Prozess, bei dem Sie Ihre Umgebung beobachten müssen, um Ihren Standort zu kennen. Sie verwenden dann einen Kompass, um ein Lager von diesem Ort zu Ihrem beabsichtigten Wegpunkt zu bringen und sich dann in diese Richtung zu bewegen.

Zeit und Entfernung im Freien beurteilen

Im Freien ist es äußerst nützlich, den Abstand zwischen zwei Punkten zu beurteilen. Die meisten Menschen wandern in einem gleichmäßigen Tempo. Wenn Sie wissen, wie lange es dauert, 100 Meter zu wandern, ist es einfach zu berechnen, wie lange es dauern kann, mehrere Kilometer zu wandern. Es kann jedoch viel länger dauern, durch Sümpfe oder unmarkierte Gebiete zu wandern.

Es braucht Übung, um diese Fähigkeit zu entwickeln und Zeit und Entfernung besser zu berechnen. Wie bereits erwähnt, können Sie diese Fähigkeiten in einer sicheren Umgebung erlernen, ohne sich um das Klettern in großer Höhe kümmern zu müssen. Ein natürlicher Schritt ist gleichbedeutend mit einem Tempo. Sie müssen nur wissen, wie viele Schritte Sie benötigen, um 100 Meter zu gehen. Sie können dies tun, indem Sie einen gemessenen 100-Meter-Weg gehen und die Anzahl der Schritte zählen, die Sie machen, und sich dann umdrehen und zu Ihrem Ausgangspunkt zurückkehren, während Sie diese Anzahl von Schritten nachzählen. Die „Pace Count" ist der Durchschnitt dieser Zahlen. Sie können diese Geschwindigkeitszählung dann verwenden, um Zeit und Entfernung in den Bergen zu messen.

Höhenakklimatisierung und akute Bergkrankheit

Einleitung

Die Höhenakklimatisierung ist der Prozess, bei dem sich unser Körper an einen niedrigeren Sauerstoffgehalt in der Umgebungsluft gewöhnt. Dieser Prozess kann nur allmählich stattfinden, wenn Sie sich durch verschiedene Höhenstufen bewegen und Zeit auf jeder Ebene verbringen, bevor Sie aufsteigen.

Die akute Bergkrankheit (AMS oder Höhenkrankheit) und ihre schwereren Formen wie das hochgelegene Lungenödem (HAPE) und das hochgelegene Hirnödem (HACE) sind sehr reale Probleme beim Klettern in großer Höhe.

Luftdichte, Sauerstoff und Höhe

Um die Akklimatisierung in großer Höhe vollständig zu verstehen, müssen Sie sich der Beziehung bewusst sein, die Ihr Körper zwischen der Höhe, in der Sie sich befinden, der Luftdichte und dem Sauerstoffgehalt, der Ihnen zur Verfügung steht, hat.

Auf Meereshöhe stehend macht Sauerstoff etwa 21 % der Luft aus und der Luftdruck beträgt etwa 760 mmHg (Milliliter Quecksilber). Wenn Sie höher in die Höhe steigen, bleiben die Sauerstoffwerte tatsächlich sehr ähnlich, aber die Luftdichte nimmt stark ab. Dies bedeutet, dass die Luftdichte, die alle Sauerstoffmoleküle dicht zusammenpackt, dünner wird, wodurch sich die Sauerstoffmoleküle über eine größere Entfernung ausbreiten können. Es ist immer noch die gleiche Menge an Sauerstoff in der Luft, aber wenn man höher klettert, breitet sich das aus, weil es weniger Druck gibt.

Mit 3.600 Metern beträgt der Luftdruck in der Atmosphäre etwa 480 mmHg, was weit unter dem Meeresspiegeldruck liegt. Das bedeutet, dass Sie mit der dünneren Luft und dem sich ausbreitenden Sauerstoff viel weniger Sauerstoff pro Atemzug zur Verfügung haben.

Blutsauerstoffsättigung

Ihr Körper kümmert sich um den verminderten Sauerstoff, indem er schneller und tiefer atmet, auch wenn Sie sich ausruhen, so dass Ihr Körper die notwendigen Sauerstoffwerte in Ihren Blutkreislauf bekommt. Dies wird allgemein als Blutsauerstoffsättigung (SO2) bezeichnet.

Auf 6.000 Metern ist der Blutsauerstoffsättigungsgrad Ihres Körpers um fast 20 % gesunken. Es gibt drei Höhenstufen. Die erste ist "große Höhe" (2.500 - 3.500 Meter), die zweite ist "sehr große Höhe" (3.500 - 5.500 Meter) und schließlich "extreme Höhe" (über 5.500 Meter). Die meisten Menschen können bis zu einer Höhe von unter 2.500 Metern aufsteigen, ohne negative Auswirkungen auf die Höhe zu haben. Oberhalb dieser Schwelle reagiert die Physiologie Ihres Körpers jedoch auf Veränderungen des Sauerstoffgehalts und der Luftdichte.

Es ist sehr schwierig vorherzusagen, wie Sie auf die Höhe reagieren werden, da frühere Untersuchungen keinen Zusammenhang zwischen Alter, Geschlecht und Fitness festgestellt haben. Die Hauptursachen für AMS steigen jedoch zu schnell auf, ohne sich allmählich zu akklimatisieren, sich in der Höhe körperlich zu sehr anstrengen und nicht ausreichend hydratisiert bleiben.

Um sich richtig zu akklimatisieren, müssen Sie all diese Faktoren berücksichtigen und sicherstellen, dass Sie allmählich aufsteigen, gut hydriert bleiben und sich nicht körperlich überanstrengen.

Akklimatisierungslinie

Die Akklimatisierungslinie ist der Punkt, an dem eine Person Symptome der Höhenkrankheit zeigt. Ein Beispiel wäre, dass Sie, wenn Ihre Akklimatisierungslinie auf 3.000 Metern liegt, ein oder zwei Tage auf dieser Höhe verbringen müssten, um Ihrem Körper Zeit zu geben, sich an die Höhe zu gewöhnen. Nach einigen Tagen hätte sich Ihr Körper akklimatisiert und Ihre neue Akklimatisierungslinie könnte 3.750 Meter betragen. Dies bedeutet, dass Sie auf 3.700 Meter ohne AMS-Symptome aufsteigen können, wenn Sie jedoch auf 4.000 Meter aufsteigen, würden Sie dann AMS erleben.

Wenn Sie in der Höhe wandern, müssen Sie in jeder Phase Ihres Aufstiegs Ihre Akklimatisierungslinie finden und Ihrem Körper Zeit lassen, sich an die neue Höhe zu gewöhnen. Wenn du aufsteigst und deine Akklimatisierungslinie durchquerst, dann bekommst du fast garantiert AMS und anstatt dich zu akklimatisieren, werden sich deine Symptome nur verschlimmern. Es ist daher wichtig, dass Sie unterhalb Ihrer Akklimatisierungslinie bleiben, um eine Verbesserung zu sehen.

Aus diesem Grund ist es unerlässlich, dass Sie bei AMS-Symptomen nicht weiter nach oben steigen.

Wie sich der Körper an höhere Höhen anpasst

Die gute Nachricht ist, dass unabhängig davon, wer Sie sind, Ihr Körper in der Lage sein wird, sich anzupassen, wenn er genügend Zeit hat. Ihr Körper wird sich auf vier Arten anpassen, die hier erwähnenswert sind:

a). Dein Körper passt sich an, indem er schneller und tiefer atmet.

b). Ihr Körper erhöht die Anzahl der roten Blutkörperchen, so dass Ihr Blut höhere Mengen an Sauerstoff transportieren kann.

c). Ihr Körper erhöht den Druck auf Ihre Lungenkapillaren, wodurch Blut in Teile Ihrer Lunge gedrückt wird, die beim Atmen auf Meereshöhe nicht verwendet werden.

d). Ihr Körper produziert ein bestimmtes Enzym in größerer Menge, wodurch Sauerstoff aus Hämoglobin in das Blutgewebe freigesetzt wird.

Diese vier Punkte zeigen, dass Ihr Körper sicherlich in der Lage ist, sich in der Höhe anzupassen und zu bewältigen, aber er braucht nur Zeit.

Akute Bergkrankheit (AMS)

Wie oben besprochen, resultiert AMS oder "Höhenkrankheit" oder "Höhenkrankheit" daraus, dass die Höhe zu schnell ansteigt, wo der verfügbare Sauerstoffgehalt viel niedriger ist und normale psychologische Prozesse hemmt.

Im Durchschnitt beginnen die Menschen, die Höhe auf etwa 3.000 Metern (10.000 Fuß) zu spüren, aber manche Menschen können AMS-Symptome bis zu 2.400 Metern (8.000 Fuß) erleben.

Bergsteiger definieren drei verschiedene Ebenen von AMS, die mild, moderat und ernst sind.

Leichte Symptome

a). Kopfschmerzen.

b). Müdigkeit.

c). Übelkeit und Krankheit.

d). Appetitlosigkeit.

e). Kurzatmigkeit.

f). Schlafstörungen.

Wenn Sie das Auftreten eines dieser Symptome spüren, müssen Sie sicherstellen, dass Sie sie Ihren Führern und anderen Kletterern mitteilen. Leichte Symptome verschwinden im Allgemeinen, wenn Sie einen Tag in der

Höhe verbringen, beginnen sie zu erscheinen. Deshalb ist das langsame Aufsteigen so wichtig.

Mäßige Symptome

a). Starke Übelkeit und Erbrechen.

b). Starke Kopfschmerzen, die sich nicht mit Medikamenten auflösen.

c). Eine Abnahme Ihrer Koordination (bekannt als Ataxie).

d). Ich fühle mich sehr schwach und müde.

e). Kurzatmigkeit.

Der einfache Weg, um festzustellen, ob Ihre Symptome mäßig sind, ist, wenn sich Ihre leichten Symptome bis zu dem Punkt verschlechtern, an dem sie schwächen. Die häufigste ist eine Abnahme Ihrer Koordinationswerte und starke Übelkeit, die oft zu Erbrechen führt.

Mit diesen Symptomen weiter aufzusteigen ist möglich, obwohl extrem gefährlich, und wird sicherlich dazu führen, dass sich Ihre Symptome weiter entwickeln, was Sie daran hindern wird, weiterzumachen.

Bitte beachten Sie, dass ein weiterer Aufstieg mit moderaten Symptomen zum Tod führen kann.

Wenn sich mäßige Symptome zeigen, ist es wichtig, dass Sie mindestens 300 Meter absteigen und warten, bis Ihre Symptome abgeklungen sind. Je länger du deinem Körper gibst, desto besser und desto wahrscheinlicher ist es, dass du Symptome hast, die wegbleiben, wenn du wieder aufsteigst.

Schwerwiegende Symptome

a). Kurzatmigkeit in Ruhephasen.

b). Die geistige Leistungsfähigkeit nimmt ab (Halluzinationen).

c). Eine Unfähigkeit zu gehen.

d). In Ihrer Lunge kommt es zu Flüssigkeitsansammlungen.

Offensichtlich aufzusteigen, wenn eine dieser Bedingungen kritisch gefährlich ist und Menschen mit schweren AMS-Symptomen in der Regel um Atem kämpfen, nicht in der Lage sind, gerade zu denken und nicht gehen können.

Die beiden bemerkenswertesten Erkrankungen, die mit schwerem AMS in Verbindung gebracht werden, sind das hochgelegene zerebrale Ödem (HACE) und das hochgelegene Lungenödem (HAPE). HAPE tritt auf, wenn

Flüssigkeit durch die Kapillarwand in Ihre Lunge austritt, und HACE tritt auf, wenn Flüssigkeit in Ihr Gehirn sickert.

Beide Bedingungen sind extrem gefährlich und treten normalerweise auf, wenn man zu schnell aufsteigt oder zu lange in großer Höhe verbringt.

Zerebrales Ödem in großer Höhe (HACE)

Das hochgelegene zerebrale Ödem (HACE) ist eine häufige Erkrankung im Zusammenhang mit AMS. Flüssigkeit baut sich in Ihrem Schädel auf und zwingt Ihr Gehirngewebe zum Anschwellen. HACE ist extrem gefährlich und lebensbedrohlich.

Wenn Sie denken, dass Sie HACE erleben, sollten Sie den Berg so schnell wie möglich hinuntersteigen und ärztliche Hilfe in Anspruch nehmen.

Dinge, auf die Sie bei der Identifizierung von Hace achten sollten.

a). Halluzinationen.

b). Orientierungslosigkeit.

c). Gedächtnisverlust.

d). Koma.

e). Starke Kopfschmerzen, die auch bei Medikamenteneinnahme anhalten.

f). Koordinationsverlust.

Im Allgemeinen werden die Symptome in der Nacht auftreten. Es ist wichtig, dass Sie nicht bis zum Morgen warten, um Hilfe zu suchen, sofort abzusteigen (auch wenn es dunkel ist) und so früh wie möglich medizinische Hilfe in Anspruch zu nehmen. Wenn Sie mit HACE in der Höhe bleiben, erhöhen Sie die Wahrscheinlichkeit eines Todesfalls. Steigen Sie unter keinen Umständen auf. Wenn Sie Sauerstoff haben, dann kann es dem Bergsteiger verabreicht werden, wenn Sie schnell absteigen, ebenso wie das Medikament Dexamethason (dies ist ein verschreibungspflichtiges Medikament mit einigen Nebenwirkungen und aus diesem Grund wird es nur von dem mit der Expedition verbundenen Arzt empfohlen).

Lungenödem in großer Höhe (HAPE)

Das hochgelegene Lungenödem (HAPE) ist eine häufige Erkrankung im Zusammenhang mit AMS und wird durch eine Ansammlung von Flüssigkeit in der Lunge verursacht.

Die Ansammlung von Flüssigkeit in der Lunge dient dazu, einen effektiven Sauerstoffaustausch zu verhindern und verringert somit den Sauerstoffgehalt, der in Ihren Blutkreislauf gelangt.

Sowohl HACE als auch HAPE treten am häufigsten durch zu schnelles Aufsteigen auf. Es ist auch ein lebensbedrohlicher Zustand.

Symptome, auf die Sie bei der Identifizierung von HAPE achten sollten.

a). Sehr enge Brust.

b). Extreme Atemnot auch im Ruhezustand.

c). Erstickungsgefühl; vor allem beim Schlafen.

d). Extreme Schwäche und Müdigkeit.

e). Halluzinationen, irrationales Verhalten und Verwirrung.

f). Ein Husten, der eine weiße, schaumige Flüssigkeit hervorbringt.

Wenn die leidende Person anfängt, irrational zu handeln, Halluzinationen sieht oder sich in einem allgemein verwirrten Zustand befindet, dann ist klar, dass der Zustand aufgrund von Sauerstoffmangel im Blutkreislauf begonnen hat, das Gehirn zu beeinflussen.

Wenn Sauerstoff verfügbar ist, sollte er sofort verabreicht werden. Es hat sich gezeigt, dass das Medikament Nifedipin den Zustand etwas lindert, jedoch ist ein schneller Abstieg die einzige Heilung. Bitte beachten Sie, dass Nifedipin ein verschreibungspflichtiges Medikament mit vielen Nebenwirkungen ist und nur auf Empfehlung eines Arztes angewendet werden sollte.

Achten Sie beim Abstieg darauf, dass sich die an HAPE leidende Person nicht anstrengt, da dies die Situation verschlimmern kann. Eine Trage oder Hubschrauber Evakuierung ist in der Regel die beste Option, da es die einfachste Option ist.

Unten angekommen, suchen Sie sofort ärztliche Hilfe auf.

Goldene Regeln für das Klettern in großer Höhe

Das Klettern in große Höhen muss nicht gefährlich sein, es muss einfach gut geplant sein. Das Befolgen einiger Grundregeln hilft bei der Vorbereitung.

a). Fangen Sie klein an und arbeiten Sie sich nach oben. Versuchen Sie, nicht in große Höhen zu klettern, ohne zuerst einige kleinere Routen zu wandern, um sich zu akklimatisieren.

b). Wenn Sie ein unerfahrener Höhenkletterer sind, dann stellen Sie sicher, dass Sie es nicht eilig haben. Je länger es dauert, den Gipfel oder Höhepunkt Ihres Aufstiegs zu erreichen, desto mehr Zeit hat Ihr Körper, sich zu akklimatisieren.

c). Idealerweise sollte Ihre Route es Ihnen ermöglichen, hoch zu klettern und tief zu schlafen. Dies ist wichtig, da es nicht sicher ist, längere Zeit in großer Höhe zu verbringen.

d). Überanstrengen Sie sich nicht. Halten Sie sich in einem Tempo, das zu Ihnen passt. Dies ist der Schlüssel in großer Höhe, wo es weniger Sauerstoff gibt.

e). Halten Sie gut mit Feuchtigkeit versorgt. Dehydration verschlimmert nur die Probleme und macht das Klettern anstrengender.

f). Rauchen Sie nicht, trinken Sie keinen Alkohol und nehmen Sie keine Stimulanzien ein.

g). Es wird empfohlen, Acetazolamid (Diamox) nach Rücksprache mit einem Arzt einzunehmen.

Präventivmedikamente (Diamox)

Acetazolamid (Diamox) ist ein Medikament, das nachweislich zur Vorbeugung der Höhenkrankheit beiträgt.

Das Medikament wirkt, indem es den Säuregehalt in Ihrem Blut erhöht, was als Diuretikum wirkt und Sie dazu zwingt, häufiger zu urinieren. Ihr Körper setzt einen hohen Säuregehalt mit einem erhöhten Kohlendioxidgehalt im Blut gleich und zwingt Sie daher, schneller und tiefer zu atmen, um das Kohlendioxid zu verlieren. Das Medikament bringt Ihren Körper im Wesentlichen dazu, schneller und tiefer zu atmen, was den Sauerstoffgehalt in Ihrem Blut stark erhöht, was dazu beiträgt, das Auftreten der Höhenkrankheit zu verhindern.

Bitte beachten Sie, dass Diamox einfach ein vorbeugendes Medikament ist und die Höhenkrankheit nicht heilt oder vollständig verhindert. Wenn Symptome der Höhenkrankheit auftreten, ist das Absteigen die einzige Heilung. Diamox sollte niemals eingenommen werden, um mit AMS-Symptomen weiter nach oben zu gehen.

Denken Sie daran, dass Diamox ein verschreibungspflichtiges Medikament ist und Sie Ihren Arzt konsultieren müssen, wenn Sie daran denken, es einzunehmen. Das Medikament ist nicht für Menschen mit Leber- oder Nierenproblemen geeignet und sollte nicht von schwangeren Frauen eingenommen werden.

Wir empfehlen, Diamox etwa zwei Wochen vor Ihrem Aufstieg ein paar Tage lang einzunehmen, um zu sehen, ob bei Ihnen Nebenwirkungen auftreten.

Einige typische Nebenwirkungen im Zusammenhang mit Diamox sind:

a). Häufiges Wasserlassen. Jede Person, die Diamox einnimmt, wird dies erleben, daher ist es wichtig, dass Sie häufig Wasser trinken, um dies zu bekämpfen. Wenn Sie nicht hydratisiert bleiben, laufen Sie Gefahr, Nierensteine zu entwickeln.

b). Gefühl von Kribbeln oder Taubheitsgefühl in den Fingerspitzen. Viele Menschen erleben dies, und obwohl es beunruhigend sein kann, ist es nicht schädlich.

c). Veränderung Ihrer Geschmacksknospen. Einige Lebensmittel können anders schmecken.

d). Erbrechen, Durchfall und Übelkeit. Diese Symptome sind nicht häufig und sollten während Ihres Vortests festgestellt werden. Leider sind diese Symptome häufige Anzeichen von AMS und können falsch diagnostiziert werden.

e). Verwirrung oder Schläfrigkeit. Auch dies kann mit AMS verwechselt werden und sollte vor der Abreise getestet werden.

Diamox kommt normalerweise in 250 mg Tabletten und es wird empfohlen, eine halbe Tablette morgens und eine halbe Tablette abends einzunehmen. Es wird auch empfohlen, einen Tag vor Beginn des Aufstiegs zu beginnen und ihn kontinuierlich zu nehmen, bis Sie mit dem Abstieg beginnen. Es besteht keine Notwendigkeit, Diamox beim Abstieg einzunehmen.

Trekking-Versicherung

Die Risiken des Höhenkletterns sind beträchtlich und sollten mit großer Vorsicht versucht werden. Eine Trekkingversicherung ist sehr empfehlenswert.

Snow Craft

Einführung in die Ausrüstung für Schneefahrzeuge

Eispickel und Steigeisen sind wichtige Bestandteile der Schneekletterausrüstung. Kletterer müssen auch Anker im Schnee bauen.

Eispickel

Die Auswahl eines Eispickel bedeutet die Wahl zwischen Funktionen, die für bestimmte Anwendungen entwickelt wurden. Eine lange Axt eignet sich für Langlauffahrten auf Schnee und Klettern, bei denen sie als Stock verwendet wird, und bietet Sicherheit beim Tiefklettern. Bei steileren Hängen ist jedoch eine kürzere Axt besser. Die Hauptteile eines Eispickel bestehen aus dem Kopf, Pick, Adze, Schaft und Dorn.

Der Kopf eines Eispickel, Pick und Adze besteht typischerweise aus Stahllegierung oder Aluminium. Das Loch im Axtkopf, das als Karabinerloch bekannt ist, wird von den meisten Kletterern verwendet, um den Eispickel zu befestigen. Der Pick ist gekrümmt, ein Design, das eine bessere Einhakwirkung bei Schnee oder Eis bietet, so dass sich die Axt eingraben kann, wenn Kletterer nach einem Sturz versuchen, sich selbst zu stoppen (Selbstarrest). Ein moderater Einhakwinkel von 65 bis 70 Grad relativ zum Schaft ist typisch für allgemeine Bergsteigerachsen. Für das technische Eisklettern ist ein schärferer Winkel von 55 bis 60 Grad besser.

Die Spitzzähne bieten Halt bei Eis und hartem Schnee. Eispickel, die für den allgemeinen Bergsport entwickelt wurden, haben in der Regel nur am Ende des Plektrums aggressive Zähne. Eispickel und Werkzeuge, die für das technische Klettern entwickelt wurden, haben in der Regel aggressive Zähne über die gesamte Länge.

Das Adze wird hauptsächlich zum Schneiden von Stufen bei hartem Schnee oder Eis verwendet. Die flache Oberseite des Adze bietet auch eine feste, bequeme Plattform für eine Hand, wenn der Kletterer den Selbstsicherungsgriff benutzt. Die meisten Adzes für den allgemeinen Bergsport sind relativ flach und geradlinig mit scharfen Ecken.

Eispickelschäfte bestehen aus Aluminium oder Material wie Glasfaser oder Kohlefaser oder einer Kombination davon. Ein typischer Eispickelschaft für den allgemeinen Bergsport ist gerade. Eispickel mit geformtem Schaft sind für den technischen Einsatz konzipiert. Einige Schäfte sind teilweise mit einem Gummimaterial bedeckt, das den Kletterern einen besseren Halt und damit eine bessere Kontrolle der Axt gibt und außerdem Vibrationen dämpft und die Kontrolle des Kletterers beim Einpflanzen des Pick erhöht.

Die Länge der Eispickel reicht von 40 bis 90 Zentimetern (16 bis 35 Zoll). Die kürzeren Achsen sind für das technische Eisklettern und die längsten für große Bergsteiger, die die Axt als Stock auf leichtem Gelände verwenden. Für Kletterer, die hauptsächlich über Gletscher und Schnee mit niedrigerem Winkel reisen, bietet eine längere Axt eine schöne Länge für Balance und Sicherheit. Für Kletterer, die sich auf steilerem Schnee befinden, kann eine kürzere Axt mit einem Spike zum Ausgleich und Schutz leichter zu platzieren sein. Äxte, die kürzer als 50 Zentimeter sind, eignen sich zum technischen Eisklettern, was für sehr steile Hänge sehr nützlich ist.

Ein 70 Zentimeter großer Eispickel ist der längste, der allgemein für das technische Eisklettern nützlich ist. Daher funktioniert eine Länge von 50 bis 70 Zentimetern in den meisten alpinen Situationen gut, wo das Klettern auf mäßig steilen Schneehängen stattfindet und die Axt zur Selbstsicherung und Selbstsperre verwendet wird.

Die Eispickel-Leine bietet eine sichere Möglichkeit, den Eispickel am Handgelenk oder am Gurt des Kletterers zu befestigen. Die Leine besteht aus einem Stück Zubehörschnur oder Gurtband, das an einem Karabinerloch im Eispickelkopf befestigt ist.

Steigeisen

Steigeisen sind eine Reihe von Metallspikes, die über Stiefel geschnallt werden, um harten Schnee und Eis zu durchdringen, wo Stiefelsohlen nicht genügend Traktion gewinnen können. Steigeisen sind sowohl für aufsteigenden als auch absteigenden Schnee und Eis nützlich. Der frühe 10-Punkt-Steigbügel wurde durch den 12-Punkt-Steigbügel mit zwei nach vorne geneigten oder vorderen Spitzen in den Schatten gestellt, was den Bedarf an Stufenschnitt reduziert und es ermöglicht, steilen Schnee und Eis nach vorne zu richten. Derzeit umfassen Steigeisen, die für den allgemeinen Bergsport konzipiert sind, sowohl 12-Punkt- als auch leichtere 10-Punkt-Modelle, aber alle haben Frontpunkte.

Die meisten Steigeisen bestehen aus Chrom-Molybdän-Stahl, einer extrem starken, leichten Legierung. Einige Modelle werden jedoch aus flugzeugtauglichen Aluminiumlegierungen gefertigt, die etwa 50 Prozent leichter als Stahl, aber auch viel weicher sind. Aluminiumsteigeisen werden hauptsächlich für Gletscherreisen oder Anstiege in der Frühsaison mit Schnee, aber nicht hartem Eis verwendet.

Steigeisen werden in zwei Typen eingeteilt. Gelenkig und halbsteif, basierend auf der Verbindung zwischen den vorderen und hinteren Einheiten.

Gelenksteigeisen sind für den allgemeinen Bergsport konzipiert, wobei die vorderen und hinteren Einheiten durch eine flexible Stange verbunden sind. Sie passen zu einer Vielzahl von Bergstiefeln und sind leicht und flexibel mit der natürlichen Schaukelwirkung des Gehens.

Halbsteife Steigeisen sind sowohl für das allgemeine Bergsteigen als auch für das technische Eisklettern konzipiert und verfügen über vordere und hintere Einheiten, die durch eine steifere Stange verbunden sind. Sie haben eine gewisse horizontale Bewegung, die beim Befestigen des Steigeisen am Schuh hilft. Halbsteife Steigeisen sind entweder mit horizontal oder vertikal ausgerichteten vorderen Spitzen ausgeführt. Diese Art von Steigeisen funktioniert gut auf einer Vielzahl von alpinen Schnee- und Eisrouten.

Schneeanker

Schneeanker bieten den dringend benötigten Schutz, indem sie Sicherungen verankern und Abseilungen sichern. Sie unterscheiden sich stark in der Festigkeit je nach Schneeverhältnissen und Platzierung. Die Festigkeit des Ankers liegt letztlich auf der Schneefläche, der Anker zieht an und die Festigkeit des Schnees. Einige der gängigen Schneeanker bestehen aus Streikposten, Deadman-Ankern und Schneepollern.

a). Streikposten

Ein Pfahl ist ein Pfahl, der als Anker in den Schnee getrieben wird und am besten bei festem, hartem Schnee funktioniert. Die Größe der Aluminiumpfähle variiert in Längen von 18 bis 36 Zoll und in verschiedenen Stilen, einschließlich V- oder T-Profilpfählen mit Karabinerbefestigungslöchern am Ende oder entlang der Länge des Pfahls.

Der Winkel zum Aufstellen eines Pfahls hängt vom Winkel der Schneepiste ab. Der Streikposten sollte so platziert werden, dass er eine möglichst große Schneefläche zum Ziehen hat. Bei einem milderen Gefälle sollte die Platzierung vertikal oder in einem kleinen Winkel zur Spitze des Gefälles erfolgen. An einem steileren Hang sollte die Platzierung in einem Winkel von 45 Grad zur Zugrichtung erfolgen. Ein voll versenkter Eispickel kann auch als Streikposten dienen.

b). Totmannanker

Diese spatenförmige perforierte Metallplatte mit Drahtbefestigung bietet den besten Anker bei den unterschiedlichsten Schneeverhältnissen, obwohl sie wie alle Schneeanker bei harten Schneeverhältnissen am stärksten ist. Sie müssen einen Toten in einem Winkel von 40 Grad zum Hang platzieren. Die Tiefe dieser horizontalen Platte hängt von der Härte des Schnees ab, die bei hartem Schnee 25 Zentimeter bis bei weichem Schnee 50 Zentimeter betragen kann. Wenn sie an Ort und Stelle ist, sorgt der Innenwinkel zwischen der Platte und dem Draht dafür, dass die Platte beim Laden des Drahtes in die Schräge fällt und stärker wird.

c). Schneepoller

Ein Schneepoller ist ein Hügel, der aus Schnee geschnitzt ist, wenn er mit Seil oder Gurtband ausgerüstet ist. Erstellen Sie den Hügel, indem Sie einen hufeisenförmigen Graben im Schnee anlegen, wobei das offene Ende des Hufeisens bergab zeigt. Bei hartem Schnee sollte der Hügel mindestens 1 Meter im Durchmesser und bei weichem Schnee etwa 3 Meter im Durchmesser sein.

Wenn Sie einen Poller graben, versuchen Sie, den Schnee davor nicht zu stören und ordnen Sie das Seil so an, dass es sich in der härtesten Schneeschicht befindet. Poller sind besonders nützlich bei flachem, hartem Schnee, der nicht tief genug ist, um einen der anderen Ankertypen aufzunehmen.

Grundtechniken des Schneekletterns

Der wichtigste Aspekt des Schneekletterns ist es, einen Sturz zu verhindern, aber wenn der Kletterer auf dem Schnee rutscht, muss er oder sie die Fähigkeit haben, die Kontrolle so schnell wie möglich zurückzugewinnen. Das Klettern auf steilen Schneehängen ist gefährlich, es sei denn, Kletterer haben einen Eispickel und Steigeisen und die Fähigkeit, sie zu benutzen.

Verwendung der Eispickel

Die Hauptaufgabe des Eispickel besteht darin, das Gleichgewicht zu unterstützen, ein Werkzeug, um einen Sturz zu verhindern, einen Schneeanker zu machen und Kletterern beim Bremsen zu helfen, wenn sie bergab fahren. Um die Axt in einer Hand zu tragen, greifen Sie den Schaft mit dem Dorn nach vorne und dem Pick nach unten, um zu vermeiden, dass der Kletterer hinter Ihnen herstößt. Wenn die Axt nicht benötigt wird, rutschen Sie sie beim Trekking in den Bergen die Eisaxtschlaufe des Rucksacks hinunter, drehen Sie den Schaft nach oben und schnallen Sie ihn am Rucksack an. Halten Sie Wachen auf dem Pick, Adze und Spike.

Es gibt zwei Möglichkeiten, den Eispickel zu greifen:

Selbst-Arrest-Griff. Legen Sie Ihren Daumen unter die Adze und Ihre Handfläche und Finger über den Pick, in der Nähe der Oberseite des Schafts.

Zeigen Sie beim Klettern auf den Zaun nach vorne. Dieser Selbstarrestgriff versetzt Kletterer in die Lage, im Falle eines Sturzes direkt in Arrest zu gehen.

Selbstsichernder Griff. Legen Sie Ihre Handfläche auf die Adze und wickeln Sie Ihren Daumen und Zeigefinger unter den Pick. Zeigen Sie beim Klettern mit dem Pick nach vorne. Der Selbstsicherungsgriff kann komfortabler und angemessener sein, wenn die Folgen einer unkontrollierten Rutsche kein Problem darstellen.

Aufsteigende Schneehänge

Das Besteigen von Schneepisten erfordert eine Reihe von besonderen Fähigkeiten. Je nach Härte oder Steilheit der Piste kommen unterschiedliche Techniken ins Spiel. Die Aufstiegsrichtung kann entweder direkt oder diagonal sein.

Klettern in Balance

Während der Fahrt auf Schnee ist es weniger anstrengend, effizienter und sicherer, das Gleichgewicht mit dem Eispickel zu halten. Schneekletterer bewegen sich von einer ausgeglichenen Position zur anderen und vermeiden eine längere Haltung in einer unausgeglichenen Position.

Auf einer diagonalen Bergauf-Route ist die ausgeglichenste Position mit dem inneren (bergauf) Fuß vor und über dem nachlaufenden äußeren (bergab) Bein, das vollständig verlängert ist, um die körperliche Struktur des Kletterers zu nutzen und den Muskelaufwand zu minimieren. In dieser Position lassen Sie das hintere Bein den größten Teil Ihres Gewichts tragen. Greifen Sie den Eispickel immer mit der bergauf gerichteten Hand.

Der diagonale Aufstieg ist eine zweistufige Sequenz von einer Gleichgewichtsposition über eine Unausgeglichenheitsposition bis hin zur Rückkehr in eine Gleichgewichtsposition. Legen Sie die Axt aus der Gleichgewichtsposition oben und vorne in den Schnee. Bewegen Sie sich zwei Schritte nach oben, bevor Sie den Eispickel neu positionieren. Der erste Schritt bringt den Außenfuß (Downhill-Fuß) vor den Innenfuß (Uphill-Fuß) und bringt den Kletterer aus dem Gleichgewicht. Der zweite Schritt bringt den Innenfuß von hinten nach oben und platziert ihn über den Außenfuß hinaus, wodurch der Kletterer wieder in die Gleichgewichtsposition gebracht wird. Halten Sie Ihr Gewicht über den Füßen und vermeiden Sie es, sich in den Hang zu lehnen.

Wenn Sie die Falllinie geradeaus hinauffahren, anstatt sich diagonal zu bewegen, gibt es kein bergauf- oder bergabfahrendes Bein mehr, keine bergauf- oder bergabfahrende Hand. Tragen Sie also die Axt in der Hand, die sich am bequemsten anfühlt, und klettern Sie gleichmäßig und kontrolliert.

Unabhängig von der Fahrtrichtung bietet das feste Anbringen der Axt vor jeder Bewegung https://www.southeastclimbing.com/mountaineering-guide-2/using-the-ice-axe.html einen Selbstsicherungsschutz.

Der Rest-Schritt

Das Besteigen einer langen, gesichtslosen Schneepiste kann Ihnen das frustrierende Gefühl geben, dass Sie nirgendwohin kommen. Wenige Orientierungspunkte helfen, deinen Fortschritt zu messen, daher sind Entfernungen trügerisch.

Die Lösung ist der Restschritt, eine Technik, die Energie spart, während sie Sie methodisch vorwärts bringt. Verwenden Sie den Restschritt, wenn Beine oder Lunge zwischen den Schritten etwas Erholung benötigen. In tieferen Lagen sind es in der Regel die Beinmuskeln, die eine Pause benötigen. In höheren Lagen brauchen die Lungen die Pause.

Der Rest erfolgt, nachdem ein Fuß für den nächsten Schritt nach vorne geschwenkt wurde. Stehe aufrecht und atme aus, während dein hinteres Bein dein gesamtes Körpergewicht unterstützt. Strecken Sie Ihr hinteres Bein, so dass Sie von Knochen und nicht von Muskeln gestützt werden. Spüre, wie das Gewicht in deine Knochen und deinen Fuß einsinkt. Entspanne dich jetzt vollständig und entspanne die Muskeln deines vorderen Beins. Diese vorübergehende Ruhe erfrischt Ihre Muskeln.

Step-Kicking

Die Technik des Trittes ist grundlegend für das Schneeklettern. Es ist eine Möglichkeit, einen Weg der Aufwärtsschritte zu schaffen, der mit dem geringsten Energieaufwand die bestmögliche Basis bietet.

Der effizienteste Kick, um Schneeschritte zu erzeugen, ist ein Schwung des Beins, der sein eigenes Gewicht und seinen Schwung für die erforderliche Wirkung sorgen lässt. Das funktioniert gut bei weichem Schnee. Bei härterem Schnee werden Sie sich am Ende mehr anstrengen, und die Stufen werden in der Regel kleiner und weniger sicher sein.

Ein durchschnittlicher Kletterer braucht wahrscheinlich Schritte, die tief genug sind, um den Fußballen geradeaus und mindestens die Hälfte des Stiefels bei einem diagonalen Anstieg zu nehmen. Treppenstufen, die waagerecht getreten oder leicht in den Hang gekippt werden, sind sicherer. Je weniger Platz auf einer Stufe ist, desto wichtiger ist es, dass die Stufe in die Steigung geneigt ist.

Wenn Sie Schritte treten, denken Sie an die anderen Kletterer. Sie können Ihrer Treppe folgen, wenn Ihre Stufen gleichmäßig und etwas eng beieinander liegen. Berücksichtigen Sie Kletterer, deren Beine nicht so lang sind wie Ihre.

Anhänger verwenden die gleiche Beinschwingung wie der Anführer und verbessern die Schritte beim Klettern. Der Follower muss in die Stufe treten, da ein einfaches Betreten der vorhandenen Plattform den Kofferraum nicht sicher in Position bringt. Bei kompaktem Schnee sollte der Kick etwas niedrig sein, der Zeh einfahren und die Stufe vertiefen. Bei sehr weichem Schnee ist es jedoch in der Regel einfacher, den Stiefel von oben nach unten zu bringen und eine Schneekante abzuscheren, was dazu beiträgt, eine stärkere Stufe zu bauen.

Ein Grundprinzip der Schneereise ist, dass sich die Parteien beim Aufsteigen in einer einzigen Datei bewegen. Wenn Sie an der Spitze stehen, werden Sie die härteste Arbeit leisten. Sie müssen auch härter denken, um mögliche Gefahren für die Gruppe zu vermeiden und die beste Route zu wählen. Es ist eine gute Idee, abwechselnd in Führung zu gehen, damit kein Kletterer in Ihrer Gruppe bis zur Erschöpfung trainiert wird.

Aufstiegsrichtung

Sie können entweder direkt eine Schneepiste hinauffahren oder diagonal aufsteigen. Wenn Sie es eilig haben, ist ein direkter Aufstieg in der Regel der richtige Weg. Geschwindigkeit steht bei einer langen Schneebesteigung im Vordergrund und bei schlechtem Wetter, Lawine oder Steinschlag ist ein schneller, direkter Aufstieg an der Tagesordnung.

Eispickel-Technik im Direktaufstieg

Bei einem geraden Schuss auf ein Schneefeld ist Tritt die Grundtechnik für deine Füße. Die Eispickeltechnik variiert je nach Schneeverhältnissen und Steilheit.

Stockposition: Steigen Sie auf einer Steigung, die in einem niedrigen oder moderaten Winkel liegt (ungefähr bis zu 30 oder 35 Grad), mit der Axt in der Stockposition, halten Sie sie in einer Hand am Kopf und verwenden Sie sie für das Gleichgewicht. Wenn der Schnee noch steiler wird, können Sie in der Stockposition weitermachen, solange Sie sich sicher fühlen.

Pfahlposition: Irgendwann, wenn der Schnee steiler wird, kann ein Kletterer in die beidhändige Pfahlposition wechseln, eine sicherere Haltung, die oft für Winkel über 45 Grad verwendet wird. Bevor du dich nach oben bewegst, pflanze die Axt mit beiden Händen, so weit sie in den Schnee geht. Dann fassen Sie weiter mit beiden Händen am Kopf oder mit einer Hand am Kopf und einer am Schaft. Diese Position ist besonders nützlich bei steilerem, weichem Schnee.

Horizontale Position: Dies ist eine Technik, die bei steilerem, härterem Schnee, der mit einer weichen Schicht bedeckt ist, wirksam ist. Halten Sie die Axt mit beiden Händen, eine im Selbsthemmungsgriff am Kopf und die andere in der Nähe des Endes des Schafts. Stoßen Sie die Axt horizontal in den Schnee über Ihnen, wobei der Pickdown und der Schaft im rechten Winkel zu Ihrem Körper stehen.

Dies stößt den Pick in die härtere Basis, während der Schaft im weicheren Oberflächenschnee etwas Hebelwirkung erhält. Vergessen Sie nicht, den Restschritt zu nutzen, wenn Sie den Berg hinauffahren, unabhängig von der verwendeten Eispickeltechnik.

Eispickel-Technik im diagonalen Aufstieg

Wenn es die Zeit erlaubt, bevorzugen die meisten Kletterer einen diagonalen Aufstieg, wechselnde Positionen, während sie mäßig geneigte Hänge hinaufsteigen. Die Eispickeltechniken variieren je nach Schneeverhältnissen und Steilheit.

Stockposition: Der Eispickel funktioniert gut in der Stockposition auf moderaten Hängen. Wenn die Steigung steiler wird, wird diese Position schwierig und es ist Zeit, in die Crossbody-Position zu wechseln.

Cross Body Position: Halten Sie die Axt senkrecht zum Neigungswinkel, wobei eine Hand den Kopf ergreift und die andere das Dornenende des Schafts hält. Dann stoßen Sie den Dorn in den Schnee. Die Axt kreuzt diagonal vor dir, die Hacke zeigt vom Körper weg. Der Schaft sollte dein Gewicht tragen, während die Hand am Kopf der Axt die Axt stabilisiert.

Diagonale Anstiege bedeuten oft eine Veränderung der Körperposition. Es gibt eine bestimmte Abfolge von Schritten für eine sichere Richtungsänderung auf einer diagonalen Route, die in diesem Buch nicht erwähnt wird.

Traversieren: Lange horizontale Bewegungen über weichem Schnee bei niedrigen und moderaten Winkeln, die weder an Höhe gewinnen noch verlieren, werden als Traversieren bezeichnet. Wenn es notwendig ist, über harten oder steilen Schnee zu fahren, dann müssen Sie direkt in die Piste blicken und direkt hinein treten, um die sichersten Schritte zu machen.

Absteigende Schneehänge

Absteigende Schneehänge sind anspruchsvoller als gleichauf aufzusteigen. Aufgrund von Schwung und Schwerkraft ist es leichter zu rutschen, während man absteigt als aufsteigt. Es gibt ein paar Techniken, um abzusteigen.

Facing Out (Eintauchschritt): Der Eintauchschritt ist eine aggressive Bewegung, bei der du vom Hang abgewandt bist und fest auf der Ferse landest, während dein gestrecktes hinteres Bein das Gewicht stabil in die neue Position überträgt. Vermeiden Sie es, sich zurück an den Hang zu lehnen. Halten Sie die Knie leicht gebeugt und lehnen Sie sich nach vorne, um das Gleichgewicht zu halten. Halten Sie beim Eintauchen einen gleichmäßigen Rhythmus wie beim Marschieren aufrecht und halten Sie den Eispickel in einer Hand, entweder im Selbsthemmungs- oder Selbstsicherungsgriff, wobei der Spike nahe an der Schneeoberfläche liegt. Streck deinen anderen Arm aus und bewege ihn, um das Gleichgewicht zu halten.

Facing In (Backing Down): Beim Backing Down stehen Sie dem Hang zugewandt und sind etwas komfortabler als das Eintauchen. Versuchen Sie, den Schaft des Eispickel so tief wie möglich am Hang einzutauchen, bevor Sie absteigen. Wenn der Schnee zu fest ist, kann die Axt als Stütze verwendet werden, während Sie nach unten klettern. Es ist wichtig, sich nicht zu sehr zum Hang zu neigen, sondern das Gewicht so weit wie möglich über den Füßen zu halten.

Glissading: Glissading ist der effizienteste und schnellste Weg, um auf einer Schneepiste abzusteigen. Es besteht die Möglichkeit, dass Sie bei einer so hohen Geschwindigkeit die Kontrolle verlieren. In diesem Fall ist eine Selbstverhaftung möglicherweise nicht möglich. Entfernen Sie vor dem Glissading die Steigeisen und bewahren Sie sie in Ihrem Rucksack auf.

Steigeisenpunkte können Ihre Rutsche drastisch arretieren und Sie auf der Piste nach vorne taumeln lassen. Denken Sie daran, immer die Kontrolle über die Eispickel zu behalten, da Sie Verletzungen durch eine schlagende Axt riskieren können, wenn die Axt aus Ihrem Griff gerissen wird. Wenn keine Leine benutzt wird, riskierst du, deine Axt zu verlieren. Es gibt etwa drei Methoden des Glissadings - Sitzen, Stehen und Hocken, abhängig von den Schnee- und Pistenbedingungen.

a). Sitzen Glissading

Diese Form des Glissadings ist ideal für weichen Schnee. Setzen Sie sich aufrecht in den Schnee, beugen Sie die Knie und pflanzen Sie Stiefelsohlen flach entlang der Schneeoberfläche. Halten Sie den Eispickel in Selbstarrestposition, während Sie bergab glitzern. Um die Kontrolle zu behalten, führen Sie den Spike der Axt wie ein Ruder entlang des Schnees auf einer Seite von Ihnen. Behalte beide Hände auf der Axt.

b). Standing Glissading

Diese Glissade ähnelt dem Abfahrtsskifahren und bewahrt Ihre Kleidung vor Nässe. Lege dich leicht über deine Füße, beuge die Knie und breite deine Arme aus. Bringen Sie die Füße näher zusammen und beugen Sie sich nach vorne, um die Geschwindigkeit zu erhöhen. Um langsamer zu werden und anzuhalten, kannst du deine Fersen auf dem Schnee graben und leicht seitwärts drehen und den Eispickel auf dem Schnee ziehen. Die stehende Glissade ist am effektivsten bei leicht hartem Schnee.

c). Crouching Glissading

Diese Form der Glissade ist langsamer als eine stehende Glissade und leichter zu erlernen. Aus der stehenden Glissade-Position musst du dich zurücklehnen, den Eispickel in der Selbsthemmungsposition an eine Körperseite halten und den Spike in den Schnee ziehen. Aufgrund der Stativposition Ihres Körpers, bei der beide Beine zusammen mit dem Eispickel den Boden berühren, ist die kauernde Glissadetechnik stabiler.

Stoppen eines Sturzes

Denken Sie daran, auf Schneehängen immer Handschuhe zu tragen, da das Rutschen auf Schnee dazu führen kann, dass Ihre Hände den Halt am Eispickel verlieren. Es gibt viele Methoden, um zu verhindern, dass du auf Schnee fällst. Einige von ihnen sind wie folgt:

Selbstsicherung

Selbstsicherung ist eine Technik, um zu verhindern, dass Sie auf Schnee oder Eis rutschen. Ihr Eispickel ist die wichtigste Ausrüstung zur Selbstsicherung. Stellen Sie auf einer Schneepiste während der Selbstsicherung sicher, dass beide Füße fest auf dem Boden stehen, und klemmen Sie dann den Dorn und den Schaft des Eispickel direkt in den Schnee. Halten Sie den Axtkopf weiterhin mit Ihrer bergauf gerichteten Hand fest, während Sie sich vorwärts bewegen. Machen Sie ein oder zwei Schritte, ziehen Sie die Axt heraus und pflanzen Sie sie neu. Um die Selbstsicherung wirksam zu machen, muss der Schaft tief genug im festen Schnee platziert werden, um das volle Gewicht zu halten.

Selbst-Arrest

Selbsthemmungstechniken werden lebensrettend, da sie den Sturz eines Kletterers oder den Sturz eines Seilbegleiters festhält. Das primäre Ziel des Selbstarrests ist es, einen Sturz zu stoppen, idealerweise in einer sicheren und stabilen Position. Dies ist eine Übung, die am besten von einem Ausbilder auf dem Feld unterrichtet wird. Daher werden im Folgenden nur die hervorstechenden Merkmale erwähnt:

1. Halten Sie die Axt in einem festen Griff.
2. Drücken Sie den Pick in den Schnee über Ihrer Schulter.
3. Legen Sie den Schaft diagonal über Ihre Brust.
4. Drücke deine Brust und Schulter nach unten auf den Eispickelschaft.
5. Halte deinen Kopf mit dem Gesicht nach unten.
6. Legen Sie Ihr Gesicht in den Schnee.
7. Wölbe dich etwas vom Schnee weg.
8. Beuge deine Knie leicht.
9. Halten Sie Ihre Beine steif und spreizen Sie sie auseinander und die Zehen graben sich ein.

Selbstarretierungsposition Kopf bergab und Gesicht nach unten

Dies kann etwas schwierig sein, da Sie zuerst Ihre Füße bergab schwingen müssen. Um dies zu tun, müssen Sie den Eispickel in den Schnee bekommen, um als Drehpunkt zu dienen, um Ihren Körper herumzuschwingen. Arbeite daran, deine Beine so zu schwingen, dass sie bergab zeigen. Stechen Sie den Spike niemals in den Schnee und schwenken Sie ihn auf das Ende der Axt, wodurch der Pick und die Axt über Ihren Gleitweg und auf einen Kollisionskurs mit Brust und Gesicht gebracht werden.

Selbstarretierungsposition Kopf bergab und auf dem Rücken

Wieder eine schwierige Technik, die Übung erfordert, um perfekt zu sein. Halten Sie in dieser Situation die Axt über Ihre Brust und stoßen Sie den Pickel seitlich in den Schnee. Drehen und rollen Sie dann darauf zu. Der seitlich platzierte Pick dient als Drehpunkt. Wenn du deine Auswahl pflanzt, kommst du nicht in die endgültige Selbstverhaftungsposition. Arbeite daran, deine Brust in Richtung Axtkopf zu rollen, während du deine Beine schwingst, um bergab zu zeigen.

Self-Arrest Position Head Uphill und Face Down

Der Kletterer muss den Meißel über den Axtschaft in den Schnee und die Karosserie drücken lassen, um in einer sicheren Selbsthemmung zu enden.

Selbstarretierungsposition Kopf bergauf und auf dem Rücken

Rollen Sie in Richtung des Kopfes der Axt und pflanzen Sie den Pick in den Schnee an Ihrer Seite, während Sie auf Ihren Bauch rollen. Rollen Sie in Richtung Axtkopf. Wenn du fällst, hüte dich davor, auf den Spike zu rollen, der den Spike vor dem Pick im Schnee festklemmen und die Axt aus deinem Griff ziehen kann.

Selbstarretierung ohne Eispickel

Wenn Sie Ihren Eispickel bei einem Sturz verlieren, verwenden Sie Ihre Hände, Ellbogen, Knie und Stiefel, um sich in die Schneehänge zu graben. Versuchen Sie, die Hände gegen den Hang zu falten, damit sich in ihnen Schnee ansammelt.

Team-Arrest

Die Teamverhaftung hängt von den einzelnen Kletterern ab, um ihre eigenen Stürze zu stoppen und für den Fall, dass jemand anderes stürzt, Unterstützung zu leisten. Sich auf Team-Arrest als ultimative Team-Sicherheit zu verlassen, ist nur in bestimmten Situationen sinnvoll, wie zum Beispiel auf einem Gletscher mit niedrigem oder mittlerem Winkel oder einer Schneepiste. Der bessere Kletterer kann einen weniger geschickten Kletterer von einer gefährlichen Rutsche abbringen. Folgende Verfahren können eingehalten werden:

1. Tragen Sie ein paar Meter schlaffes Seil in der Hand, wenn sich Kletterer unter Ihnen befinden. Wenn ein Kletterer fällt, lassen Sie das lose Seil fallen, was einige Zeit dauert, bis das Seil das Gewicht des gefallenen Kletterers zieht. In diesem Zeitrahmen müssen Sie Ihren Eispickel in Selbsthemmungsposition bringen und das Gewicht des fallenden Kletterers abstützen.

2. Setzen Sie den schwächsten Kletterer auf das bergab gerichtete Ende des Seils, während Sie aufsteigen, und zuerst auf das Seil, während Sie absteigen.

3. Klettern Sie auf einem verkürzten Seil.

4. Das Seil richtig handhaben. Halten Sie das Seil auf der Abfahrtsseite des Teams, damit die Wahrscheinlichkeit, darauf zu treten, geringer ist.

5. Beobachten Sie das Tempo und die Position Ihres Teamkollegen und passen Sie sich entsprechend an und bereiten Sie sich entsprechend vor.

6. Rufe „Fallen", wenn ein Kletterer fällt.

Berggefahren

(Angepasst von der öffentlich zugänglichen Website des Jawahar Institute of Mountaineering and Winter Sports, Pahalgam. Dem Direktor des Instituts sei Dank).

Einleitung

Grundsätzlich kann es zwei Arten von Gefahren geben, die Erfahrung der Kletterer, während sie auf den Bergen sind. Es handelt sich um subjektive Gefahren (verursacht durch eine Person aufgrund mangelnder Vorbereitung, falscher Verwendung der Ausrüstung und Fahrlässigkeit) und objektive Gefahren (verursacht durch Schnee, Wetter, Fels und Gesundheit).

A). Subjektive Gefahren

Subjektive Gefahren werden vom Menschen aufgrund der Wahl des Weges, der Überanstrengung, der Austrocknung und des schlechten Urteilsvermögens des Kletterers geschaffen. Sie setzen sich wie folgt zusammen:

a). Stürzen: Stürzen kann durch Unachtsamkeit, Übermüdung, schwere Ausrüstung, schlechtes Wetter, Überbewertung der eigenen Fähigkeiten, Ausbrechen eines Laderaums oder andere Gründe verursacht werden.

b). Campingplatz: Biwakplätze müssen vor Steinschlag, Wind, Blitzschlag, Lawinenauslaufzonen und Überschwemmungen (insbesondere in Rinnen) geschützt werden. Wenn die Möglichkeit eines Sturzes besteht, seilen Sie sich ein, das Zelt und die gesamte Ausrüstung müssen möglicherweise festgebunden werden.

c). Ausrüstung: Seile sind keine totale Sicherheit; sie können an einer scharfen Kante geschnitten werden oder aufgrund schlechter Wartung, Vintage oder übermäßiger Verwendung brechen. Sie sollten immer Notfall- und Biwakausrüstung einpacken, auch wenn die Wettersituation, die Tour oder ein kurzer Aufstieg scheinbar gefährlich sind.

B). Objektive Gefahren

Objektive Gefährdungen werden durch den Berg verursacht und können von einem Kletterer nicht beeinflusst werden. Objektive Gefahren werden weiter klassifiziert als:

a). Schneegruppengefahren: Die Schwierigkeiten, die Schnee in schneegebundenen und vergletscherten Gebieten bietet, werden Schneegruppengefahren genannt. Verschiedene Schneegruppengefahren sind wie folgt:

(i). Lawine: Lawine ist eine massive Masse aus instabilem Schnee und/oder Eis, die einen Hang hinunterstürzen kann und Schnee, Eis, Felsen, Erde und Bäume mit sich bringt. Lawine ist eine gefährliche und lebensbedrohliche Gefahr in Bergen, die Überlebenschancen eines Lawinenopfers werden auf 85 Prozent geschätzt, wenn es innerhalb von 15 Minuten gerettet wird, 50 Prozent innerhalb von 30 Minuten und 20 Prozent innerhalb einer Stunde.

(ii). Weicher Schnee: Übermäßiger Schneefall macht die Bewegung sehr schwierig. Die Bewegung auf weichem Schnee ist sehr langsam und ermüdend. Robuste Schuhe oder Skier können verwendet werden, um sich auf weichem Schnee leicht zu bewegen.

(iii). Gletscher: Die Bewegung auf Gletschern ist schwierig, besonders beim Besteigen der Hänge. Eispickel und Steigeisen werden verwendet, um sich in Gletschern zu bewegen.

(iv). Gletscherspalten: Gletscherspalten bilden sich, wenn sich ein Gletscher über einen Hang bewegt und eine Biegung macht oder wenn sich ein Gletscher von den ihn umgebenden Felswänden trennt. Sie können sehr breit und tief sein, was die Bewegung auf Gletschern sehr schwierig macht. Spalten können durch den Bau von Seilbrücken oder durch den Start einer Leiter überquert werden.

(v). Hängende Gletscher und Seracs: Sie sind Zinnen oder Eistürme. Vermeiden Sie sie so weit wie möglich. Sie werden zu jeder Tages- und Jahreszeit ohne Vorwarnung fallen. Ein Kubikmeter Gletschereis wiegt 910 Kilogramm. Wenn man diese prekären Gebiete durchqueren muss, dann sehr schnell und mit einem angemessenen Abstand zwischen den einzelnen Kletterern.

(vi). Gesims: Eine konsolidierte Schneedecke, die über den Rand eines Bergrückens, Plateaus oder Korrie hinausragt und von vorherrschenden Winden gebildet wird. Sie können vorübergehend sein, was sehr wahrscheinlich zu einer Lawine wird, oder sie können dauerhaft sein. Vermeiden Sie es, sich bei der Auswahl einer Route über schneebedecktes Gelände unter oder über ein Gesims zu bewegen.

(vii). Schneebrücke: Eine Brücke über eine Spalte oder einen Bach, die nicht sehr stark ist. Dies ist eine Gefahr in schneebedeckten Gebieten. Eine Überquerung einer Schneebrücke sollte nach Möglichkeit vermieden werden.

(viii). Schnee auf Bäumen: Nach dem Neuschneefall sammelt sich etwas Schnee auf Bäumen, die allmählich hart werden. Der Schnee kann einem Kletterer, der unter dem Baum sitzt, Schaden zufügen. Daher. Man sollte vermeiden, unter Bäumen zu campen, auf denen sich Schnee angesammelt hat.

b). Wettergefahren: Die Wetterbedingungen in den Bergen können sich in kürzester Zeit von einem sonnigen Moment zu einem Schneesturm ändern:

(i). Windchill: In den Bergen sind die Winde stärker und variabler. Der Effekt der niedrigen Temperatur wird durch die wärmeabführende Wirkung des Windes verstärkt, und die beiden in Kombination sollten bei der Betrachtung des Wetters berücksichtigt werden.

(ii). Schlechte Sicht: Nebel, Regen, Dunkelheit oder Schnee können zu schlechter Sicht führen, was zu Orientierungslosigkeit führen kann. Kümmern Sie sich um Ihre genaue Position und planen Sie Ihre Route in Sicherheit, bevor die Sicht weiter abnimmt.

(iii). White Out: Ein gefährlicher Zustand im Winter, wenn fallender und treibender Schnee oder schlechte Sicht den Horizont mit dem Boden und dem Himmel verschmelzen lassen. Es ist schwierig, sich dann zu orientieren und sehr leicht über eine Kante zu gehen. Wenn man sich unter diesen Bedingungen bewegen muss, ist es am besten, sich zu seilen. Der Punkt Mann sollte sich am Ende des Seils bewegen. Verwenden Sie eine Routenskizze und einen Marschtisch.

(iv). Höhe: In großen Höhen, insbesondere über 6.500 Fuß; Ausdauer und Konzentration sind reduziert. Reduzieren Sie das Rauchen und den Alkoholkonsum. Schlafen Sie gut, akklimatisieren Sie sich langsam, bleiben Sie hydratisiert und achten Sie auf Anzeichen und Symptome von Höhenkrankheiten.

(v). Blitz: Blitz ist häufig, heftig und wird normalerweise von Höhepunkten angezogen. Es ist ein herausragendes Merkmal bei Bergstürmen. Man sollte sich von großen Bäumen und Metallgegenständen fernhalten.

(vi). Trockene Luft: Die Luft ist in höheren Lagen trockener, daher ist eine Austrocknung besorgniserregender. Es ist eine ausreichende Flüssigkeitszufuhr erforderlich.

(vii). Temperaturabfall: Bei jedem Höhenunterschied von 300 Metern sinkt die Temperatur um etwa ein Grad Celsius. Dies kann auch im Sommer zu Unterkühlung und Erfrierungen führen, insbesondere in Kombination mit Wind, Regen und Schnee. Tragen Sie immer geeignete Kleidung.

C). Felsgefahren: Die Arten von Felsgefahren sind wie folgt:

(i). Lose Schiefer: Lose Felsen, die von einem Berg erodiert sind und an steilen Hängen unterhalb von Klippen gefunden wurden. Das Klettern kann sehr umständlich sein.

(ii). Verglas: Kälte in Kombination mit Nebel kann dazu führen, dass sich eine dünne Eisschicht auf Felsen bildet, die als Verglas bezeichnet wird. Das Vorhandensein von Verglas an der Felswand macht den Aufstieg sehr gefährlich.

(iii). Lose Felsen: Lose Felsen an der Felswand erschweren den Aufstieg, da es schwierig wird, natürliche Anker zu finden und Gruben in den Felsen zu legen. Lockere Felsen sind für Kletterer, die dem führenden Kletterer folgen, sehr gefährlich. Vermeiden Sie es, eine Route entlang der Felswände mit losen Felsen zu wählen, und jeder sollte beim Klettern einen Helm tragen.

D). Gesundheitsgefahren: Menschen, die in großen Höhen und schneebedeckten Gebieten arbeiten, haben folgende gesundheitliche Probleme:

(i). Hypothermie: Es ist eine verallgemeinerte Körperkühlung, die durch extreme Kälteeinwirkung verursacht wird.

(ii). Frostbeulen: Es handelt sich um Kälteverletzungen, die durch übermäßige Exposition von Körperteilen gegenüber extremer Kälte entstehen.

(iii). Frostbiss: Er wird durch lokalisierte Kühlung eines Körperteils verursacht. Gewebe, das extremer Kälte ausgesetzt ist, kann im Laufe der Zeit zu frieren beginnen und oft dauerhafte Schäden verursachen.

(iv). Höhenlungenödem (HAPO): Höhenlungenödem ist keine Erkrankung. Es ist ein akuter, dramatischer und manchmal lebensbedrohlicher Zustand, der bei nicht akklimatisierten Personen auftritt. Dies geschieht manchmal plötzlich und ohne Vorwarnung für eine Person.

(v). Akute Bergkrankheit (AMS): AMS wird durch einen verringerten Luftdruck und einen niedrigeren Sauerstoffgehalt in großen Höhen verursacht. Je schneller Sie in die Höhe klettern, desto wahrscheinlicher ist eine akute Bergkrankheit. Der beste Weg, AMS zu verhindern, besteht darin, schrittweise aufzusteigen.

(vi). Schneeblindheit: Sie entsteht durch übermäßige Exposition gegenüber Sonnenstrahlen und ultravioletten Strahlen, die vom Schnee reflektiert werden.

(vii). Sonnenbrand: Er tritt aufgrund einer Überexposition gegenüber Sonnenstrahlen und ultravioletten Strahlen über hohen Bergen auf. Die meisten Sonnenverbrennungen verursachen leichte Schmerzen und Rötungen und betreffen die äußere Hautschicht. Im Extremfall kann sich der sonnenverbrannte Bereich anstecken.

Lawinen- und Schneerettung

Einleitung

Lawinen sind Massen von Schnee, Eis und Felsen, die schnell einen Berghang hinunterrutschen, ausgelöst durch natürliche Kräfte oder menschliche Aktivitäten.

Arten von Lawinen

Es gibt viele Klassifikationssysteme für die verschiedenen Formen von Lawinen, die sich durch ihre Größe, ihr zerstörerisches Potenzial, ihren Initiationsmechanismus, ihre Zusammensetzung und ihre Dynamik beschreiben lassen.

Plattenlawinen

Plattenlawinen bilden sich häufig im abgelagerten oder durch Wind wieder abgelagerten Schnee. Sie haben das charakteristische Aussehen eines durch Brüche aus seiner Umgebung herausgeschnittenen Schneeblocks oder einer Schneeplatte. Elemente von Plattenlawinen umfassen einen Kronenbruch an der Oberseite der Startzone, Flankenbrüche an den Seiten der Startzonen und einen Bruch an der Unterseite, der als Stauchwall bezeichnet wird. Die Kronen- und Flankenbrüche sind vertikale Wände im Schnee, die den Schnee abgrenzen, der in der Lawine von dem am Hang verbliebenen Schnee mitgerissen wurde. Die Platten können in der Dicke von einigen Zentimetern bis zu drei Metern variieren. Plattenlawinen sind für rund 90 % der lawinenbedingten Todesfälle verantwortlich.

Pulverschneelawinen

Die größten Lawinen sind auf turbulente Schwebeströme zurückzuführen, die als Pulverschneelawinen https://en.wikipedia.org/wiki/Powder_snow_avalanche bekannt sind. Diese bestehen aus einer Pulverwolke, die eine dichte Lawine überlagert. Sie können sich aus jeder Art von Schnee oder Initiationsmechanismus bilden, treten aber normalerweise mit frischem trockenem Pulver auf. Sie können Geschwindigkeiten von 300 Kilometern pro Stunde überschreiten, die aus großen Schneemengen bestehen. Die Strömungen können lange Strecken entlang flacher Talböden und sogar bergauf für kurze Strecken gegen die Schwerkraft zurücklegen.

Nasse Schneelawinen

Im Gegensatz zu Pulverschneelawinen sind die nassen Schneelawinen eine Aufhängung von Schnee und Wasser mit geringer Geschwindigkeit, wobei die Strömung auf die Gleisoberfläche beschränkt ist. Die niedrige Fahrgeschwindigkeit ist auf die Reibung zwischen der Gleitfläche des Gleises und der wassergesättigten Strömung zurückzuführen. Trotz der geringen Fahrgeschwindigkeit von 10 bis 40 Kilometern pro Stunde sind die Nassschneelawinen aufgrund der großen Masse und Dichte in der Lage, starke Zerstörungskräfte zu erzeugen. Der Körper der Strömung einer nassen Schneelawine kann durch weichen Schnee pflügen und Felsbrocken, Erde, Bäume und andere Vegetation reiben, wobei exponierter und oft nackter Boden in der Lawinenbahn zurückbleibt. Nasse Schneelawinen können entweder durch lose Schneefreisetzungen oder Plattenfreisetzungen ausgelöst werden und treten nur in Schneedecken auf, die wassergesättigt und isotherm auf den Schmelzpunkt des Wassers ausgeglichen sind. Die isotherme Charakteristik von Nassschneelawinen hat zum Nebenbegriff der isothermen Rutschen geführt. In gemäßigten Breiten werden nasse Schneelawinen häufig mit klimatischen Lawinenzyklen am Ende der Wintersaison in Verbindung gebracht, wenn es tagsüber zu einer erheblichen Erwärmung kommt.

Eislawinen

Eine Eislawine tritt auf, wenn ein großes Stück Eis, z. B. von einem Serac oder einem kalbenden Gletscher, auf Eis fällt (z. B. der Khumbu-Eisfall in Nepal) und eine Bewegung gebrochener Eisbrocken auslöst. Die resultierende Bewegung ist eher mit einem Steinschlag oder einem Erdrutsch vergleichbar als mit einer Schneelawine. Sie sind in der Regel sehr schwer vorherzusagen und fast unmöglich zu vermindern.

Gesimslawinen

Gesimse sind freitragende Schneestrukturen, die durch Wind gebildet werden, der Schnee auf die Abwindseite eines Hindernisses wie einer Gratlinie treibt. Das Gewicht eines fallenden Gesimses löst oft eine Lawine am Hang darunter aus oder das Gesims zerbricht in Hunderte von Stücken und bildet eine eigene Lawine oder beides. Die Gesimsfragmente fächern sich oft auf, wenn sie bergab fahren, manchmal mehr als 30 Grad von der Falllinie entfernt. Gesimse neigen dazu, bei Stürmen, insbesondere bei Wind, oder bei schneller Erwärmung oder längerem Schmelzen instabil zu werden. Wenn der Wind bläst, dehnt er das Gesims nach außen aus, so dass der leicht auslösbare Teil des Gesimses in der Nähe des Randes prekär ruht, während der harte, stabilere Abschnitt die Wurzel bildet. Es ist riskant, zu nahe an den Rand des Gesimses zu klettern.

Faktoren, die die Entstehung von Lawinen beeinflussen

a). Schneefall

Ob Schneefall das Lawinenrisiko beeinflusst oder nicht, hängt von den Bedingungen während der Niederschlagszeit ab. Sie können das Risiko einer Lawine abschätzen, indem Sie die kritische Menge an Neuschnee in den letzten drei Tagen messen.

1. Tag - 10 bis 20 Zentimeter Schnee.
2. Tag - 20 bis 30 Zentimeter Schnee.
3. Tag - 30 bis 50 Zentimeter Schnee.

Wenn der Regen anfängt, sich in Schneefall zu verwandeln, oder es starke Winde von etwa 50 Kilometern pro Stunde mit zunehmend niedrigen Temperaturen gibt, kann es zu einer Lawine kommen.

b). Temperatur

Warme Luft und Sonnenschein haben einen großen Einfluss auf den Veränderungsprozess der Schneedecke, der eine Lawinengefahr darstellen kann.

Hohe Temperatur - Die Erwärmung der Schneedecke zusammen mit Regen stellt ein potenziell hohes Lawinenrisiko dar.

Mäßige Temperatur - Hilft, die Schneedecke und die Verbindung zwischen den Schichten einzustellen. Es besteht ein moderates Lawinenrisiko.

Erwärmung am Tag und Abkühlung in der Nacht - Das Lawinenrisiko ist geringer, aber es muss darauf geachtet werden, dass sich die Lawinensituation im Laufe des Tages von Ost nach West verschlechtert. Es ist zu beachten, dass sich bei Schneefall nach einer solchen Phase eine kritische Schwachschicht in der Schneedecke bildet.

Kalte Temperatur - Bewahrt bestehende Risiken, indem der Abbindeprozess der Schneedecke verzögert wird.

c). Wind

Wind ist der ultimative Architekt von Lawinen. Schon geringe Schneemengen in Kombination mit starkem Wind können zu einer kritischen Lawinensituation führen. In den Bergen sollten Sie frisch geformte Rinnen, Leeflächen hinter Graten sowie die darüber liegenden Gesimse meiden, da diese Gefahr laufen, zu einer Lawine abzuheben.

d). Gelände

Die Geländeformen beeinflussen die Entstehung von Lawinen, denn sie haben einen entscheidenden Einfluss als Windrichtung und -geschwindigkeit und damit auch auf das Ausmaß von Schneebrüchen. Rinnen, Mulden und Hangkanten bergen Lawinenrisiken. Diese Geländeformen tragen dazu bei, Schneeverwehungen auf der Leeseite und verdichtete Schneeansammlungen auf der Luvseite zu bilden.

Gelände Neigungsformen

Die ideale Route beim Bergsteigen nutzt am besten Geländeformen wie die folgenden:

Rippen: Da sie oft vom Schnee weggeblasen werden und sich dort kaum Schneeverwehungen ansammeln.

Breite Grate: Da der Wind auch hier kaum Schneeverwehungen zulässt.

Höcker: Da sie die Schneedecken durch kleine Hangformen stützen.

Gelände Neigungsrichtung

70 Prozent aller Lawinen ereignen sich an Nordhängen (West nach Ost) und 56 Prozent im Nordsektor (Nordwest nach Nordost). Der Grund für die Unfallhäufigkeit bei diesen Aspekten ist, dass sich die Schneedecken aufgrund der geringen Sonneneinstrahlung langsamer einstellen, wodurch Pulverschnee länger an Ort und Stelle bleibt, was gefährlich ist.

Im Winter haben die nach Süden ausgerichteten Hänge aufgrund ihrer längeren Sonneneinstrahlung oft eine stabilere Schneedeckenstruktur.

Steilheit des Geländes

Rund 97 Prozent aller Lawinenunfälle ereignen sich an Hängen mit einer Neigung von über 30 Grad. Die Steilheit einer Steigung wird in einem Bereich von mindestens 20 Metern x 20 Metern bestimmt.

Grundsätzlich gilt:

1. Je steiler der Hang, desto gefährlicher ist er.

2. Denken Sie beim Klettern in einer Gruppe auf einem Hang von über 30 Grad daran, den Hang nacheinander oder hintereinander zu überqueren.

3. Vermeiden Sie Neigungen über 30 Grad.

4. Beachten Sie, dass auch in flacheren Gebieten die Möglichkeit einer Lawine aus den darüber liegenden Einzugsgebieten besteht.

5. Schneepaket

Eine Plattenlawine kann ausgelöst werden, wenn sich eine schwache Schicht in der Schneedecke befindet. Ideal ist eine dicke und gleichmäßige Schneedecke mit wenigen Härteabweichungen. Eine Reihe von Überquerungen auf stark befahrenen Hängen vor dem letzten Schneefall kann Gleitschichten reduzieren und für mehr Stabilität sorgen.

e). Menschlicher Faktor

Der Mensch ist der wichtigste Lawinenfaktor, um das Risiko einer Lawine zu erkennen und zu vermeiden. Erfahrung, Wissen und persönliche Fähigkeiten tragen zum sicheren Klettern auf einer tückischen Route bei. Eine fokussierte Beobachtung und risikobewusste Entscheidungsfindung sind wesentlicher Bestandteil der Routenplanung, um Lawinen zu vermeiden.

Auslöser für Lawinenaktivität

1. Druck: Druck wird durch Neuschnee oder durch Feuchtigkeit im Schnee ausgeübt. Wenn dieser Druck eine bestimmte Grenze überschreitet, schwächt er die inneren Schneeschichten und seine Verankerungsfähigkeit und löst Lawinen aus.

2. Scheren: Das Scheren von Schneeschichten am Hang führt dazu, dass sich ein Teil separat bewegt, wodurch eine Lawine entsteht. Die Scherung kann auf die Bewegung von Männern diagonal über den Hang oder auf den Fall einer Masse aus gepacktem Schnee von oben auf den Hang zurückzuführen sein.

3. Temperatur: Ein Temperaturanstieg erhöht die Luftfeuchtigkeit im Schnee, was zu einem erhöhten Druck führt.

4. Vibrationen: Dies kann durch Luftwellen oder Wellen verursacht werden, die sich durch die Erdoberfläche bewegen. Luftwellen werden durch eine entfernte Explosion oder ein fliegendes Flugzeug verursacht. Bodenwellen entstehen durch die Bewegung von schweren Maschinenfahrzeugen, Panzern oder Truppenkörpern. Vibrationen schwächen die innere Bindung von Schneeschichten, was zu einer Lawine führt.

Sicherheit im Lawinengelände

Geländemanagement - Geländemanagement beinhaltet die Verringerung der Exposition einer Person gegenüber den Risiken des Reisens in Lawinengelände, indem sorgfältig ausgewählt wird, auf welchen Pistengebieten sie fahren soll. Zu den wichtigen Aspekten gehören, keine

Hänge zu unterbieten (die physische Unterstützung der Schneedecke zu entfernen), nicht über konvexe Rollen zu fahren (Bereiche, in denen die Schneedecke unter Spannung steht), sich von Schwächen wie freiliegendem Gestein fernzuhalten und Bereiche von Hängen zu vermeiden, die Geländefallen wie Gulleys oder Klippen aussetzen, über die man fegen kann.

Gruppenmanagement - Gruppenmanagement ist die Praxis, das Risiko eines Mitglieds einer Gruppe oder der Lawinengefahr zu reduzieren, bevor das nächste Mitglied die Schutzhülle verlässt. Die Routenwahl sollte auch berücksichtigen, welche Gefahren über und unter der Route liegen und welche Folgen eine unerwartete Lawine hat. Stoppen oder campen Sie nur an sicheren Orten. Tragen Sie warme Ausrüstung, um Hypothermie zu verzögern, wenn sie vergraben ist. Fluchtwege planen. Bei der Bestimmung der Größe der Gruppe wird die Gefahr, dass nicht genügend Personen vorhanden sind, um eine Rettung effektiv durchzuführen, mit dem Risiko in Einklang gebracht, dass zu viele Mitglieder der Gruppe vorhanden sind, um die Risiken sicher zu bewältigen. Es wird generell empfohlen, nicht alleine zu reisen, da es niemanden geben wird, der Ihre Beerdigung miterlebt und die Rettung beginnt. Darüber hinaus steigt das Lawinenrisiko mit der Nutzung; das heißt, je mehr eine Piste von Skifahrern gestört wird, desto wahrscheinlicher ist es, dass es zu einer Lawine kommt. Am wichtigsten ist es, eine gute Kommunikation innerhalb einer Gruppe zu üben, einschließlich einer klaren Kommunikation der Entscheidungen über sichere Standorte, Fluchtwege, Pistenwahl und eines klaren Verständnisses der Kenntnisse jedes Mitglieds in den Bereichen Schneefahrt, Lawinenrettung und Routenfindung.

Risikofaktor-Bewusstsein - Risikofaktor-Bewusstsein in der Lawinensicherheit erfordert das Sammeln und Abrechnen einer Vielzahl von Informationen wie die meteorologische Geschichte des Gebiets, die aktuellen Wetter- und Schneebedingungen und ebenso wichtige soziale und physische Indikatoren der Gruppe.

Führung - Führung im Lawinengelände erfordert klar definierte Entscheidungsprotokolle, die die beobachteten Risikofaktoren nutzen. Grundlegend für die Führung im Lawinengelände ist die ehrliche Bewertung und Schätzung der Informationen, die ignoriert oder übersehen wurden.

Fähigkeit, schnell zu handeln - Um eine in einer Lawine vergrabene Person schnell zu finden und zu retten, sind eine Sonde, ein Leuchtfeuer und eine Schaufel unerlässlich. Die vergrabene Person muss auch ein Lawinenfeuer tragen. Selbst kleine Lawinen sind eine ernste Lebensgefahr, auch mit richtig ausgebildeten und ausgerüsteten Begleitern. Zwischen 55 und 65 Prozent der unter freiem Himmel begrabenen Opfer werden getötet und nur 80 Prozent der an der Oberfläche verbliebenen Opfer überleben.

Historisch gesehen werden die Überlebenschancen innerhalb von 15 Minuten auf 85 %, innerhalb von 30 Minuten auf 50 % und innerhalb einer Stunde auf 20 % geschätzt. Daher ist es wichtig, dass jeder, der eine Lawine überlebt, in einer sofortigen Such- und Rettungsaktion eingesetzt wird, anstatt auf Hilfe zu warten. Zusätzliche Hilfe kann in Anspruch genommen werden, sobald festgestellt werden kann, ob jemand nach der sofortigen Suche in der Regel nach mindestens 30 Minuten Suche schwer verletzt ist oder immer noch vermisst wird.

Such- und Rettungsausrüstung

Die Wahrscheinlichkeit, dass ein begrabenes Opfer lebend gefunden und gerettet wird, ist erhöht, wenn jeder in einer Gruppe Standard-Lawinenausrüstung wie Bake, Schaufel und Sonde trägt und verwendet und in der Verwendung geschult wurde. Die organisierte Rettung umfasst Skipatrouillen und Bergrettungsteams, die oft mit anderen Technologien ausgestattet sind, um nach begrabenen Opfern zu suchen.

a). Lawinenschnüre

Die Verwendung von Lawinenschnüren geht auf das frühe 20. Jahrhundert zurück. Das Prinzip ist einfach. Am Gürtel der zu schützenden Person ist eine ca. 15 Meter lange rote Schnur (ähnlich Fallschirmschnur) befestigt. Während sie Ski fahren oder auf Schnee klettern, wird die Schnur hinter ihnen hergezogen. Das Konzept hinter der Schnur ist, dass, wenn die Person in einer Lawine begraben wird, die Lichtschnur auf dem Schnee bleibt. Aufgrund der Farbe wäre das Kabel für Begleiter gut sichtbar. Kommerzielle Lawinenschnüre haben Metallmarkierungen, die alle ein bis drei Meter die Richtung und Länge des Opfers angeben.

b). Beacons

Beacons sind Lawinen-Transceiver, auch als Piepser bekannt und gelten als wichtige Sicherheitsvorrichtung für Rettungszwecke. Sie geben bei normalem Gebrauch einen „Piepton" über ein 457-kHz-Funksignal ab, können aber in den Empfangsmodus geschaltet werden, um ein vergrabenes Opfer in einer Entfernung von bis zu 80 Metern zu lokalisieren. Analoge Empfänger liefern akustische Signaltöne, die Retter interpretieren, um die Entfernung zu einem Opfer zu schätzen. Die effektive Verwendung des Empfängers erfordert regelmäßiges Üben.

Nahezu alle Lawinenrettungstransceiver verwenden digitale Displays, um den Opfern visuelle Hinweise auf Richtung und Entfernung zu geben. Die meisten Benutzer finden diese Beacons einfach zu bedienen. Beacons sind das primäre Rettungsinstrument für die Rettung von Begleitern und gelten als aktive Geräte, da der Benutzer lernen muss, sein Gerät zu verwenden und zu pflegen. Jedes Parteimitglied ist mit einem Lawinensendeempfänger auszustatten.

c). Tragbare Sonden

Tragbare Sonden sind zusammenklappbar und können verlängert werden, um in den Schnee zu sondieren, um die genaue Position eines Opfers in mehreren Metern Tiefe zu lokalisieren. Wenn mehrere Opfer begraben sind, sollten Sonden verwendet werden, um über die Reihenfolge der Rettung zu entscheiden, wobei die flachsten zuerst ausgegraben werden, da sie die größten Überlebenschancen haben.

Die Sondierung kann ein sehr zeitaufwändiger Prozess sein, wenn eine umfangreiche Suche nach einem Opfer ohne Leuchtfeuer durchgeführt wird. Das Überleben eines Kletterers, der mehr als 2 Meter tief begraben ist, ist selten. Sonden sollten sofort nach einer visuellen Suche in Abstimmung mit der Beacon-Suche verwendet werden.

d). Schaufeln

Auch wenn die Schneedecke aus losem Pulver besteht, ist Lawinenschutt hart und dicht. Die Energie der Lawine führt dazu, dass der Schnee schmilzt und die Trümmer sofort nach dem Anhalten wieder gefrieren. Schaufeln sind unerlässlich, um durch den Schnee zu graben, um das Opfer zu erreichen, da der Schnee oft zu dicht ist, um mit den Händen zu graben. Eine große, starke Schaufel und ein stabiler Griff sind wichtig. Kunststoffschaufeln brechen oft, während Metallschaufeln weniger anfällig für Versagen sind. Da die Ausgrabung des Lawinenopfers extrem zeitaufwendig ist und viele begrabene Opfer ersticken, bevor sie erreicht werden können, ist die Grabtechnik ein wesentliches Element der Rettung. Schaufeln sind auch nützlich für das Graben von Schneegruben im Rahmen der Bewertung der Schneedecke auf versteckte Gefahren, wie z. B. schwache Schichten, die große Lasten tragen.

e). Recco-Rettungssystem

Das Recco-System wird von organisierten Rettungsdiensten auf der ganzen Welt eingesetzt. Das Recco-System ist ein zweiteiliges System, bei dem das Rettungsteam einen kleinen Handmelder verwendet. Der Detektor empfängt ein Richtungssignal, das von einem kleinen, passiven Transponder zurückreflektiert wird, der als Reflektor bezeichnet wird und in Oberbekleidung, Stiefeln, Helmen und Körperschutz enthalten ist. Recco-Reflektoren sind kein Ersatz für Lawinenbaken. Das Recco-Signal stört Beacons nicht. Tatsächlich verfügt der aktuelle Recco-Detektor auch über einen Lawinenbakenempfänger (457 kHz), sodass ein Retter gleichzeitig nach einem Recco-Signal und einem Bakensignal suchen kann.

f). Avalung

Die Vorrichtung besteht aus einem Mundstück, einem Klappenventil, einem Abgasrohr und einem Luftsammler. Mehrere von Avalung werden entweder auf der Brust montiert oder in einen Rucksack integriert.

Während einer Lawinenbestattung leiden Opfer, die nicht durch ein Trauma getötet wurden, in der Regel unter Erstickung, da der Schnee um sie herum durch die Hitze des Atems des Opfers schmilzt und dann wieder gefriert, wodurch der Sauerstofffluss zum Opfer verhindert wird und sich giftige CO_2-Spiegel ansammeln können. Die Avalung bereichert diese Situation, indem sie vorne großflächig atmet und das warme ausgeatmete Kohlendioxid hinter sich schiebt. Dies verschafft den Rettern zusätzliche Zeit, um das Opfer auszugraben.

g). Lawinenairbags

Lawinenairbags helfen einer Person, ein Begräbnis zu vermeiden, indem sie den Benutzer zu einem noch größeren Objekt im Verhältnis zum bewegten Schnee machen, was die Person an die Oberfläche zwingt. Lawinenairbags arbeiten nach dem Prinzip der inversen Segregation (granulare Konvektion). Lawinen, wie gemischte Nüsse und Frühstücksflocken, gelten als körniges Material und verhalten sich flüssigkeitsähnlich (sind aber keine Flüssigkeiten), wobei sich kleinere Partikel am Boden des Flusses absetzen und größere Partikel nach oben steigen. Bei ordnungsgemäßer Auslösung des Airbags sind die Chancen auf ein vollständiges Begräbnis deutlich reduziert.

h). Andere Geräte

Immer mehr Backcountry-Abenteurer tragen auch elektronische Satelliten-Benachrichtigungsgeräte (SEND), um Rettungskräfte schnell auf ein Problem aufmerksam zu machen. Zu diesen Geräten gehören die Emergency Position Indicating Radio Beacon (EPIRB) oder Personal Locating Beacons (PLBs), die das Global Positioning System (GPS) enthalten. Dieses Gerät kann einen Notfall und den allgemeinen Standort (innerhalb von 100 Metern) schnell melden, aber nur, wenn die Person mit der EPIRB die Lawine überlebt hat und das Gerät aktivieren kann. Überlebende sollten auch versuchen, ein Mobiltelefon zu verwenden, um das Notfallpersonal zu benachrichtigen. Im Gegensatz zu den anderen oben genannten Geräten bietet das Mobiltelefon (oder Satellitentelefon) eine Zwei-Wege-Kommunikation mit Rettern.

Rettungskräfte vor Ort (in der Regel Begleiter) sind in der besten Position, um ein begrabenes Opfer zu retten. Organisierte Rettungsteams können jedoch manchmal sehr schnell reagieren, um bei der Suche nach einem vergrabenen Opfer zu helfen. Je früher die organisierte Rettung benachrichtigt werden kann, desto früher kann sie reagieren, und dieser Unterschied kann für einen schwer verletzten Patienten den Unterschied bedeuten, ob er lebt oder stirbt.

Andere Rettungsgeräte werden vorgeschlagen, entwickelt und verwendet, wie Lawinenkugeln, Westen und Airbags, basierend auf Statistiken, die darauf hindeuten, dass eine Verringerung der Tiefe der Vergrabung die Überlebenschancen erhöht. Obwohl ineffizient, können einige Rettungsgeräte von unvorbereiteten Parteien improvisiert werden, z. B. können Skistöcke zu kurzen Sonden werden oder Snowboards können als Schaufeln verwendet werden. Ein Erste-Hilfe-Kasten und eine Ausrüstung sind nützlich, um Überlebenden zu helfen, die neben Unterkühlung auch Schnitte, Knochenbrüche oder andere Verletzungen haben können.

Arten der Rettung

Selbstrettung ist der Prozess, bei dem Opfer bei einer Lawinenflucht erwischt werden, indem sie sich entweder selbst ausgraben oder nachdem der Schnee geschmolzen ist. Selbstrettung ist selten, da das Opfer in der Regel vom Schnee „begraben" wird und sich überhaupt nicht bewegen kann. Wenn die Lawine jedoch klein ist oder das Opfer in der Nähe der Oberfläche begraben ist oder der Lawinenschutt weich ist, kann das Opfer sich möglicherweise selbst ausgraben. Beim Versuch, sich selbst auszugraben, fällt es den Opfern in der Regel schwer, den Weg nach oben abzuschätzen. Eine gängige Methode ist das Ausspucken, was einem Opfer helfen kann, die Richtung nach oben zu bestimmen.

Companion Rescue ist, wenn Opfer von anderen Mitgliedern ihrer Gruppe gerettet werden. Wenn professionelle und freiwillige Rettungsteams involviert werden, wird der Prozess als organisierte Rettung bezeichnet. Im Falle einer organisierten Rettung reisen die ersten Teams schnell und leicht, um vergrabene Opfer zu finden und aufzudecken. Diese Teams tragen grundlegende Rettungsausrüstung, einschließlich Rettungshunde UND Recco-Detektoren, und Notfallausrüstung. Diese Retter sind in der Regel nicht für längere Einsätze gerüstet.

Bei der ersten Warnung vor einem Lawinenereignis wird der Rettungsleiter ein Team ernennen, das den Transport sowohl für die Retter als auch für die Patienten arrangiert. Rettungsleiter bewerten die Komplexität der Such- und Rettungsaktion, um den Unterstützungsbedarf zu ermitteln und zu antizipieren. Jeder Vorfall ist je nach Anzahl der Opfer, Lawinengefahr, Wetterbedingungen, Gelände, Erfolg und Verfügbarkeit der Retter unterschiedlich.

Gletscher

Bildung von Gletschern

Gletscher beginnen sich zu bilden, wenn das ganze Jahr über Schnee in der gleichen Gegend bleibt, wo sich genug Schnee ansammelt, um sich in Eis zu verwandeln. Jedes Jahr vergraben sich neue Schneeschichten und komprimieren die vorherigen Schichten. Diese Kompression zwingt den Schnee zur Rekristallisation und bildet Körner, die in Größe und Form den Zuckerkörnern ähneln. Nach und nach werden die Körner größer und die Lufteinschlüsse zwischen den Körnern kleiner, wodurch sich der Schnee langsam verdichtet und an Dichte zunimmt. Im Laufe der Zeit werden größere Eiskristalle so komprimiert, dass Lufteinschlüsse zwischen ihnen sehr klein sind. In sehr altem Gletschereis können Kristalle mehrere Zentimeter lang werden. Für die meisten Gletscher dauert dieser Prozess mehr als hundert Jahre.

Gletschertypen

Berggletscher

Diese Gletscher entwickeln sich in Hochgebirgsregionen und fließen oft aus Eisfeldern, die mehrere Gipfel oder sogar eine Bergkette überspannen. Die größten Berggletscher befinden sich im arktischen Kanada, in Alaska, in den Anden in Südamerika und im Himalaya in Asien.

Talgletscher

Diese Gletscher, die üblicherweise von Berggletschern oder Eisfeldern stammen, ergießen sich in Täler und sehen aus wie riesige Zungen. Talgletscher können sehr lang sein, oft über die Schneegrenze hinaus nach unten fließen und manchmal den Meeresspiegel erreichen.

Gezeitengletscher

Wie der Name schon sagt, handelt es sich um Talgletscher, die weit genug fließen, um ins Meer zu gelangen. An einigen Orten bieten Gezeitengletscher Brutstätten für Robben. Gezeitengletscher sind für das Kalben (das Brechen von Eisbrocken vom Gletscherrand) zahlreicher kleiner Eisberge verantwortlich, die zwar nicht so imposant sind wie antarktische Eisberge, aber dennoch Probleme für die Schifffahrtswege darstellen können.

Piemontesische Gletscher

Piemontesische Gletscher entstehen, wenn steile Talgletscher in relativ flache Ebenen überlaufen, wo sie sich zu knollenartigen Lappen ausbreiten. Der Malaspina-Gletscher in Alaska ist eines der berühmtesten Beispiele für diese Art von Gletscher und der größte Piemont-Gletscher der Welt. Der Malaspina-Gletscher erstreckt sich über etwa 3.900 Quadratkilometer aus dem Seward-Eisfeld und erstreckt sich über die Küstenebene.

Hängende Gletscher

Wenn sich ein großes Talgletschersystem zurückzieht und dünner wird, bleiben die Nebengletscher manchmal in kleineren Tälern hoch über der geschrumpften zentralen Gletscheroberfläche. Diese werden als hängende Gletscher bezeichnet. Ist das gesamte System geschmolzen und verschwunden, nennt man die leeren Hochtäler Hängetäler.

Zirkusgletscher

Cirque-Gletscher sind nach den schalenartigen Vertiefungen benannt, die sie einnehmen, die als Cirques bezeichnet werden. In der Regel sind sie hoch an Berghängen anzutreffen und eher breit als lang.

Eisschürzen

Diese kleinen, steilen Gletscher klammern sich an hohe Berghänge. Wie die Gletscher im Zirkus sind sie oft breiter als lang. Eisschürzen sind in den Alpen und in Neuseeland üblich, wo sie aufgrund der steilen Steigungen, die sie einnehmen, oft Lawinen verursachen.

Felsengletscher

Felsgletscher sind Kombinationen aus Eis und Gestein. Obwohl diese Gletscher ähnliche Formen und Bewegungen wie reguläre Gletscher haben, kann ihr Eis auf den Gletscherkern beschränkt sein oder einfach Räume zwischen Gesteinen füllen. Felsgletscher können sich bilden, wenn gefrorener Boden abfällt. Sie können auch Eis, Schnee und Felsen durch Lawinen oder Erdrutsche ansammeln.

Eiskappen

Eiskappen sind Miniatur-Eisschilde, die weniger als 50.000 Quadratkilometer bedecken. Sie bilden sich vor allem in polaren und subpolaren Regionen und sind kleiner als kontinentale Eisschilde.

Eisfelder

Eisfelder ähneln Eiskappen, mit der Ausnahme, dass ihr Fluss von der darunter liegenden Topographie beeinflusst wird, und sie sind in der Regel kleiner als Eiskappen. Das südpatagonische Eisfeld erstreckt sich über die Grenze zwischen Argentinien und Chile und erstreckt sich über 12.363 Quadratkilometer.

Eisströme

Eisströme sind große bandartige Gletscher, die innerhalb eines Eisschildes liegen und von Eis begrenzt werden, das langsamer fließt, anstatt von Felsvorsprüngen oder Bergketten. Diese riesigen Massen von fließendem Eis reagieren oft sehr empfindlich auf Veränderungen wie den Verlust von Eisschelfen an ihrem Endpunkt oder wechselnde Wassermengen, die unter ihnen fließen. Der antarktische Eisschild hat viele Eisströme.

Eisschilde

Heute nur noch in der Antarktis und in Grönland zu finden, sind Eisschilde enorme kontinentale Massen von Gletschereis und Schnee, die sich über 50.000 Quadratkilometer ausdehnen. Der Eisschild auf der Antarktis ist in einigen Gebieten über 4,7 Kilometer dick und bedeckt fast alle Landschaftsmerkmale mit Ausnahme der transantarktischen Berge, die über das Eis hinausragen. Ein weiteres Beispiel ist das grönländische Eisschild. In den vergangenen Eiszeiten bedeckten riesige Eisschilde auch den größten Teil Kanadas (das Laurentide-Eisschild) und Skandinaviens (das skandinavische Eisschild), aber diese sind jetzt verschwunden und haben nur wenige Eiskappen und Berggletscher zurückgelassen.

Eisschelfe

Eisschelfe entstehen, wenn sich Eisschilde über das Meer erstrecken und auf dem Wasser schwimmen. Sie reichen von einigen hundert Metern bis zu über einem Kilometer (0,62 Meilen) Dicke. Eisschelfe umgeben den größten Teil des antarktischen Kontinents.

Gletscher in Indien

Indien beherbergt eine große Anzahl von Gletschern. Laut einer Studie des Space Applications Centre der Indian Space Research Organisation (ISRO) hat Indien 16.627 Gletscher. Insbesondere die Himalaya-Region hat einige der bekanntesten Gletscher der Welt. Sogar der höchste Gletscher Indiens befindet sich in dieser Region.

Gletscher bilden sich nur an Land und nicht auf Gewässern. Die meisten Gletscher auf der indischen Karte sind über Himachal Pradesh, Sikkim,

Uttarakhand und das Unionsterritorium Ladakh verstreut. Ein paar Gletscher gibt es auch in Arunachal Pradesh. Einige dieser Gletscher können so klein wie Fußballfelder sein, während andere sich über Hunderte von Kilometern erstrecken können.

Bemerkenswerte zehn Gletscher Indiens

Siachen-Gletscher: Dieser Gletscher ist der längste Gletscher Indiens in der Region Himalaya-Karakoram. Es ist auch der zweitgrößte Gletscher außerhalb der Polarregionen der Erde. Dieser Gletscher ist 76 Kilometer lang und liegt in Ladakh.

Gangotri-Gletscher: Dieser Gletscher gehört zu den Hauptquellen des Ganges. Er ist auch einer der größten Gletscher im Himalaya. Sie ist 30 Kilometer lang und liegt in Uttarakhand.

Bara-Shigri-Gletscher: Dieser Gletscher speist den Chandra-Fluss in Lahaul und das Spiti-Tal in Himachal Pradesh und hat eine Länge von 28 Kilometern.

Zemu-Gletscher: Er ist der größte Gletscher im östlichen Himalaya und befindet sich am Fuße des Kangchenjunga, dem dritthöchsten Berg der Welt. Sie ist 26 Kilometer lang und liegt in Sikkim.

Drang-Drung-Gletscher: Dieser Berggletscher ist auch als Drung-Gletscher bekannt. Er liegt im Bezirk Kargil von Ladakh und ist 23 Kilometer lang.

Milam-Gletscher: Es ist ein großer Gletscher des Kumaon-Himalaya. Dieser Gletscher dient als beliebtes Trekkingziel. Sie ist 16 Kilometer lang und liegt in Uttarakhand.

Shafat-Gletscher: Dieser Gletscher ist auch als Parkachik-Gletscher bekannt. Aus dem Gletscher entstehen die beiden Berggipfel Nun und Kun. Sie ist 14 Kilometer lang und liegt in Ladakh.

Pindari-Gletscher: Dieser Gletscher befindet sich im Oberlauf des Kumaon-Himalaya und lässt den Pindar-Fluss entstehen. Sie ist 9 Kilometer lang und liegt in Uttarakhand.

Chhota-Shigri-Gletscher: Dieser Gletscher befindet sich im westlichen Himalaya. Sie speist den Chandra-Fluss. Sie ist 9 Kilometer lang und liegt in Himachal Pradesh.

Machoi-Gletscher: Er ist die Quelle des Sind-Flusses und des Dras-Flusses. Es befindet sich im nordöstlichen Himalaya-Gebirge. Sie ist 9 Kilometer lang und liegt in Ladakh.

Die Himalaya-Gletscher in Indien dienen auch als wichtige Süßwasserquellen für die Wasserreservoirs und Flüsse im Norden des Landes.

Eishandwerk

Einleitung

Eisklettern erfordert viel von dem, was Sie beim Klettern und Schneeklettern mit speziellen Werkzeugen und Techniken gelernt haben, die zum Eisklettern erforderlich sind. Eiskletterer stehen vor den gleichen Gefahren wie Schneekletterer wie Lawinen, instabile Gesimse und Kälteeinwirkung. Beim Klettern im Eis müssen Sie die extreme Veränderung der Eigenschaften des Eises antizipieren, die zwischen hartem Eis, sprödem Eis, weichem Eis und plastischem Eis variieren kann.

Ich habe bereits einige Geräte in einem vorherigen Kapitel über Schneefahrzeuge behandelt. Daher werde ich einige der verbleibenden Ausrüstungen und Zubehörteile beschreiben, die für das Eisklettern spezifisch sind.

Ausrüstung

Eispickel

Der beim Eisklettern verwendete Eispickel unterscheidet sich vom Schneeklettern. Ein traditioneller Eispickel ist länger und wird im Allgemeinen beim Bergsteigen zum Wandern auf Tiefschnee und Gletschern verwendet. In diesem Fall benötigen Sie nur einen. Wenn Sie jedoch auf vertikales Eis zusteuern, benötigen Sie zwei Eiswerkzeuge, die auch als technische Axt bezeichnet werden. Sie sind kürzer und haben durch den gebogenen Schaft sowie den Pick ein ausgeprägtes Aussehen. Beim Eisklettern wird die Form des Schaftes gebogen. Der Winkel des gebogenen Schafts kann je nach Verwendungszweck des Eispickel variieren. Je schärfer die Kurve, desto steiler das Gelände, dafür ist es gedacht.

Der Eispickel muss das Eis durchdringen, gegen einen Zug nach unten halten und sich leicht lösen. Der Pickel der technischen Eispickel krümmt sich schärfer und hält somit besser im Eis. Der umgekehrt gekrümmte Pick ist sowohl sicher als auch einfach vom Eis zu entfernen. Die Zähne sollten so geformt sein, dass sie in das Eis beißen, wenn sie am Schaft des Eispickel nach unten gezogen werden.

Einige technische Eispickel wurden mit einem Hammer anstelle von Adze geliefert. Das Hammerteil wird zum Einschlagen von Gruben in Eis verwendet. Wenn viel Pitonarbeit erwartet wird, ist es für den Kletterer besser, einen leichten Pitonhammer separat zu tragen.

Eisschrauben

Eisschrauben dienen beim Eisklettern dem gleichen Zweck wie Nocken, Stopper und Pitons beim Klettern. Sie dienen als Schutz bei einem Sturz. Sie können auch an Sicherungen als Ankerpunkte verwendet werden. Einige Arten von Eisschrauben sind rohrförmig und haben oben einen Griff, den Sie drehen können, um das Ein- und Austreten der Schraube selbst zu erleichtern. Durch die röhrenförmige Form können Eiskerne leichter entfernt werden.

Handschuhe

Hände brauchen Schutz vor Feuchtigkeit, Kälte und Abrieb. Das Klettern auf Eis oder Schnee an einem warmen Tag mit einem Eispickel in der Hand erfordert möglicherweise ein Paar leichte Handschuhe. Das Klettern an einem steilen Hang an einem kalten Tag und das Arbeiten mit Eiswerkzeugen an der Oberfläche erfordert ein gut isoliertes Paar sperrige Handschuhe oder wasserdichte Fäustlinge. Beim Aufstieg durch überhängenden Schnee oder Eis sind Handschuhe mit engem Sitz und ausreichenden Reibungspunkten an den Handflächen ideal, um einen guten Halt an den Werkzeugen zu ermöglichen. Auf der anderen Seite wären dünne Handschuhe erforderlich, um die Geschicklichkeit zu gewährleisten, um Schrauben zu platzieren oder Schneepoller auf Eis zu machen.

Gamaschen

Gamaschen für den Bergsport bieten Hochleistungsschutz und eine zusätzliche Isolierung für raue Bedingungen. Die meisten verfügen über ein wasserdichtes, atmungsaktives Gewebe zum Schutz vor Regen, Eis und Schnee. Die Hauptfunktion von Gamaschen besteht darin, Wasser, Schnee und Schmutz aus Ihren Stiefeln fernzuhalten.

Es gibt die drei primären Optionen für Gamaschenhöhen:

Over-the-ankle: Diese niedrigen Gamaschen sind in erster Linie für das Trekking im Sommer konzipiert, bei dem es darum geht, Kieselsteine und andere Trümmer aus Ihren Schuhen und Stiefeln fernzuhalten.

Mittlere Wade: Diese Gamaschen sind normalerweise etwa 8 bis 12 Zoll groß. Diese sind am besten für weniger als extreme Bedingungen geeignet, wenn Sie nur Trümmer und Regen aus Ihren Stiefeln fernhalten müssen.

Knie: Diese sind in der Regel etwa 15 bis 18 Zoll groß und sind für raue Bedingungen wie Wandern durch tiefen Schnee oder Eis und manchmal bei schlechtem Wetter konzipiert.

Gamaschen zum Wandern und Bergsteigen werden in der Regel durch lange KLETTVERSCHLUSSSTREIFEN (Klettmarke oder ähnliches) an den Fronten der Gamaschen geöffnet und gesichert. Die Ristriemen sichern die Unterkante Ihrer Gamaschen um die Trittstufen der Stiefel. Einfache Gamaschen werden mit einfachen Schnürriemen geliefert und einige ermöglichen es Ihnen, Ihre Stiefelschnürsenkel für zusätzliche Sicherheit an Ihren Gamaschen zu befestigen.

Haltegurte

Um den Verlust eines Eispickel beim Eisklettern zu verhindern, werden Haltegurte verwendet, die aus einer elastischen Schnur mit einem Clip an einem Ende zur Befestigung am Dorn des Eispickel und einer Schlaufe am anderen Ende zur Verbindung mit dem Gurtzeug bestehen. Haltegurte für zwei Eispickel verfügen über zwei Seile und Clips, die in einer einzigen Schlaufe zusammenkommen.

V-Gewindewerkzeuge

Das V-Gewinde-Werkzeug ist eine Haken- oder Schlingenvorrichtung, die verwendet wird, um Schnur oder Gurtband durch den gebohrten Tunnel von V-Gewinde-Ankern zu ziehen. Es gibt verschiedene Arten von V-Gewindewerkzeugen wie ein Stück Drahtseil mit einem gestauchten Haken (eine Metallformtechnik, bei der das Metall eines Teils verformt wird, um ein anderes Teil entweder durch Pressen oder Hämmern zu umschließen) an einem Ende, ein Stück gestanztes Metall oder Kunststoff mit einem Haken an einem Ende oder eine einfache Schlinge, um das Ende eines Seils einzufangen, ohne es zu beschädigen.

Klettern ohne Steigeisen

Manchmal kann es in den Bergen, wenn Sie keine Steigeisen tragen, zu kurzen Eisabschnitten oder gefrorenem Schnee kommen. Das Klettern auf diesen kurzen Eisabschnitten ohne Steigeisen erfordert ein ausgewogenes Klettern von einer Position zur anderen.

Vor der Erfindung der Steigeisen navigierten die Kletterer über Eis und erstarrten durch Schneehacken oder Schneeschritte mit dem Eispickel.

Heutzutage ist es gut, diese Technik zu kennen, wenn Sie Ihre Steigeisen verlieren oder beschädigte Steigeisen haben. Um aufsteigende Schrägstriche zu schneiden, stellen Sie sich in eine Gleichgewichtsposition und halten Sie die Axt in der Innenhand. Um zwei Schritte nacheinander zu schneiden, schwenken Sie das Adze parallel zum Bergauffuß und vom Körper weg. Schwingen Sie die Eispickel von der Schulter, schneiden Sie mit der Adze und lassen Sie das Gewicht der Axt die meiste Arbeit erledigen.

Um steilere Hänge zu überwinden, schneiden Sie Schubladenstufen ab, indem Sie die Axt senkrecht zum Eis schwenken und mit der Adze ein Loch heraushacken. Jede Stufe sollte leicht nach innen geneigt sein, damit die Stiefel nicht aus der Stufe rutschen. Um Stufen einen Eisabhang hinunterzuhacken, schneidet man am besten eine Leiter mit Schubladenstufen, die fast gerade den Hügel hinunter abfallen.

Klettern mit Steigeisen

Je nach Steilheit der Piste, Bedingungen des Eises und Fähigkeit des Kletterers gibt es drei beliebte Techniken zum Klettern auf Eis.

A). Französische Technik (Flachfuß)

Diese Technik funktioniert am besten auf ebenen oder niedrig abgewinkelten Hängen, die wie eine Ente laufen. Auf diese Weise können alle Steigeisenpunkte flach auf Eis liegen und bieten viel Traktion für die Aufwärtsbewegung. Halten Sie die Schuhsohlen parallel zur Eisoberfläche und die Füße etwas weiter auseinander als normal, um ein Verhaken eines Steigeisenpunkts am anderen Fuß zu vermeiden. Verwenden Sie den Eispickel in der Stockposition, die sich im Selbstsicherungsgriff befindet. Wenn der Hang steiler wird, biegen Sie seitlich zum Hang ab und steigen Sie diagonal an, wobei Sie die Steigeisenpunkte immer flach gegen das Eis halten.

B). Deutsche Technik (Front Pointing)

Von Deutschen und Österreichern für Steigungen von über 45 Grad und auf sehr hartem Eis entwickelt, ist das Treten von Stufen mit den vorderen Steigeisen ins Eis und das Treten mit dem anderen Fuß ähnlich. Zwei wichtige Fehler, die bei dieser Technik im Allgemeinen gemacht werden, sind zu hartes Treten (ermüdend) und zu oftes Treten an einer Stelle (was das Eis bricht und es schwierig macht, gut Fuß zu fassen).

C). Amerikanische Technik (Kombinationsmethode)

Dies ist eine schnelle und leistungsstarke Technik, die bei Kletterern beliebt ist, da sie eine Mischung aus flachem Stand und Frontausrichtung ist. Dies wird als Drei-Uhr-Position bezeichnet, wenn der rechte Fuß flach ist (zur Seite zeigend) und der vordere linke Fuß zeigt (nach oben) oder Neun-Uhr-Position, wenn der linke Fuß flach ist (zur Seite zeigend) und der vordere rechte Fuß zeigt (nach oben).

Dolchpositionen der Eispickel

Dolchpositionen des Eispickel sind nützlich bei hartem Schnee und weichem Eis.

A). Niedrige Dolchposition: Halten Sie die Axt am Adze im Selbstsicherungsgriff und schieben Sie den Pick in das Eis in der Nähe der Taille. Diese Position ist hilfreich in einem steilen Abschnitt, in dem Sie die Frontzeigertechnik verwenden.

B). Hohe Dolchposition: Halten Sie den Axtkopf im Selbsthemmungsgriff und stoßen Sie den Pick in das Eis über Schulterhöhe. Diese Position wird am besten verwendet, wenn die Steigung sehr steil ist.

C). Ankerposition: Dies wird hauptsächlich oder härteres Eis oder eine steilere Steigung verwendet. Während Sie auf den vorderen Punkten stehen, halten Sie den Eispickel in der Nähe des Spikes und schwingen Sie den Pick so hoch wie möglich, ohne zu weit zu greifen. Zeigen Sie mit der Vorderseite nach oben, bewegen Sie Ihre Hand immer höher auf dem Schaft, während Sie fortschreiten, und fügen Sie mit der anderen Hand einen Selbsthemmungsgriff an der Adze hinzu, wenn Sie hoch genug sind. Schalten Sie abschließend die Hände auf das Adze und wandeln Sie die Ankerposition in die niedrige Dolchposition um, wenn sich das Adze in der Taille befindet. Danach vom Eis nehmen und in der Ankerposition wieder höher pflanzen.

Gebirgszüge und Gipfel Indiens

Einleitung

Die acht riesigen Indian Mountain Ranges, die aus hohen Kämmen, üppigen, dichten Tälern, unberührter Schönheit und schneebedeckten Gipfeln bestehen, rufen ein Gefühl der Heiligkeit hervor. Sie bieten auch reichlich Raum für Trekking, Bergsteigen und Ökotourismus. Die Bergketten haben nicht nur eine ökologische Bedeutung, sondern wirken auch als natürliche Barriere für das Land.

1. Das Himalaya-Gebirge

Im Volksmund als Himalaya bekannt, was "Aufenthaltsort des Schnees" bedeutet.„ Der Himalaya erstreckt sich über eine Strecke von etwa 2.500 Kilometern Länge und zwischen 350 und 150 Kilometern Breite und steigt bis zu einer maximalen Höhe von fast 9 Kilometern über dem Meeresspiegel an. Insgesamt übersteigen vierzehn der höchsten Gipfel der Welt 8.000 Meter und zehn davon befinden sich im Himalaya. Die anderen vier befinden sich im benachbarten Karakorum. Mehr als die Hälfte der fünfzig höchsten Gipfel der Erde liegen entlang der Himalaya-Kette.

Fünf Nationen - China (Tibet), Bhutan, Indien, Nepal und Pakistan - umfassen einen Teil des Himalaya innerhalb ihrer Grenzen, obwohl einige dieser Grenzen umstritten sind und die im Exil lebende Regierung Tibets immer noch Anspruch auf einen Großteil des von China besetzten Territoriums erhebt.

Die wissenschaftliche Sicht auf die Ursprünge des Himalaya, die von Geologen des 20. Jahrhunderts vertreten wurde, legt nahe, dass der Himalaya unter der Oberfläche des Tethys-Meers konzipiert wurde. Die ersten Kontraktionen begannen vor etwa hundert Millionen Jahren, als die ursprüngliche Landmasse von Pangaea zu kühlen und auseinanderzubrechen begann. Die Erdkruste zerfiel und sank in eine sich vertiefende Mulde, die vom Tethysmeer ausgefüllt wurde. Diese als Geosynklinale bekannte Senke sank allmählich und weitete sich aus. In der Zwischenzeit flossen schnell fließende Flüsse, die von heftigen Stürmen gespeist wurden, in den Graben und legten über Millionen von Jahren jeden Tag Tonnen von Sedimenten ab. Der Schlamm und die Trümmer dieser alten, namenlosen Bäche bilden das Fundament des Himalaya.

Im Laufe der geologischen Zeit wurden durch die langwierige Ebbe und Flut der Erdoberflächen Land- und Wasserflächen wieder zusammengesetzt. Schließlich, als der Subkontinent Indien vor vielleicht fünfzig Millionen Jahren mit dem Rest Asiens kollidierte, kam es zu einer Reihe von großen Stößen, die das Indus-Tal und das Tsang Po- oder Brahmaputra-Tal schufen. Die zerknitterten Konturen des Meeresbodens sowie die vulkanische und seismische Aktivität entlang der Ränder der untergetauchten Platten erlaubten es den Ozeanographen zu bestätigen, dass sich die daraus resultierenden Brüche mit geschmolzenem Magma füllen, das aus dem Erdinneren sprudelt und sich abkühlt, um Krusten und Narben unter dem Meer zu bilden. Wissenschaftler haben den Himalaya als die krönende Errungenschaft der indo-australischen Platte beschrieben, die mit Tibet kollidierte und zerbrochene Teile der Erdkruste aufhob, bis sie mehr als 8.000 Meter über den Meeresspiegel ragten

Einige Geologen haben vorgeschlagen, dass die Berge anstelle eines einzigen Ereignisses in zwei Stufen gebildet wurden; zuerst mit einer Kollision zwischen dem indischen Subkontinent und einem Archipel von Inseln vor der Küste Eurasiens. Dadurch wurde der Himalaya fast auf seine jetzige Höhe angehoben, bevor er schließlich in das tibetische Plateau gerammt wurde. Die Anwesenheit von Menschen im oberen Himalaya reicht zwischen 10.000 und 70.000 Jahren zurück, während der Jungsteinzeit, als die ersten nomadischen Jäger auf der Suche nach Fleisch über hohe Pässe zogen. Als Tenzing und Hilary 1953 den Gipfel des Mount Everest erreichten, betraten sie tatsächlich die versteinerten Überreste von Wasserlebewesen, die einst im Tethysmeer lebten.

2. Das Aravalli-Gebirge

Das Aravalli-Gebirge erstreckt sich über rund 800 Kilometer quer durch den Bundesstaat Rajasthan im Nordosten, durchquert den Südwesten bis nach Haryana und endet schließlich in der Nähe von Delhi. Der Guru Shikhar Peak am Mount Abu ist der höchste Gipfel des Aravallis, der eine Höhe von etwa 1.722 Metern hat.

3. Das Vindhya-Gebirge

Das Vindhya-Gebirge liegt in Zentralindien und ist eine komplexe diskontinuierliche Kette von Bergkämmen, Hügelketten, Hochland und Plateau. Es wird angenommen, dass die Abfälle, die durch die Verwitterung der Aravallis gebildet wurden, zur Bildung der Vindhyas führten. Die Gebirgskette trennt Südindien von Nordindien. Sie verläuft in einer Höhe von ca. 3.000 Metern. Das westliche Ende des Vindhyas liegt im Bundesstaat Gujarat. Einige der Flüsse, die durch diesen Bereich fließen, sind der Tapti-

Fluss, der Ganges, der Godavari und der Mahanadi-Fluss. Ursprünglich war dieses Gebirge mit dichten Wäldern bedeckt. Die Bergkette erstreckt sich von Gujarat im Westen über Madhya Pradesh bis zum Ganges bei Varanasi in Uttar Pradesh. Der höchste Gipfel ist der Dhupgarh Peak mit 1.350 Metern in der Nähe von Pachmarhi in Madhya Pradesh.

4. Das Satpura-Sortiment

Die Satpura Range verläuft von Gujarat aus durch die Bundesstaaten Chattisgarh, Madhya Pradesh und Maharashtra. Die Spitze der Satpura Range hat eine dreieckige Form und befindet sich in Ratnapuri. Die beiden Seiten dieser Gebirgskette in Indien verlaufen parallel zum Fluss Tapti und Narmada. Darüber hinaus verläuft dieser Berg in Indien auch parallel entlang der Vindhyas im Norden und erstreckt sich über etwa 900 Kilometer. Die höchste Erhebung in der Satpura Range ist mit 1.352 Metern Dhupgarh in den Mahadeo-Hügeln in Madhya Pradesh.

5. Das Karakorum-Gebirge

Die Karakorumkette ist eine riesige Gebirgskette, die sich 500 Kilometer von der östlichsten Ausdehnung Afghanistans in südöstlicher Richtung entlang der Wasserscheide zwischen Zentral- und Südasien erstreckt. Die Karakorumkette ist Teil eines komplexen Gebirgszugs, der den Hindukusch im Westen, die Pamire im Nordwesten, den Kunlun im Nordosten und den Himalaya im Nordwesten umfasst. Die Grenzen Pakistans, Afghanistans, Indiens und Chinas laufen alle innerhalb der Karakorumkette zusammen, was dieser abgelegenen Region eine große geopolitische Bedeutung verleiht.

Der zweithöchste Gipfel der Welt mit 8.611 Metern ist der K2 in der Region Gilgit-Baltistan in Kaschmir.

6. Das Purvanchal-Sortiment

Sie erstrecken sich über eine Fläche von rund 98.000 Quadratkilometern in den Bundesstaaten Arunachal Pradesh, Nagaland, Manipur, Mizoram, Tripura und Ost-Assam. Das Gebiet wird im Südwesten von Bangladesch, im Südosten von Myanmar und im Nordosten von China begrenzt. Der höchste Gipfel der Region ist der Mount Dapha in Arunachal Pradesh.

Die Vegetation ist vielfältig und reicht von tropischen Immergrün bis hin zu gemäßigten Immergrün- und Nadelarten, zu denen Eichen-, Kastanien-, Birken-, Magnolien-, Kirsch-, Ahorn-, Lorbeer- und Feigenarten gehören. Es gibt auch ausgedehnte Bambusdickichte.

7. Die Westghats

Die Western Ghats oder die Sahyadri Range ist eine Gebirgskette, die sich über eine Fläche von 160.000 Quadratkilometern auf einer Strecke von 1.600 Kilometern erstreckt. Ausgehend von den Grenzen von Maharashtra und Gujarat verläuft das Gebirge durch den Fluss Tapti, durchquert Goa, Karnataka, Tamil Nadu und Kerala und endet schließlich in der Nähe der südlichsten Spitze des Landes in Kanyakumari. Die Western Ghats beherbergen ein Drittel der in Indien vorkommenden Blumenvielfalt. Einige der bekannten Nationalparks des Landes befinden sich in dieser Region, nämlich der Borivali-Nationalpark und der Nagarhole-Nationalpark.

8. Die Ost-Ghats

Die Ost-Ghats verlaufen vom nördlichen Odisha durch Andhra Pradesh nach Tamil Nadu im Süden und durchqueren einige Teile von Karnataka. Sie werden von den vier großen Flüssen der indischen Halbinsel, die als Godavari, Mahanadi, Krishna und Kaveri bekannt sind, erodiert und durchschnitten. Das Deccan Plateau liegt zwischen den Ost-Ghats und den West-Ghats.

Höchste Berggipfel Indiens

1. Kangchenjunga- 8.586 Meter.

2. Nanda Devi   - 7.816 Meter.

3. Kamet   - 7.756 Meter.

4. Saltoro Kangri – 7.742 Meter.

5. Saser Kangri   - 7.672 Meter.

6. Mamostong   - 7.516 Meter.

7. Rimo   - 7.385 Meter.

8. Hardeol - 7.151 Meter.

9. Chaukamba - 7.138 Meter.

10. Trisul   - 7.120 Meter.

Es gibt Fälle von gemeinsamen Spitzen in der Nähe, die manchmal als separate Spitzen betrachtet werden, die dazu führen, dass verschiedene Staaten ihren Fall argumentieren. Daher gibt es keine perfekte Top-Ten-Liste. Die obige Liste ist der Authentizität der Klettergemeinschaft am nächsten.

Überleben in den Bergen

Ich betone immer, dass Sie vor jeder Expedition unabhängig von der Höhe über ein hohes Maß an Fitness verfügen müssen, das Herz-Kreislauf-Ausdauer, Kraft, Flexibilität und Gleichgewicht umfasst. Sie müssen auch ein gutes Verständnis für Kletterkenntnisse und grundlegende Überlebenstechniken haben.

Aufgrund seiner geologischen Perspektive ist der Berg ein Ort, an dem sich Klima und Temperatur schnell ändern können. Vom tropischen Klima bis zum Winter, von sonnig bis stürmisch; es ist notwendig, auf diese plötzlichen Veränderungen zu achten und entsprechend vorbereitet zu sein. Wenn der kalte Wind Ihre Wangen zu beißen beginnt und Sie mit Ihren Mitkletterern an einem steilen Hang mit weniger Sicht und Schneefall gefangen sind, wird die Gefahr von Krankheit und Verstauchungen wahrscheinlich. Daher ist es wichtig, in einer Zeit wach und wachsam zu bleiben, in der sich etwas nicht richtig anfühlt.

In solchen Situationen mit schlechter Sicht und schnellen Temperaturänderungen ist es ratsam zu wissen, wo Sie Ihre Hände und Füße hinlegen. Vermeiden Sie es um jeden Preis, sich nachts zu bewegen, denn die Risiken, die Sie eingehen, überwiegen bei weitem die Zeit, die Sie sparen. Neben anderen Gefahren droht immer die Gefahr von Lawinen und unsichtbaren Spalten.

Ein einfaches Geräusch kann eine Lawine auslösen. Wenn Sie auf Schnee gehen, stellen Sie sicher, dass er mit einem Stock, den Sie hineinfahren, gut komprimiert ist. Du kannst auch Gegenstände werfen, die schwer genug sind, wie kleine Steine. Vermeiden Sie Gebiete mit hohem Hang sowie Gebiete, in denen frischer Schnee gefallen ist. Intensives Sonnenlicht kann dazu führen, dass der Schnee schmilzt, was ihn empfindlich macht. In einigen Bereichen empfiehlt Ihr Expeditionsleiter möglicherweise einen Umzug bei Einbruch der Dunkelheit.

Idealerweise sollten Sie in Waldschutzgebieten oder unregelmäßigem Gelände klettern, da dies die Wahrscheinlichkeit einer Lawine mindert. Wenn du aus der Ferne eine weiße Welle auf dich zukommen siehst, musst du schnell zu einer der Seiten gehen. Versuchen Sie nicht, den Hang hinunterzugehen, geschweige denn, sich ihm zu stellen.

Du musst versuchen, dich an etwas zu klammern, um nicht von der herannahenden Lawine mitgerissen zu werden, die schneller stürzt, als du rennen kannst. Denken Sie daran, Ihre Lawinenausrüstung, bestehend aus Lawinenschnüren, Baken und Airbags, jederzeit bereitzuhalten.

Spalten sind natürliche Öffnungen in einem Gletscher. Offene Spalten sind nicht so gefährlich, da man sie aus der Ferne sehen kann. Diejenigen, die mit dünnen Eisbrücken bedeckt sind, können jedoch äußerst gefährlich sein. Am besten geht man in einem solchen Bereich umher oder seilt sich hoch. Das Eis ist bei Einbruch der Dunkelheit am stärksten und überquert daher nachts eine versteckte, aber markierte Spalte. Wenn Sie nicht über die Ausrüstung zum Aufseilen verfügen, ziehen Sie niemals in Betracht, über eine Spalte zu gehen.

Wenn Sie und Ihre Teamkollegen keinen Ausweg finden können, planen Sie so schnell wie möglich, ein Feuer zu machen und eine Unterkunft für die kommende Nacht zu bauen. Machen Sie Ihren Unterschlupf von außen sichtbar, indem Sie ein Stück bunten Stoff auf die Oberseite werfen.

Die beste Methode wäre, eine Fahne mit möglichen Ästen oder Wanderstöcken zu machen. Sie können auch Äste und Baumstämme verwenden, um Ihren Unterschlupf in geringer Höhe zu bauen. Nur wenn es keine Bäume oder Äste mehr gibt, müssen Sie sich mit Schnee und Fels zufrieden geben.

Während eines Zwischenstopps in den Bergen müssen Sie über einen Überlebensplan und ein grundlegendes Survival-Kit verfügen, das Folgendes umfasst:

1. Wasser/Wasserreinigungstabletten/Filtrationskit.

2. Nicht verderbliche Lebensmittel.

3. Batteriebetriebenes Radio.

4. Trekkingstöcke.

5. Lupe/Spiegel (zum Auslösen eines Feuers und zu Signalzwecken).

6. Isolationsdecke.

7. Blitzlicht mit Ersatzbatterien.

8. Erste-Hilfe-Set und unentbehrliche Medikamente.

9. Pfeife.

10. Staubmaske (zum Schutz vor kontaminierter Luft).

11. Kerze und Streichhölzer.

12. Armeemesser.

13. Klebeband.

14. Regenponcho oder Regenjacke.

HOW TO TEST IF A PLANT IS EDIBLE

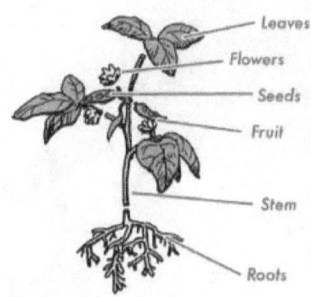

1: SEPARATE THE PLANT into its component parts: roots, leaves, seeds/flowers, fruit, and stem.

2: RUB EACH PART on your wrist or arm. Wait a few minutes and check for reaction. Discard plant if skin tingles, goes numb, itches, or develops a rash.

3: IF POSSIBLE, cook the plants. Some plants aren't edible in the raw, but are when boiled (they're also easier on your digestive system when cooked).

4: NEXT, hold each part to your lips for a few minutes. Wait 15 minutes and discard if you feel any sort of reaction.

5: TAKE A SMALL BITE, chew, and discard if the flavor is extremely bitter or soapy.

6: SWALLOW THE SMALL BITE and wait 8 hours before trying more of the plant and waiting another 8 hours. If there's still no reaction, it's likely safe.

© Art of Manliness and Ted Slampyak. All Rights Reserved.

IMPROVISED SNOW GOGGLES

DUCT TAPE

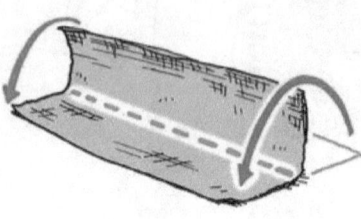

1: FOLD a one-foot section of duct tape onto itself lengthwise.

2: CUT out a long, narrow slit and use another piece of tape to hold the glasses to your head.

EMERGENCY BLANKET

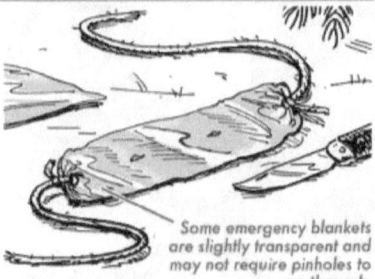

Some emergency blankets are slightly transparent and may not require pinholes to see through.

1: CUT a strip out of an emergency blanket about two inches wide and one foot long.

2: CUT two small holes to act as eyeholes and fasten the blanket strip around your head with cordage.

BIRCH BARK

Score the bark with a knife before peeling to create a clean strip.

1: PEEL a strip of birch bark off a tree, about 3 inches wide and 8 inches long.

2: CUT two slits for your eyes and a cutout to fit over your nose before tying around your head with cordage.

HOW TO LIGHT A FIRE WITH ONE MATCH

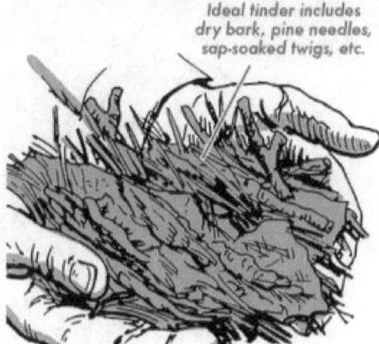

1: **GATHER** plenty of tinder—about two big handfuls worth. Ideal tinder includes dry bark, pine needles, sap-soaked twigs, etc.

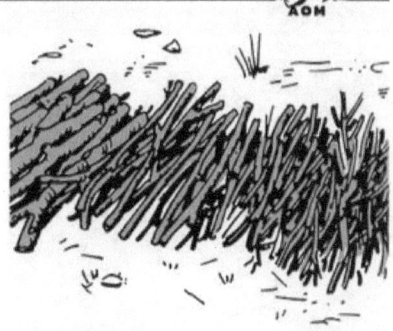

2: **GATHER** an armload of kindling in varying lengths and thicknesses. Break the kindling into 6" pieces.

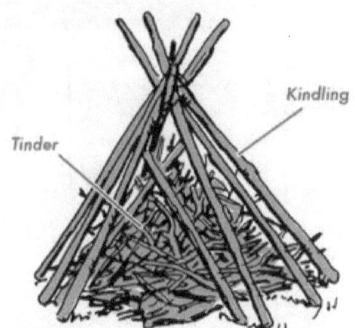

3: **BUILD** a teepee fire, with a big bundle of tinder as the base, and small pieces leaned together over it.

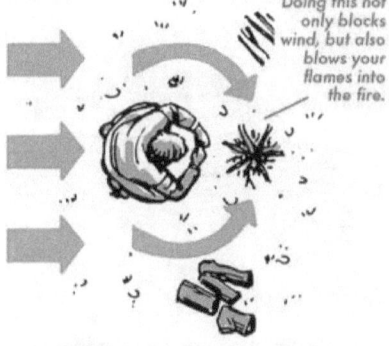

4: **BLOCK** the wind by crouching or kneeling upwind of the fire. Doing this not only blocks wind, but also blows your flames into the fire.

5: **STRIKE** the match close to the tinder, and protect the flame by cupping your hands around it.

6: **TRY** to light the fire in three or four different spots, if possible. This gives you a greater chance of at least one spot catching. Feed more tinder and kindling into the fire as needed, until you can add bigger sticks.

HOW TO CARRY FIRE

FUNGUS FIRE CARRY

1: FIND a bracket fungi — a type of hard fungus that grows on tree trunks.

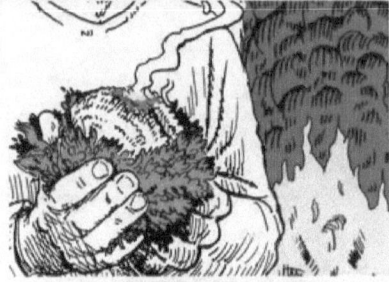

2: BREAK off a chunk, hold it to an ember until it begins to smolder, then loosely wrap in moss to carry.

EMBER BOX

1: GATHER charcoal, moss, and a ventilated container like a tin can or even a seashell.

2: LINE the bottom of the container with moss, then add charcoal, and an ember. Cover with moss and close the container.

EMBER BUNDLE

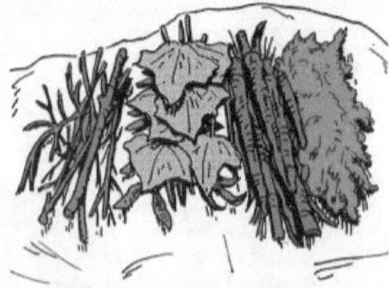

1: GATHER thin twigs, dry leaves, and other tinder, as well as strips of bark and moss.

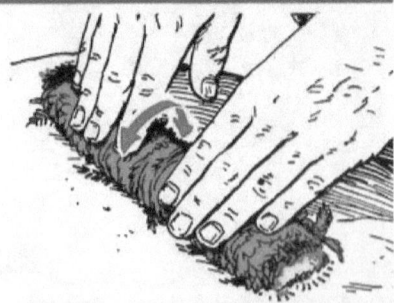

2: PLACE an ember in the dry material and then wrap it tightly in the bark and moss like a cigar.

© Art of Manliness and Ted Slampyak. All Rights Reserved.

HOW TO MEASURE REMAINING DAYLIGHT WITH YOUR HAND

1: FACE the sun and extend your arm in front of you so that your palm faces toward you and fingers are parallel to horizon.

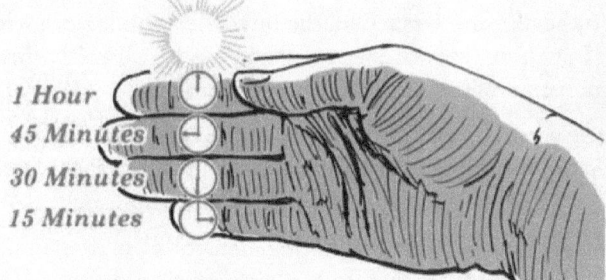

2: POSITION your index finger so that it rests just below the sun and your pinky parallel to the edge of the horizon.

3: COUNT the number of fingers it takes to reach from the sun to the horizon. Each ascending finger represents 15 minutes until the sun sets.

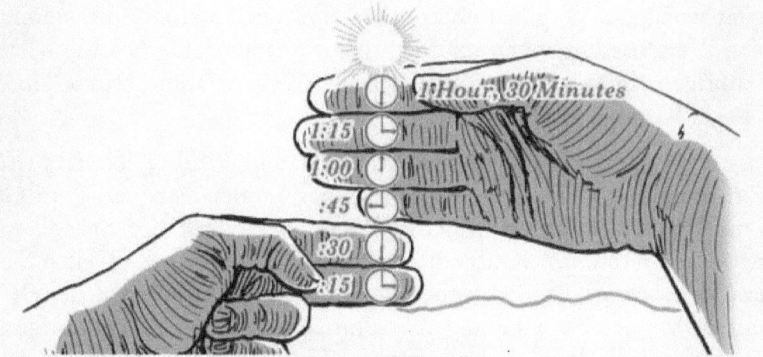

4: IF space allows, line up your other hand directly below and continue counting. Each hand represents approximately one hour.

© Art of Manliness and Ted Slampyak. All Rights Reserved.

Vorsichtsmaßnahmen zur Vermeidung von Bergunfällen

Berge im Winter und Sommer bleiben ein beliebtes Ziel für Freizeit- und Profikletterer. Allerdings müssen einige elementare Vorkehrungen getroffen werden, um Unfälle in den Bergen zu vermeiden. Ein hoher Prozentsatz der Unfälle, die sich im Berg ereignen, sind auf menschliches Versagen zurückzuführen, das fast immer vermieden werden kann. Die Hauptgründe für Unfälle sind mangelnde Umweltkenntnis, wechselnde Wetterbedingungen, Unerfahrenheit und übermäßiges Selbstvertrauen.

Es gibt bestimmte Ursachen, die unvorhersehbar sind, wie schlechtes Wetter und Lawinen, die unvermeidlich sind, obwohl ihre Wirkung durch Vorsichtsmaßnahmen gemildert werden kann.

Kennen Sie das Gelände und lassen Sie sich nach Möglichkeit von Experten begleiten. Um Gefahren zu vermeiden, machen Sie es sich zur Gewohnheit, den Berg in einer Gruppe und nicht allein zu besuchen.

Stellen Sie sicher, dass Sie Überlebenstechniken kennen und wissen, wie man sich auf dem Berg bewegt. Diese können in grundlegenden Bergsteigerkursen und geführten Ausflügen erlernt werden, die von Bergsteigervereinen organisiert werden.

Stellen Sie sicher, dass Sie über die richtige Ausrüstung für Ihre gewählte Aktivität verfügen. Es gibt immer eine Mindestausrüstung, die unabhängig von den Wetterbedingungen mitgenommen werden sollte (warme Kleidung, Sonnenbrille, Kappe, wasserdichte Jacke, Wasserflasche, Erste-Hilfe-Set, Schlafsack, Kompass und Trockenfutter).

Sie müssen über ein geeignetes körperliches Training zum Klettern verfügen. Die Anstrengung, einen Aufstieg zu machen, endet nicht auf dem Gipfel, denn die Abfahrt kann so anspruchsvoll sein wie der Aufstieg. Sie sollten Ihre Energie reservieren, um Kraft für die Rückfahrt zu sparen. Beeilen Sie sich nie auf dem Berg. Bei schlechtem Wetter bei Bedarf vor dem Gipfel umkehren. Wählen Sie eine angemessene Maßnahme. Versuchen Sie keine Aktivitäten, auf die Sie nicht vorbereitet sind. Beraten Sie Familienmitglieder oder die Behörden Ihrer Reiseroute oder Routen und Zeiten, die Sie einhalten möchten.

Überprüfen Sie die lokale und aktuelle Wettervorhersage. Achten Sie auf Schilder, insbesondere Warnschilder, und beachten Sie die jeweils angegebenen Vorsichtsmaßnahmen. Stellen Sie eine effektive Kommunikation mit der nächstgelegenen Polizeistation und dem nächstgelegenen medizinischen Zentrum her. Stellen Sie sicher, dass Sie über grundlegende Erste-Hilfe-Kenntnisse verfügen.

Kennen Sie zunächst die aktuelle Wettervorhersage. Ein Sturm am Fuße einer Schlucht, während Sie sich im Inneren befinden, kann zu Sturzfluten führen, die Sie wegtragen oder Ihren Abstieg blockieren können.

Informieren Sie sich vor dem Aufbruch über die Schlucht, die Sie hinunterfahren werden (Zeiten, Schwierigkeitsgrad, Gefahren, Höhenunterschied, erforderliches Material) und ob es erforderliche Techniken gibt, die Sie kennen müssen. Identifizieren Sie die Fluchtwege aus der Schlucht, falls Sie aufgrund von schlechtem Wetter oder anderen Umständen fliehen müssen.

Einige Schluchten haben Wasserläufe, die aus Dämmen fließen, die zu bestimmten Zeiten geöffnet werden können. Sie sollten sich dieser Möglichkeit und der Zeiten bewusst sein, in denen Staudämme geöffnet werden.

Betreten Sie eine Schlucht niemals alleine. Genau wie auf dem Berg sollte die Mindestanzahl in einer Gruppe drei sein. Vor allem, wenn Sie keine Mobilfunkabdeckung haben, was unter solchen Umständen ein gemeinsames Merkmal sein sollte.

Ausgestattet mit Helm, entsprechendem Schuhwerk, Gurtzeug, Seil, Abseilen, Karabinern, Pfeife und Messer.

Das Seil, mit dem Sie die Schlucht betreten, sollte doppelt so lang sein wie die Höhe der größten Abfahrt. Sie sollten auch ein Ersatzseil mit sich führen. Sie sollten alle Befestigungspunkte überprüfen, von denen aus Sie abseilen werden, und Sie sollten einen Niethammer, Spieße, Platten, Schnüre und Gurtband tragen und überprüfen, ob sie angemessen sind.

Sie sollten nicht in Pools springen, ohne vorher zu überprüfen, ob sie frei von Hindernissen und gefährlichen Strömungen sind. Von einer Saison zur nächsten können Pools, die frei von Hindernissen waren, Steine angesammelt haben.

Sie sollten einen Signalisierungscode zwischen den Mitgliedern der Gruppe einrichten, um über den Lärm des fließenden Wassers zu kommunizieren.

Erkältungsverletzungen, Symptome, Diagnose und Behandlung

Einleitung

Der menschliche Körper hat Haut und Gewebe, die durch das zirkulierende Blut und andere Mechanismen auf einer konstanten Temperatur (etwa 37 Grad Celsius) gehalten werden. Das Blut erhält seine Wärme hauptsächlich aus der Energie, die von den Zellen abgegeben wird, wenn sie Nahrung in einem Prozess verbrennen (verstoffwechseln), der eine stetige Versorgung mit Nahrung und Sauerstoff erfordert. Eine normale Körpertemperatur ist für das ordnungsgemäße Funktionieren aller Zellen und Gewebe im Körper notwendig. Bei einer Person mit niedriger Körpertemperatur werden die meisten Organe, insbesondere Herz und Gehirn, träge und hören schließlich auf zu arbeiten.

Die Körpertemperatur sinkt, wenn die Haut kälterer Umgebung ausgesetzt ist. Als Reaktion auf diesen Temperaturabfall nutzt der Körper mehrere Schutzmechanismen, um zusätzliche Wärme zu erzeugen. Zum Beispiel produzieren die Muskeln zusätzliche Wärme durch Zittern. Darüber hinaus verengen sich die kleinen Blutgefäße in der Haut (Verengung), so dass mehr Blut zu lebenswichtigen Organen wie Herz und Gehirn umgeleitet wird. Da jedoch weniger warmes Blut auf die Haut gelangt, kühlen Körperteile wie Finger, Zehen, Ohren und Nase schneller ab. Wenn die Körpertemperatur deutlich unter etwa 31 Grad Celsius fällt, funktionieren diese Schutzmechanismen nicht mehr und der Körper kann sich nicht mehr erwärmen. Wenn die Körpertemperatur unter 28 Grad Celsius fällt, kann es zum Tod kommen.

Das Risiko von Kälteverletzungen steigt unter folgenden Umständen:

a). Wenn der Blutfluss zu langsam ist.

b). Wenn die Nahrungsaufnahme unzureichend ist.

c). Wenn Dehydrierung oder Erschöpfung auftritt.

d). Wenn die Umgebung nass ist oder wenn ein Körperteil etwas Nasses berührt.

e). Wenn in großer Höhe nicht genügend Sauerstoff verfügbar ist.

Vorbeugung von Erkältungsverletzungen

Um sich in einer kalten Umgebung warm zu halten, sind mehrere Kleidungsschichten erforderlich, vorzugsweise Wolle oder Kunststoffe wie Polypropylen, da diese Materialien auch bei Nässe isolieren. Da der Körper viel Wärme vom Kopf verliert, ist eine warme Kappe unerlässlich. Kälteverletzungen treten bei extrem kaltem Wetter seltener auf, wenn Haut, Finger, Zehen, Ohren und Nase gut geschützt sind.

Ausreichend Nahrung zu sich zu nehmen und genügend Flüssigkeiten (insbesondere warme Flüssigkeiten) zu trinken, liefert Brennstoff, der verbrannt werden kann, und warme Flüssigkeiten liefern direkt Wärme und verhindern Austrocknung. Alkoholische Getränke sollten vermieden werden, da Alkohol die Blutgefäße in der Haut erweitert, wodurch sich der Körper vorübergehend warm anfühlt, aber tatsächlich mehr Wärme aus dem Körper entweichen kann.

Erkältungsverletzungen bestehen aus:

A). Erfrierungen.

B). Hypothermie.

C). Nicht einfrierende Gewebeschäden.

A). Erfrierung

Erfrierungen sind eine Erkältungsverletzung, bei der ein Körperbereich eingefroren ist. Extreme Kälte kann Gewebe einfrieren und zerstören. Der Bereich kann taub, weiß, blasig oder schwarz werden. Bei Temperaturen unter dem Gefrierpunkt besteht die Gefahr von Erfrierungen an jedem Körperteil. Die Gefahr von Erfrierungen hängt davon ab, wie kalt es ist und wie lange das Teil ausgesetzt war. Menschen mit dem größten Risiko, Erfrierungen zu entwickeln, sind diejenigen, die eine schlechte Blutzirkulation aufgrund von Diabetes oder Arteriosklerose, Blutgefäßkrämpfe aufgrund von Rauchen oder eine Verengung des Blutflusses durch zu enge Handschuhe oder Stiefel haben. Freiliegende Hände, Füße, Gesicht und Ohren sind am anfälligsten für Erfrierungen.

Symptome von Erfrierungen

Die Symptome von Erfrierungen variieren mit der Tiefe und Menge des gefrorenen Gewebes. Flache Erfrierungen führen zu einem abgestumpften weißen Fleck auf der Haut, der sich nach dem Erwärmen ablöst. Etwas tiefere Erfrierungen verursachen Blasen und Schwellungen des betroffenen

Bereichs. Ein tieferes Einfrieren führt dazu, dass sich die Extremität taub, kalt und hart anfühlt. Der Bereich wird allmählich blass und kalt. Oft treten Blasen auf. Mit klarer Flüssigkeit gefüllte Blasen weisen auf eine mildere Schädigung hin als mit blutbefleckter Flüssigkeit gefüllte Blasen. Bei Erfrierungen des Fußes kann das abgestorbene Gewebe dazu führen, dass die Extremität grau und weich wird (nasse Gangrän) und allmählich, wenn sie nicht kontrolliert wird, schwarz wird. Um zu verhindern, dass sich das Gangrän auf andere Körperteile ausbreitet, muss der betroffene Bereich möglicherweise amputiert werden.

Diagnose von Erfrierungen

Erfrierungen werden durch ihr typisches Aussehen und Auftreten nach erheblicher Kälteeinwirkung diagnostiziert. Manchmal erscheinen Erfrierungen in den ersten Tagen wie nicht gefrorene Verletzungen. Nach einer gewissen Zeit entwickelt erfrorenes Gewebe Eigenschaften, die es von nicht einfrierenden Gewebeschäden unterscheiden.

Erste Hilfe bei Erfrierungen im Gebirge

Menschen mit Erfrierungen sollten mit einer warmen Decke bedeckt werden, da sie möglicherweise auch an Unterkühlung leiden. Die Erwärmung des erfrorenen Bereichs sollte sofort beginnen. Das Gebiet ist in warmes Wasser getaucht, das nicht heißer ist, als der betroffene Kletterer bequem vertragen kann (98,6 Grad bis 104 Grad Fahrenheit oder etwa 37 Grad bis 40 Grad Celsius). Es sollte vermieden werden, den Bereich mit Schnee zu reiben, da dies zu weiteren Gewebeschäden führen kann. Da die Gegend keine Empfindung hat, können die Menschen nicht erkennen, ob sich eine Verbrennung entwickelt. Daher sollte der Bereich nicht vor einem Feuer oder mit einem Heizkissen oder einer Heizdecke erwärmt werden.

Es ist schädlicher für das Auftauen und Wiedereinfrieren von Gewebe, als es gefroren bleiben zu lassen. Wenn Menschen mit Erfrierungen erneut Frostbedingungen ausgesetzt werden müssen, insbesondere wenn sie auf erfrorenen Füßen gehen müssen, sollte das Gewebe nicht aufgetaut werden. Auftauende Füße sind anfälliger für Beschädigungen durch Gehen. Darüber hinaus sollten alle Anstrengungen unternommen werden, um das beschädigte Gewebe vor Reibung, Verengung oder weiteren Schäden zu schützen. Die Füße werden in der Regel gereinigt, getrocknet und abgedeckt. Die Menschen werden warm gehalten und so schnell wie möglich in ein Krankenhaus gebracht.

Behandlung von Erfrierungen im Krankenhaus

Im Krankenhaus wird die Erwärmung begonnen oder fortgesetzt. Die vollständige Wiedererwärmung dauert etwa 15 bis 30 Minuten. Während der Wiedererwärmung werden die Menschen ermutigt, den betroffenen Teil sanft zu bewegen. Der erfrorene Bereich wird beim Erwärmen extrem schmerzhaft, so dass eine Injektion eines Opioid-Analgetikums erforderlich sein kann. Blasen sollten nicht zerbrochen werden. Wenn die Blasen brechen, sollten sie mit antibiotischer Salbe bedeckt werden.

Sobald das Gewebe erwärmt ist, sollte der erfrorene Bereich vorsichtig gewaschen, getrocknet, in sterile Bandagen gewickelt und sorgfältig sauber und trocken gehalten werden, um eine Infektion zu verhindern. Entzündungshemmende Medikamente wie Ibuprofen durch den Mund oder Aloe Vera Gel, das äußerlich angewendet wird, können helfen, die Entzündung zu lindern. Eine Infektion erfordert den Einsatz von Antibiotika. Einige Ärzte verwenden auch Medikamente, die in eine Vene oder Arterie gegeben werden, um die Durchblutung des betroffenen Bereichs zu verbessern.

Da eine Erfrierung ein größeres Gebiet zu betreffen scheint, wird die Entscheidung zur Amputation in der Regel verschoben, bis das Gebiet Zeit zur Heilung hatte. Manchmal hilft ein bildgebender Test, wie Radionuklid-Scanning, Mikrowellenthermographie oder eine Laser-Doppler-Flussstudie, festzustellen, welche Bereiche sich erholen können und welche nicht. Bereiche, die sich nicht erholen, erfordern eine Amputation.

B). Hypothermie

Hypothermie ist ein medizinischer Notfall, der auftritt, wenn Ihr Körper schneller Wärme verliert, als er Wärme produzieren kann, was zu einer gefährlich niedrigen Körpertemperatur führt. Hypothermie wird oft als Kälteverletzung <u>angesehen,</u> da sie durch die Einwirkung von Kälte verschlimmert werden kann.

Symptome einer Unterkühlung

Zu den ersten Symptomen einer Unterkühlung gehören intensives Zittern und Zähneklappern. Wenn die Körpertemperatur weiter sinkt, kann das Zittern aufhören und die Bewegungen des Kletterers können langsam und ungeschickt werden, wobei die Reaktionszeit länger wird. Der wichtigste Aspekt ist, dass das Urteilsvermögen beeinträchtigt wird und sich die Symptome so allmählich entwickeln können, dass die Menschen einschließlich der Begleiter des betroffenen Bergsteigers nicht erkennen, was passiert. Die betroffene Person kann einfach in die Berge abwandern.

Wenn das Zittern aufhört, wird der betroffene Kletterer träger und rutscht ins Koma. Die Herz- und Atemfrequenz werden langsamer und schwächer. Schließlich stoppt das Herz. Je niedriger die Körpertemperatur wird, desto höher ist das Sterberisiko. Der Tod kann auftreten, wenn die Körpertemperatur etwa 28 Grad Celsius erreicht.

Diagnose von Hypothermie

Die Messung der Körpertemperatur ist der beste Weg, um eine Hypothermie zu diagnostizieren. Typischerweise deutet eine Körpertemperatur von weniger als 35 Grad Celsius auf eine Unterkühlung hin. Herkömmliche Thermometer zeichnen keine Temperaturen unter 95 Grad Fahrenheit oder 35 Grad Celsius auf. Daher werden elektronische Thermometer benötigt, um Temperaturen bei schwerer Unterkühlung zu messen. Blut und manchmal andere Tests werden durchgeführt, um andere Störungen oder Infektionen zu diagnostizieren.

Erste Hilfe bei Unterkühlung im Gebirge

Die beiden wichtigen Schritte sind zum einen das Trocknen und Erwärmen des betroffenen Kletterers von außen durch das Ausziehen nasser Kleidung und das Einwickeln warmer Decken. Zweitens sollten die Begleiter des betroffenen Kletterers ihn von innen warm halten, indem sie ihm warme Flüssigkeiten zum Trinken und warme Luft zum Atmen auf künstliche Weise geben. Der betroffene Kletterer muss frühestens in ein Krankenhaus verlegt werden.

Behandlung von Unterkühlung im Krankenhaus

Im Krankenhaus wird der betroffene Kletterer mit erwärmtem Sauerstoff verabreicht, der durch Inhalation verabreicht wird, und mit erhitzten Flüssigkeiten, die intravenös verabreicht werden oder durch Kunststoffschläuche, die in diese Bereiche eingeführt werden, in die Blase, den Magen, die Bauchhöhle oder die Brusthöhle gelangen. Zusätzlich kann das Blut durch den Prozess der Hämodialyse erwärmt werden, bei dem das Blut durch einen Filter mit Heizaufsatz aus dem Körper gepumpt und in den Körper zurückgepumpt wird. Manchmal wird eine Herz-Lungen-Maschine verwendet, mit der Blut aus dem Körper gepumpt, erwärmt und mit Sauerstoff versorgt und in den Körper zurückgeführt wird.

Möglicherweise müssen Ärzte dem betroffenen Kletterer beim Atmen helfen, indem sie einen Kunststoffatemschlauch durch den Mund in die Luftröhre einführen (endotracheale Intubation) und eine <u>mechanische Beatmung</u> verwenden. Wenn das Herz aufgehört hat, muss die <u>HLW</u>

(Herz-Lungen-Wiederbelebung) innerhalb von zwei Minuten nach dem Herzstillstand durchgeführt werden.

Seitdem haben sich Menschen mit Hypothermie, die ohne Lebenszeichen im Krankenhaus angekommen sind, erholt; Ärzte können die Reanimationsbemühungen fortsetzen, bis die Person erwärmt ist, auch wenn kein Herzschlag oder andere Lebenszeichen vorhanden sind. Darüber hinaus muss eine stark unterkühlte Person schonend gehandhabt werden, da ein plötzlicher Ruck einen <u>unregelmäßigen Herzrhythmus</u> (Arrhythmie) verursachen kann, der tödlich verlaufen kann.

C). Nicht einfrierende Gewebeschäden

Bei nicht einfrierenden Gewebeverletzungen werden die Hautpartien gekühlt, aber nicht eingefroren. Solche Verletzungen bestehen aus Frostbeulen und einigen anderen ähnlichen Arten von Verletzungen. Frostbeulen führen in der Regel nicht zu dauerhaften Verletzungen, aber die Erkrankung kann zu Infektionen führen, die unbehandelt weitere Schäden verursachen können.

Symptome von Frostbeulen

Frostbeulen sind eine seltene Reaktion, die bei wiederholter Exposition gegenüber trockener Kälte auftreten kann. Zu den Symptomen gehören Juckreiz, Schmerzen, Rötungen, Schwellungen und in einigen Fällen Verfärbungen oder Blasen an der betroffenen Stelle, in der Regel an der Oberseite der Finger oder an der Vorderseite des Unterschenkels. Der Zustand ist unangenehm, aber nicht ernst.

Diagnose von Frostbeulen

Frostbeulen können durch einen Blick auf den Hautzustand diagnostiziert werden, der Schwellungen, Veränderungen der Hautfarbe und des Hautzustands umfasst. Der betroffene Kletterer klagt über Brennen und Juckreiz an der betroffenen Stelle.

Erste Hilfe für Frostbeulen in den Bergen

Die erste Behandlungslinie besteht darin, die Hand, die Füße und alle anderen betroffenen Bereiche warm und trocken zu halten. Feuchte Handschuhe und Socken müssen gewechselt werden. Der betroffene Bereich sollte allmählich wieder erwärmt werden, da eine plötzliche Wiedererwärmung der kalten Haut Frostbeulen verschlimmern kann.

Behandlung von Frostbeulen im Krankenhaus

Der Arzt kann Medikamente zur Verbesserung der Durchblutung empfehlen und manchmal kann Kortikosteroidcreme auf den von Frostbeulen betroffenen Bereich aufgetragen werden, um die Läsionen zu lindern.

Improvisierte Seiltrage

Ausrüstung

30 Meter Seil von 10 mm Durchmesser

Situation

Dein Team ist in der Mitte einer Bergtrainingsübung, als eine Person ausrutscht und sich das Bein verletzt. Sie müssen ihn schnell und sicher zum nächstgelegenen Medical Center bringen, wo Sie medizinische Notfallversorgung finden. Ihr Begleiter kann nicht gehen und muss auf einer improvisierten Trage zum medizinischen Zentrum getragen werden. Alles, was Sie zur Verfügung haben, sind 30 Meter Kletterseil mit einem Durchmesser von 10 mm, aber Sie wissen, dass damit eine Trage hergestellt werden kann. Die Zeit ist knapp und Sie müssen schnell arbeiten, um eine sichere und bequeme Trage herzustellen.

Ziel

In 20 Minuten eine Seiltrage zu machen, die 100 Meter lang einen lebenden Dummy-Opfer trägt.

Regeln

1. Es darf nur der lebende Dummy-Opfer befördert werden. Seiltrage sollte nur hergestellt werden.

2. Für die Herstellung der Trage darf nur das Seil verwendet werden.

3. Die Trage muss über die gesamte Länge des Verletzten der lebenden Attrappe Unterstützung bieten.

4. Die Trage darf sich nicht auflösen, während die lebende Attrappe 100 Meter lang getragen wird.

Lösung

Es gibt eine Reihe von Möglichkeiten, eine Seiltrage zu bauen. Am einfachsten ist die Nelkendeichsel, die wie folgt aufgebaut ist:

a). Legen Sie 8-10 Schlaufen aus dem mittleren Drittel des Seils, um das Bett der Trage zu bilden. Diese muss nur so lang wie das Opfer und etwa 25-30 Zentimeter breiter sein.

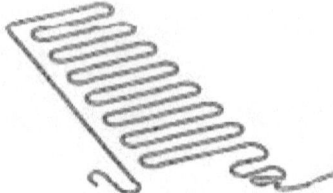

b). Nehmen Sie den langen Seilschwanz auf einer Seite und binden Sie damit eine Nelkenkupplung am Ende jeder Schlaufe fest, so dass eine 10 Zentimeter lange Schlaufe über die Nelkenkupplung hinausragt.

c). Wenn eine Seite fertig ist, wiederholen Sie den Vorgang auf der anderen

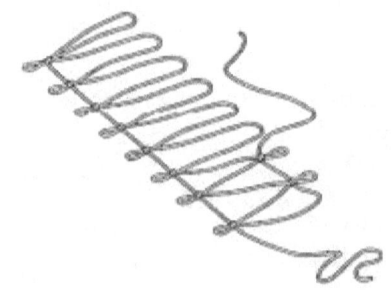

Seite.

d). Fädeln Sie die verbleibenden Seilschwänze durch die kleinen Schlaufen, bis keine mehr übrig sind.

e). Die Nelkenhaken können nun nach außen gezogen werden, um die Seilschwänze in den kleinen Schlaufen einzufangen.

f). Stellen Sie schließlich sicher, dass jede Nelkenkupplung fest sitzt und dass die Querseile eine gleichmäßige Unterstützung für den Unfall bilden.

g). Die Trage ist jetzt einsatzbereit.

Verbandskasten

Einleitung

Wenn Sie in den Bergen klettern, besteht immer die Gefahr, dass Sie oder Ihre Kletterpartner verletzt werden. Wenn Sie einen gut organisierten Erste-Hilfe-Kasten mit sich führen und wissen, wie Sie Verletzungen beurteilen und Ihre Erste-Hilfe-Vorräte verwenden, kann dies einen großen Unterschied für die Sicherheit des Kletterers machen.

Unfälle passieren im Freien, wenn Sie klettern. Sie können einen Knöchel stolpern und verstauchen oder an einem Sturz leiden und ein Bein oder einen Arm schwer verletzen. Sie können mit <u>losem Gestein</u> getroffen werden und eine Kopfverletzung erleiden. Wenn Sie ein Erste-Hilfe-Set in Ihrem Kletterrucksack tragen, können Sie einen Teil der Schäden durch diese Verletzungen mildern. Sie werden in der Lage sein, sich selbst oder Ihren Begleiter adäquat zu flicken, so dass nicht alles so schlimm ist, wie es scheint. Sie werden überleben können, bis Sie in ein Krankenhaus kommen.

Erste-Hilfe-Kurse

Es ist unerlässlich, zu wissen, wie Sie Ihre Erste-Hilfe-Vorräte verwenden. Sie können den größten Erste-Hilfe-Kasten tragen, den Sie kaufen können, aber wenn Sie Erste Hilfe nicht kennen, dann ist er nicht ausgelastet. Wenn Sie ein seriöser und kompetenter Kletterer sein wollen, dann müssen Sie mehr als nur ein flüchtiges Wissen über Erste Hilfe haben. Der beste und einfachste Weg, Erste Hilfe zu lernen, ist ein kurzer Erste-Hilfe-Kurs der St. John Ambulance Association und der Indian Red Cross Society, der Sie auf den Umgang mit wichtigen Notfällen vorbereitet.

Grundlegende Bergsteigerverletzungen

Kletterunfälle fallen in der Regel in zwei Kategorien - kleinere Verletzungen und größere Notfälle. Die wesentlichen Erste-Hilfe-Vorräte, die Sie mit sich führen, sollten die dazwischen liegenden Verletzungen abdecken. Bevor Sie Ihr Erste-Hilfe-Set zusammenstellen oder kaufen, ist es eine gute Idee, über häufige Kletterverletzungen nachzudenken und Ihr Set dann mit Vorräten zur Behandlung dieser Krankheiten zu füllen. Grundsätzlich sollten Sie in der Lage sein, Wunden, Blutungen, Blasen, Kopfschmerzen, Schmerzen und Knochenbrüche zu behandeln. Es ist schwierig, traumatische Verletzungen mit den grundlegenden Vorräten zu behandeln, die Sie mit sich führen. In einer solchen Situation in einem Berg ist es am besten, Hilfe zu holen und den Kletterer sofort zum nächstgelegenen medizinischen Zentrum, Traumazentrum oder Krankenhaus zu transportieren.

Erste-Hilfe-Grundnahrungsmittel

Sie müssen Ihr Erste-Hilfe-Set klein und leicht halten, aber Sie möchten vielleicht genug haben, um schwere Verletzungen zu behandeln. Es liegt an Ihnen, dieses Gleichgewicht zu finden. Sie können vorgefertigte Erste-Hilfe-Sets kaufen und sie sind gut, aber Sie sollten auch in Betracht ziehen, das Kit zu personalisieren, indem Sie Gegenstände hinzufügen, die Sie möglicherweise benötigen. Halten Sie Ihr Kit für ganztägige Klettertouren klein. Für längere mehrtägige Touren, die Gipfelaufstiege beinhalten, ist es ratsam, ein größeres Trikot mitzunehmen, zumal Sie weiter von Hilfe entfernt sind.

Erste-Hilfe-Set-Liste für Expeditionen

Dies ist ein großer Erste-Hilfe-Kasten für eine Expedition. Ein medizinisches Abenteuer-Set hängt von der Reise ab, die Sie tatsächlich unternehmen. Diese Liste hilft Ihnen bei der Entwicklung Ihrer eigenen persönlichen medizinischen Ausrüstung, die Sie für jede Wanderung oder Expedition in die Wildnis benötigen.

Instrumente

1. Thermometer.

2. Pinzette – Feinspitze und gezahnt.

3. Schere scharf.

4. Gummischutzhandschuhe.

Verbände und Wundversorgung

1. Pflaster.

2. Blisterverbände.

3. Wattestäbchen.

4. Gaze Pads Quadrat 5 cm.

5. Steriler Antihaftverband 10 cm.

6. Großer Wundverband.

7. Damenbinden.

8. Klebebandverband 10 cm x 2,5 cm.

9. Dreieckige Bandagen.

10. Baumwollbinden 10 cm x 1,5 m.

11. Elastische Bandagen 10 cm x 15 cm.

12. Kreppbandagen 10 cm x 1,5 m.

13. Medizinisches Klebeband.

14. Wundverschlussstreifen.

15. Tinktur von Benzoe.

16. Alkoholtupfer.

17. Vaseline.

18. SAM Schiene (groß).

19. Augenpolster.

Allergie-Medikamente

1. Allergie, Antihistaminika Tabletten (Sedierung) z.B. Promethazin 25 mg.

2. Hydrocortison-Creme 15 g Tube.

3. Calamine Cream.

Insektenschutzmittel

Creme und Spiralen.

Höhenkrankheit

1. Acetazolamid 250 mg (Diamox).

2. Dexamethason 4 mg.

Antibiotika

1. Flucloxacillin 250 mg (Hautinfektionen).

2. Clarithromycin 500 mg (Brustinfektionen).

3. Metronidazol 750 mg (Dysenterie).

Antibiotika-/antimykotische Hautanwendungen

1. Antibiotische Salbe (Mupirocin oder Fucidin).

2. Antimykotische Creme (Miconazol).

Verbrennungscreme

Brandcreme (Silbersulfadiazin oder Aloe Vera Gel).

Verstopfung

Abführmittel (Bisacodyl).

Zahnärztlich

1. Nelkenöl.
2. Temporäres Füllmaterial (Dentafix).
3. Fluoridlack (Duraphat).
4. Mundwasser.

Durchfall

Loperamid.

Desinfektionsmittel

1. Savlon oder Dettol Flüssigkeit und Seife.
2. Desinfektionsmittel für Wasser.
3. Chlortabletten.

Augeninfektion/Schneeblindheit

1. Kochsalzlösung Augentropfen.
2. Antibiotische Augensalbe (Chloramhenicol).

Verdauungsstörungen

1. Antazida (Gaviscon).
2. Ranitidin 150 mg.

Übelkeit und Erbrechen

1. Prochlorperazin – Buccastem 3 mg.
2. Stemetil 5 mg.

Schmerzmittel (Analgetika)

1. Paracetamol 500 mg.
2. Ibuprofen 400 mg.

ORS (Orale Rehydrationslösung)

Diorylat, Gastrolyt, Electrobion.

Der Everest-Traum

Der Everest zeigt Ihnen die Anmut großer Träume, überwundener Ängste und des Triumphs nach den verzweifeltsten Aussichten. Diese Lektion ist vielleicht das mächtigste Geschenk des Everest an uns alle, egal ob wir auf dem Gipfel sind oder im Basislager wandern. Nachfolgend finden Sie die Kurzgeschichten von vier Everestern, die dem Autor persönlich bekannt sind.

Ankur Bahl

In einem Alter, in dem man ein Leben in der Freizeit bevorzugt, sah sich Ankur Bahl im Alter von 55 Jahren mit den harten widrigen Bedingungen auf 8.849 Metern konfrontiert, um 2016 den höchsten Gipfel der Welt zu erobern und der drittälteste Inder zu werden, der dies tat.

Ankur, ein Bewohner von Gurgaon und Alumni der Doon-Schule in Dehradun, ist Anfang 2015 nur knapp dem Tod durch eine Lawine entkommen, die mit all ihrer Wut das Basislager traf. Anstatt traumatisiert zu sein, wurde sein Entschluss stärker, Berggipfel zu erreichen, die in seinem Alter noch nie dagewesen waren.

Das Klettern mit einer schweren Last von 10 Kilo auf dem Rücken erfordert jahrelange Vorbereitung, richtige Ernährung und intensives Training. Ankur Bahl ist seit Jahren dabei. Er folgt einem strengen Regime und trainiert jeden Tag fünf bis sechs Stunden und ist in den letzten fünf Jahren vor der Besteigung des Everest nicht einmal ins Fitnessstudio gegangen. Nur so könne der Körper so konditioniert werden, dass er sich auf den Aufstieg vorbereiten kann, so Ankur.

Im Alter von 55 Jahren bestieg Ankur im Jahr 2016 als „ältester Indianer" die sieben Gipfel (Liste der Bass) – die höchsten Berge jedes der sieben Kontinente, bestehend aus Everest (8.849 m, Asien), Aconcagua (6.961 m, Südamerika), McKinley oder Denali (6.194 m, Nordamerika), Kilimandscharo (5.895 m, Afrika), Elbrus (5.642 m, Europa), Vinson (4.892 m, Antarktis), Kosciuszko (2.228 m, Australien).

Darüber hinaus entschied er sich 2018 für einen weiteren Gipfel, die Carstensz-Pyramide (4.884 m, Ozeanien) von der Messner-Liste, und gehört damit zu den einzigen Indern in seinem Alter, die alle acht Gipfel bestiegen haben. Im selben Jahr, im Alter von 57 Jahren, fuhr er bis zum letzten Grad des Südpols, um der älteste Inder zu werden, der dies tat.

Ankur heiratete seine Jugendliebe Sangeeta, die 2018 im Alter von 53 Jahren die älteste indische Frau auf dem Gipfel des Mount Everest wurde. Sie sind derzeit das älteste indische Paar, das den höchsten Gipfel der Welt erobert hat. Sie haben einen Sohn Aarnav.

Ankur ist ein zertifizierter Master Mariner der Klasse 1 aus Großbritannien und diente 18 Jahre lang in der Handelsmarine. Er hat an der Doon School, Dehradun, und am St. Stephens College, Delhi, studiert und ist seit 1995 Direktor von Globas Marine Services.

Ankurs Liebe zu den Bergen wurde während seiner Schulzeit an der Doon School geboren, wo er Geographie vom stellvertretenden Schulleiter Gurdial Singh unterrichtet wurde, der als der erste wahre indische Bergsteiger gilt. Während der Schultage hatten die Jungen die Wahl zwischen Bergwandern oder Radfahren. Ankur wählte meist die erste Option, die eine gute Grundlage für seine zukünftigen Bemühungen legte. Tatsächlich war er als 13-Jähriger nach Goumukh gewandert.

Um ihres Sohnes willen beschlossen sowohl Ankur als auch Sangeeta nach einer Reihe von gemeinsamen Expeditionen, sie getrennt zu machen, um die akuten Risiken im Bergsteigen zu berücksichtigen.

Laut Ankur müssen Sie für jeden Aufstieg viel Zeit und Geld investieren, da jeder von ihnen anders ist und einen Plan erfordert. Es gibt monatelange Vorbereitungen, die hinter einem einzigen Anstieg stehen.

Bergsteigen hat ihm beigebracht, wie man jeden Tag besser lebt und genießt. Ankur führte seinen Erfolg im Bergsteigen auch auf seine Fähigkeit zurück, trotz der harten Bedingungen in großen Höhen Krankheiten abzuwehren.

Ankur mit 62 Jahren ruht sich nicht auf seinen Lorbeeren aus und versucht 2022 seinen ersten Triathlon in Goa, der aus Schwimmen, Radfahren und Laufen nacheinander innerhalb eines festgelegten Zeitrahmens besteht. Wirkliches Alter ist nur eine Zahl für Ankur Bahl.

Ratnesh Pandey

Ratnesh Pandey bestieg im Mai 2016 im Alter von 31 Jahren den Mount Everest. Die raffinierte Atmosphäre erlaubt es einem Kletterer nicht, seine Maske auf dem Gipfel zu entfernen. Aber Ratnesh tat es und rezitierte die indische Nationalhymne!

Er hält auch einen Guinness-Weltrekord für seine Motorrad-Stunts. Im November 2016 erhielt er den Khel Alankaran-Preis der Regierung von Madhya Pradesh.

Im September 2016 bestieg Ratnesh in einer von der International Climbing and Mountaineering Federation organisierten Bergsteiger-Expedition den

Damavand, den höchsten Berg des Iran, und den Sabalan, seinen dritthöchsten Berg.

Er stellte den Guinness-Weltrekord für die längste ununterbrochene Fahrt auf dem Sitz eines Motorrads auf, indem er auf einem Fahrrad in stehender Position über 32,3 Kilometer zurücklegte. Im August 2018 bestieg Ratnesh zweimal den Mount Elbrus (18.511 Fuß) und hisste die Flagge Indiens und die Flagge des Sport- und Jugendministeriums von Madhya Pradesh auf den östlichen und westlichen Gipfeln.

Zusammen mit Nihal Sarkar vertrat er Indien beim UIAA Ice Climbing World Cup 2017 in Italien.

Ratnesh stammt aus Satna, Madhya Pradesh. Er absolvierte seine Grund-, Vor- und Ausbildungskurse für Bergsteiger vom Atal Bihari Vajpayee Institute of Mountaineering and Allied Sports, Manali.

Im April 2015 gelang es Ratnesh, den 22.000 Fuß hohen Mount Everest zu besteigen, schaffte es aber aufgrund eines Erdbebens in Nepal, das eine Lawine und den Tod von 21 Bergsteigern verursachte, nicht an die Spitze des Everest. Ratnesh war nach dem Erdbeben auf dem Berg gefangen und später gerettet worden. Er kehrte unerschrocken zurück, um die Aufgabe 2016 zu erledigen.

Er ist Markenbotschafter von Satna Smart City, Regierung von Madhya Pradesh und ist mit staatlichen Schulen und Hochschulen im Bundesstaat verbunden, mit Schwerpunkt auf Sporterziehung. Im April 2017 wurde er von der Assam Tourism Development Corporation zum Markenbotschafter von Ambubachi Mela ernannt.

Ratnesh gründete auch die Ratnesh Pandey Foundation zur Förderung von Bildung und Sensibilisierungskampagnen zur Stärkung der Gleichstellung von Transgender-Rechten. Zusammen mit seinem Team trainierte er 25 Transgender in Zusammenarbeit mit Laxmi Narayan Tripathi und Aryan Pasha von der National Transgender Commission. Das Transgender-Team hat den Mount Friendship Peak (17.353 Fuß) in Himachal Pradesh erfolgreich erobert und Geschichte geschrieben.

Ratnesh, ein TEDx-Redner an einer der prominentesten zentralen indischen Universitäten, erklärte, dass das Leben eine Herausforderung ist und wir dagegen ankämpfen müssen, denn im Leben dreht sich alles um "Survival of the Fittest". Ratnesh Pandey ist ein perfektes Beispiel für dieses Sprichwort.

Sangeeta Bahl

Eine Frau von Substanz. Sangeeta Bahl hat mehrere Mythen im Zusammenhang mit dem Alter entlarvt und in ihrem Leben ständig neue Grenzen in verschiedenen Bereichen überschritten. Sangeeta, eine Miss India-Finalistin aus dem Jahr 1985, schrieb Geschichte, indem sie im Mai 2018 im Alter von 53 Jahren die älteste indische Frau wurde, die den Mount Everest bestieg.

Die Idee zum Bergsteigen kam Sangeeta 2011 von ihrem Mann Ankur. Ihr Mann, der 2016 den Mount Everest bestiegen hatte, war der größte Motivator für ihre Bergreise. Sangeetas zweitgrößte Kletterleistung war die Suche nach den Sieben Gipfeln, die sich auf die höchsten Berge jedes der sieben Kontinente der Welt beziehen. Das Besteigen der Gipfel aller sieben ist eine Herausforderung für das Bergsteigen und Sangeeta hat bereits den Kilimandscharo 2011 (Afrika), den Mount Elbrus 2013 (Europa), den Mount Vinson 2014 (Antarktis), den Mount Aconcagua 2015 (Südamerika), den

Mount Kosciousco 2016 (Australien) und den Mount Everest 2016 (Asien) bestiegen. Jetzt bleibt nur noch die siebte zu skalieren. Wenn sie dies erreicht, wird sie die älteste Inderin und die erste Frau aus Jammu und Kaschmir sein, die die Seven Summits bestiegen hat.

Sangeeta Bahl wurde in Jammu geboren und wuchs dort auf. 1985 erreichte Sangeeta das Finale des Femina Miss India Festzuges. Danach wechselte sie in den Luftfahrtsektor, wo sie mit führenden Fluggesellschaften wie Kuwait Airways, Thai Airways und Emirates zusammenarbeitete, wo sie Direktorin der Kabinenbesatzung wurde.

Sie blieb in einer von Männern dominierten Branche unerschrocken und verfolgte ein Executive MBA-Programm. Um Geschlechterstereotypen zu brechen, gründete Sangeeta ihr Gehirn-Kind Impact Image Consultants mit Sitz in Gurugram. Als Hauptrednerin und Trainerin ist sie auf Mentoring und Coaching von Einzelpersonen spezialisiert. Sie war schon immer eine Trendsetterin bei allem, was sie tut. Während ihres Everest-Aufstiegs trug sie ein Banner, das sich für die Früherkennung von Brustkrebs und die Finanzierung desselben einsetzte.

Auch heute noch läuft und trainiert Sangeeta fast täglich und glaubt fest daran, im Laufe des Lebens eine nachhaltige Menge an körperlicher Fitness aufzubauen.

Eine weitere Änderung ihres Lebensstils in letzter Zeit wird vegan, da sie darauf abzielt, die Grausamkeit gegenüber Tieren zu stoppen. Sangeeta war auch Vorstandsmitglied der Welham Boys School in Dehradun. Sangeeta und Ankur haben einen Sohn Aarnav.

Sangeeta Bahl ist eine Frau, die die Meisterin aller Berufe ist und in ihrem Leben weiterhin große Höhen erklimmt, sowohl wörtlich als auch metaphorisch. In einer vielleicht bitteren Ironie des Lebens verweigerte ein bekanntes Bergsteigerinstitut in Indien Sangeeta die Zulassung zum prestigeträchtigen Basic Mountaineering Course, nur wenige Jahre bevor sie den Mount Everest bestieg, aufgrund ihres Alters!

Da Dendi Sherpa

Es gilt als eine Herkulesleistung, den Mount Everest einmal im Leben zu besteigen. Es gibt viele, die zehn Jahre lang trainiert haben, um einen Versuch zum höchsten Gipfel der Welt zu unternehmen. Da Dendi Sherpa hat bis heute den unglaublichsten und höchsten Gipfel der Welt vierzehn Mal bestiegen, als er 41 Jahre alt war. Wahrscheinlich wird er den Mount Everest noch viele Male besteigen, da er Kletterer aus Japan, Frankreich, Spanien und den USA mitnimmt, um einige der höchsten Gipfel der Welt wie Lhotse (4 Mal), Manaslu (12 Mal), Cho Oyu (4 Mal), G2 in Pakistan (einmal) und K2 in Pakistan (einmal) zu besteigen. Da Dendi gründete 2017 seine Firma Glacier Himalaya Treks & Expeditions.

Da Dendi wurde 1981 in Safarma im Bezirk Solukhumbu in Nepal geboren. Ironischerweise ist die höchste Erhebung des Bezirks der Mount Everest. Als Kind erlebte er Schwierigkeiten und träumte davon, sein Leben zu verbessern. Er lernte von seiner Gemeinschaft von Männern, die zu Expeditionen in die Berge gingen und dann reich und berühmt wurden. Er sehnte sich nach einem guten Leben wie seine Mitbrüder in Nepal, um in Trost und Respekt zu leben. Da Dendi erkannte bald, dass Bergsteigen seine Kernkraft war, durch die er Ruhm und Reichtum erlangen konnte.

Im Alter von zehn Jahren kletterte der kleine Da Dendi, der sich danach sehnte, gute Kleidung zu tragen, mit wenig Aufwand einen 7.000 Meter hohen Gipfel hinauf. Zu diesem Zeitpunkt wurde ihm klar, dass er nur 2.000 Meter vom höchsten Gipfel der Welt entfernt war. Es gab kein Zurückblicken. Da Dendi begann, Ausländer mitzunehmen, um einige der höchsten Gipfel der Welt in Nepal zu besteigen. 2017 wurde er

Geschäftsführer seines Unternehmens und leitete auch Expeditionen außerhalb Nepals.

Da Dendis Frau Mingma ist ihm eine große Stütze bei der Durchführung von Bergsteiger-Expeditionen. Während Da Dendi sich auf die technischen Aspekte seines Unternehmens konzentriert, kümmert sich Mingma um die administrativen Aspekte des Empfangs von Kunden und Mitkletterern und der Organisation von Abschiedspartys nach erfolgreichen Expeditionen. Sie übernimmt die gesamte Beschaffung für die Expeditionen, die sich mit Lebensmitteln eindecken, einschließlich der Überwachung des Einkaufs von frischem Gemüse und Obst. Mingma sorgt für den Einsatz von lebensrettenden Medikamenten und Sauerstoffflaschen für Kletterer in Not. Sie veranlasst auch die sofortige Aufnahme in Krankenhäuser für kranke Kletterer.

Während der Nebensaison schult Da Dendi seine Expeditionsausbilder besonders und kauft neue Ausrüstung sowie repariert beschädigte Ausrüstung.

Er hält sich körperlich fit, indem er lange Spaziergänge sowie Klettern unternimmt.

Sowohl Da Dendi als auch Mingma Sherpa bilden ein beeindruckendes Ehemann-Frau-Team, das sich um ihre Bergsteigerfirma kümmert.

Klimawandel und nachhaltiges Bergsteigen

Von Sujai Banerji und Anubhuti Bhatnagar (Sujai hat einen MS in Umweltchemie von der University of Alaska Fairbanks. Anubhuti hat einen M.Tech. in Renewable Energy Engineering and Management von der TERI School of Advanced Studies).

Die globale Erwärmung und der Klimawandel sind heutzutage zu Schlagwörtern geworden. Jede verantwortliche Medienstelle hat einen speziell engagierten Journalisten, der in diesem interdisziplinären Bereich arbeitet, der zuvor fast unbekannt war. Berge und Gletscher sind sehr anfällig für Klimaveränderungen und haben schon immer eine sehr wichtige Rolle bei der Gestaltung der menschlichen Zivilisation gespielt. Daher ist es heute wichtiger denn je, darüber zu sprechen.

In diesem Artikel werde ich hauptsächlich die Himalaya-Region behandeln. Die Gebirgszüge Himalaya, Karakorum und Hindukusch (HKHK) schmelzen schneller als die globale durchschnittliche Eismasse. Die HKHK-Gebirge speichern mehr Süßwasser als jede andere Region außerhalb der Pole und werden daher oft als "Der dritte Pol" bezeichnet. Sie enthalten fast 55.000 Gletscher und 163 km^3 Eisreserven, die 80 % der Flüsse Indus, Ganges und Brahmaputra speisen. Die Becken dieser Flüsse beherbergen 750 Millionen Menschen und sind eine der am dichtesten besiedelten Regionen der Welt.

Die Bedeutung der Gletscher kann kaum genug betont werden. Gletscher beeinflussen die Wasserversorgung für die Landwirtschaft, den menschlichen Verbrauch und die Wasserkrafterzeugung. Gletscher wie Bokar Chu und Chemayungdung sind die Wasserquellen für die Flüsse Indus und Brahmaputra, die zu den längsten Flüssen der Welt gehören. Dieses Wasser wird basierend auf der Geopolitik regional verteilt.

Der Indus-Wasservertrag ist ein Beispiel dafür. Es gibt die Kontrolle über die drei "östlichen Flüsse" – Beas, Ravi und Sutlej, mit einem durchschnittlichen jährlichen Fluss von 33 Millionen Hektar nach Indien. Während die drei "westlichen Flüsse" – Indus, Chenab und Jhelum, mit einem durchschnittlichen jährlichen Fluss von 80 Millionen Hektar nach Pakistan fließen. Aber Gletscher sind nicht nur eine gutartige mehrjährige Wasserquelle. Wechselnde Niederschlagsmuster aufgrund des Klimawandels und die Ausdünnung der Gletscher tragen zu verheerenden Sturzfluten bei, die als „Glacier Lake Outburst Flooding (GLOF)" bekannt sind. Zum Beispiel wird weithin spekuliert, dass die Überschwemmungen von Kedarnath im Jahr 2013 durch den GLOF des Chorabari-Gletschers verursacht wurden. Ein GLOF ist eine Art von Überschwemmung, bei der das von einem Gletscher enthaltene Gewässer über den Gletscher fließt und der Klimawandel die Häufigkeit und Intensität solcher GLOF-Ereignisse erhöht. Es besteht ein wachsender Konsens darüber, dass weitere Katastrophen im Zusammenhang mit schmelzenden Gletschern auf uns warten. Der Klimawandel ist jedoch nicht die einzige Ursache für die zunehmende Gletscherschmelze in der HKHK-Region.

Die zunehmende Gletscherschmelze in der HKHK-Region wird auch durch die Luftverschmutzung verschärft, wobei Südasien das Epizentrum der Luftverschmutzung in der Welt und Indien das Epizentrum der Luftverschmutzung in Südasien ist. Zum Beispiel ist der von den nationalen Luftqualitätsstandards in Indien festgelegte Grenzwert von 60 µg m^{-3} für die 24-Stunden-PM 2,5-Konzentration bereits viermal so hoch wie der von der WHO empfohlene Grenzwert von 15 µg m^{-3} für die $_\text{24-Stunden-PM}$ 2,5-Konzentration. Ein wesentlicher Bestandteil der Luftverschmutzung in Indien ist Ruß (BC), der neben der eigenständigen Existenz als chemische Spezies in der Atmosphäre auch als Bestandteil der $_\text{PM}$ 2,5-Masse vorhanden ist.

BC-Partikel in der Atmosphäre sind das Ergebnis unvollständiger Verbrennungsprozesse. BC-Partikel sind in der Natur sehr lichtabsorbierend und gelten nach CO_2 als der zweitgrößte anthropogene Beitrag zur globalen Erwärmung. BC-Partikel haben auch eine atmosphärische Lebensdauer von etwa einer Woche und wirken als Wolkenkondensationskerne, und beide Phänomene haben bekanntermaßen intensive klimatische Auswirkungen. Es gibt nicht viele lokale Quellen für BC-Partikel in den Bergen, aber BC-Partikel finden sich in abgelegenen Umgebungen wie der HKHK-Region aufgrund des atmosphärischen Transports aus den Industrie- und Stadtregionen Indiens, Chinas und Pakistans. BC ist aus klimatischer Sicht wichtig, da BC die einfallende Sonnenstrahlung absorbiert, wodurch der Strahlungsantrieb (die Änderung des Energieflusses der Atmosphäre in W m^{-2}) reduziert und somit der Planet erwärmt wird. Die aktuellen Schätzungen für den gesamten Strahlungsantrieb von BC liegen zwischen 0,09 und 1,2 W m^{-2}. Dies zeigt, dass zwar ein hohes Maß an Unsicherheit im gesamten Strahlungsantrieb von BC besteht (aufgrund eines so breiten Wertebereichs), die Werte im Bereich jedoch immer positiv sind (positive Werte deuten auf eine Erwärmung hin).

Abgesehen davon reduziert BC auch die Albedo (die Fähigkeit, Wärme zu reflektieren) von schneebedeckten Oberflächen und wird auch als Ursache für die Abnahme der Niederschläge in Teilen Indiens angesehen, indem eine erhöhte Wärmequelle im tibetischen Plateau erzeugt wird, die den meridionalen Temperaturgradienten (die Differenz der Oberflächentemperatur zwischen dem 30°-35° N-Gürtel und dem 50°-55° N-Gürtel) sowie die Meeresoberflächentemperaturen des Arabischen Meeres und des Golfes von Bengalen verringert.

Alles in allem geht es in diesem Artikel nicht darum, den Klimauntergang zu fördern. Wir alle wollen die Sicherheit von Nahrung, Wasser und Lebensunterhalt gewährleisten und den glückseligen Komfort gesunder Berge genießen. Dies sind keine konkurrierenden Interessen. Als Bergsteiger können Sie einige Schritte unternehmen, um sicherzustellen, dass diese weiten und zerbrechlichen Landschaften nicht weiter beschädigt werden. Hier sind ein paar Richtlinien, um nachhaltige Bergsteigerpraktiken zu fördern.

1. Hinterlassen Sie keine Spuren

Eine große Anzahl von Bergsteigern erklimmt jetzt aufgrund der Verbesserung der Ausrüstung und der Navigationstechniken die anspruchsvollsten Gipfel. Aber dieser erhöhte Zustrom von Menschen hat zu einer erhöhten Menge an Müll in den unberührten Landschaften geführt. Denken Sie daran, dass biologisch abbaubarer Müll auch Müll ist. Sie sollten auch sicherstellen, dass nicht nur Sie, sondern auch Ihre Teammitglieder ihren Müll abholen.

2. Steig langsam auf

Die Planung potenzieller Gefahren kann Unfälle bei Kletteraktivitäten verhindern, die wiederum Schäden an den Bergen verhindern können. Befolgen Sie die von den lokalen Behörden festgelegten Richtlinien und erhalten Sie die erforderlichen Zertifizierungen, bevor Sie gefährlichere Anstiege unternehmen. Halten Sie Ausschau nach illegalen Aktivitäten auf Ihren Wanderwegen und weisen Sie andere Wanderer auf unverantwortliches Verhalten hin.

3. Teile deine Ressourcen

Abfallvermeidung ist möglich, wenn Sie bessere Kaufentscheidungen treffen, Gebrauchthändler nutzen und Ihre Ausrüstung mit anderen teilen, um Ihren CO_2-Fußabdruck zu reduzieren.

4. Lernen Sie weiter

Die lokalen Gemeinschaften stehen aufgrund der Ausdünnung der Gletscher und der zunehmenden menschlichen Aktivitäten in den Berggebieten vor mehreren Herausforderungen. Als Gast in diesen Gebieten solltest du versuchen, mit ihnen in Kontakt zu treten und mehr über die Artenvielfalt dieser einzigartigen Gebiete zu erfahren.

Letztendlich müssen wir uns daran erinnern, dass diese Landschaften keinem Individuum gehören. Wir alle müssen an nachhaltigen Praktiken teilnehmen und eine Gemeinschaft von Kletterern schaffen, die sich für die Berge einsetzen können.

Glossar der Bergsteigerbegriffe

Ein Chevelle

Eine Methode zum Klettern eines Reifens oder Arêtes, bei der der Kletterer einen Fuß auf beide Seiten des Arêtes setzt und den Kamm mit den Händen greift.

Abseilen oder Abseilen oder Abseilen

Eine schnelle Methode, um über steile Felsen, Schnee oder Eis abzusteigen, indem ein an einem Ende verankertes Einzel- oder Doppelseil herunterrutscht.

Akklimatisierung

Es ist ein Prozess der Gewöhnung an Höhen. Der menschliche Körper braucht etwas Zeit, um sich an Höhen zu gewöhnen, und es hängt von Individuum zu Individuum ab.

Aktives Seil oder lebendes Seil

Die Länge des Seils zwischen einem sich bewegenden Kletterer und einem anderen Kletterer, der für die Sicherung des ersteren verantwortlich ist.

Aiguille

Ein steiler, spitzer Berg, in der Regel mit scharfen und deutlichen Konturen.

Alp
Die grasbewachsenen Weiden unterhalb der Schneegrenze in den Alpen, aber über dem Tal und dem Ort, an dem die Tiere in den Sommermonaten gefüttert werden.

Alternativer Lead oder Leading Through
Eine Methode, steile Felsen zu besteigen, bei der sich zwei Seilkletterer abwechselnd die Führung von Seilen teilen.

Anker
Ein natürlicher oder künstlicher Spike oder Vorsprung, um den sich ein Kletterer mit einem Seil oder einer Schlinge sichern kann. Ein Seil kann zur Unterstützung der Sicherung geschlungen werden.

Anorak oder Parka oder winddichte Jacke
Oberschenkellange, winddichte Tunika mit Kapuze.

Annäherungsmarsch
Der Einstieg zu Beginn der Kletterexpedition bis zu dem Punkt, an dem das Seilklettern beginnt.

Arete
Ein steiniger oder sporniger Messerrand. Es ist ein scharfer, steiler Grat, im Allgemeinen einer der Hauptgrate eines Berges.

Künstliches Klettern
Klettern auf steile Felsen und Eis mit künstlichen Hilfsmitteln wie dem Einsatz von Entrierern und einer speziellen Seiltechnik neben Pitons, Leitern, Karabinern, Schlingen usw.

Lawine
Eine Masse aus Eis, Schnee, Erde und Fels, die schnell von einem Berg herabsteigt.

Airborne Avalanche
Eine Schneelawine, die ihren Weg in der Luft hat. Solche Lawinen haben eine sehr hohe Geschwindigkeit, die bis zu 200 km/h betragen kann.

Plattenlawine
Eine Schneelawine, die durch einen Bruch in einer Schneeplatte verursacht wird. Solche Lawinen bewegen sich im Allgemeinen entlang des Hangs und

haben eine Geschwindigkeit im Bereich von 40 bis 60 km/h und eine Schneedichte von etwa 300 bis 500 kg/m3.

Lose Schneelawine

Sie werden durch mangelnde Kohäsion in der Schneemasse verursacht, die an steilen Hängen liegt. Sie haben eine durchschnittliche Geschwindigkeit im Bereich von 10 bis 30 km/h und eine Dichte im Bereich von 200 bis 300 kg/m3 (Trockenschnee) und 400 bis 500 kg/m3 (Nassschnee).

Künstliche Freisetzung von Lawinen

Eine Lawine, die durch künstliche Mittel wie Sprengstoff, Skifahrer, Flugzeuge, Überschallbooms usw. ausgelöst wird.

Lawinenbildungszone

Der Bereich im oberen Bereich eines Hanges, wo sich Schnee nach der Ansammlung zu einer Lawine formt. Solche Neigungen liegen in der Regel zwischen 30 bis 55 Grad.

Lawinenmittelzone/Lawinenpfad

Der Bereich zwischen Auslaufzone und Formationszone, in dem eine Lawine nach der Initiierung weiter wächst. Solche Steigungen sind steiler als 12 Grad.

Lawinenauslaufzone

Der Bereich, der im unteren Bereich eines Lawinenhangs liegt, wo Lawinenschnee auf hohe Reibung trifft und somit zum Stillstand kommt. Solche Neigungen sind kleiner als 12 Grad.

Lawinenstange

Eine Stange, die durch Zusammenfügen einer Reihe von kleinen Abschnitten von 50 mm langen Stücken gebildet wird, wobei die unterste Stange einen Konus für ein leichtes Eindringen in den Schnee und einen flachen runden Kopf aufweist. Die Stange wird zur Suche nach Opfern verwendet, die im Lawinenschnee vergraben sind.

Lawinen sympathische Freisetzung

Entstehung/Auslösung einer Lawinenbewegung durch Auslösen einer benachbarten Lawine, die diese physisch nicht überfährt. Die Auslösung wird durch Vibrationskräfte in der früher ausgelösten Lawine verursacht.

Lawinenbruchzone

Die kritische Zone in der Entstehungszone einer Lawine, von der aus ein Bruch der Schneedecke erwartet oder gesehen wird.

Rücken und Füße oder Rücken nach oben

Eine Methode, einen Schornstein zu besteigen, indem man den Rücken gegen eine Seitenwand und die Füße oder Knie (je nach Breite des Schornsteins) gegen die andere legt.

Balling Up

Das Anhaften von weichem, nassem Schnee an den Sohlen von Stiefeln oder den Stacheln der Steigeisen.

Belay

Die Methode, einen Kletterer mit einem Seil zu sichern, um einen Sturz zu stoppen. Es kann mit einem natürlichen oder künstlichen Anker oder mit dem Körper eines anderen Kletterers gemacht werden.

Dynamische Sicherung

Methode, um den Sturz des Führers durch Reibung des Seils um den Körper zu stoppen.

Running Belay

Sicherstellen, dass ein Anführer für sich selbst sorgt, in der Regel, indem er sein Seil durch den Karabiner führt.

Gewindesicherung

Schutzvorrichtung, bei der das Seil oder die Schlinge durch ein Loch gefädelt wird, das durch einen Stein oder eine natürliche oder künstliche Konstruktion im Gestein gebildet wird.

Benighted

Der Zustand, nach Einbruch der Dunkelheit auf einem Berg gestrandet zu sein.

Bergfall

Fall von Stein und Fels.

Bergschrund

Die Lücke oder Spalte zwischen dem eigentlichen Gletscher und der oberen Schneedecke. Die Oberlippe eines Bergschrunds kann vom Niveau der Unterlippe sehr hoch sein.

Biwak

Ein temporäres Lager oder eine Übernachtungshalle im Bergland oder hoch auf einem Berg ohne Zelt.

Poller

Ein aufrecht stehender Daumen wie ein Stück Steinsäule oder aus Schnee oder Eis geformt, um einen Anker zu bilden.

Bohrungsgletscher

Ein Gletscher, dessen Oberfläche frei von Trümmern und Moränen ist.

Bouldern

Klettern von Boulderproblemen; ein häufiges Spiel unter Kletterern. Die Anstiege sind in der Regel nur wenige Meter hoch, aber extrem schwierig und erfordern gute Techniken.

Brems- oder Reibungssicherung

Ein Akt des Aufhaltens eines Sturzes auf einem steilen Schneehang mit einem Eispickel.

Marke

Ein breiter, grasiger, abgerundeter Grat.

Überbrückung

Eine Methode zum Klettern von Schornsteinen und Ecken. Es kann sich auch um eine beliebige Reihe von Aufwärtsbewegungen auf einer Felswand handeln, wenn die Beine rittlings stehen und die Füße auf Druck gehalten werden

Löffelschritt

Die große Stufe schneidet an den Ecken einer Zick-Zack-Stufenlinie in hartem Schnee und Eis.

Strebepfeiler

Ein großer Felsrücken, der normalerweise auf beiden Seiten durch Rinnen vom Rest des Felsens getrennt ist. Es ist eine Art Felswand, da es sehr steil ist, ist es schwierig zu klettern.

Schlussstein

Ein Stein auf der Oberseite eines Schornsteins oder einer Rinne.

Carane

Hütte in großer Höhe, die für die Sicherheit über Nacht genutzt wird

Cairn

Ein Steinhaufen, der errichtet wurde, um einen Gipfel, eine Punkthöhe, einen Pass zu markieren und manchmal eine Route zu markieren.

Schornstein

Ein Riss in einer Felswand, der den Körper eines Kletterers aufnimmt, der auf einer Seite offen ist.

Chockstone

Ein Stein oder Felsbrocken, der auf natürliche oder absichtliche Weise in einem Riss oder einer Spalte, einem Schornstein oder einer Rinne eingeklemmt ist und auch einen Anker bilden kann.

Cirque

Eine tiefe Mulde in einer Bergseite, die durch die Bewegung von Schnee und Eis erodiert und geformt wurde. Die Wände eines Kreises sind rund und es gibt ein Tor oder einen Eingang von steilen Hängen darunter.

Klippe

Eine steile Felswand.

Col

Ein Passierschein. Dies kann von einem Straßenpass bis zu einem Pass hoch im Berg variieren. Depression in der Gipfellinie der Bergkette; Tiefpunkt in einem Bergrücken.

Kamm

Ein kurzer schmaler Vallet, der in einigen Fällen Cirque ähnelt, aber mit sanfteren Seiten und grasbedeckten Hängen.

Kombinierte Taktiken

Technik des Höhengewinns eines Kletterers, der einen anderen unterstützt.

Gesims

Eine überhängende Schneemasse, die über den von den vorherrschenden Winden gebildeten Gratrand hinausragt.

Couloir

Eine Schlucht oder Furche in einer Bergseite kann aus Fels, Schnee oder Eis bestehen, die sich normalerweise in einer Aufwärts- und Abwärtsrichtung bilden. Es ist ein Durchgang zwischen zwei vertikalen Hängen. Im Allgemeinen wird es von einer Nallah getragen.

Riss

Eine Felsspalte, schmaler als ein Schornstein.

Felsen

Eine Reihe von Klippen.

Steigeisen

Stahlrahmen mit Stacheln, die an Stiefeln angebracht werden können, um einen Halt auf Eis und festem Schnee zu bieten.

Gletscherspalte

Ein Riss in einer Gletscheroberfläche, der sowohl breit als auch sehr tief sein kann und durch die Bewegung des Gletschers über die unregelmäßigen Formen in seinem Bett mittels Biegungen in seinem Verlauf entsteht.

CWM oder Corrie

Ein Cirque. Eine tief abgerundete Mulde am Kopf oder an der Seite eines Tals.

Toter Mann oder toter Junge

Kleine Legierungsplatte, die in den Schnee gegraben wird, um wie ein Flunke-Anker zu wirken, graben tiefer, je härter es gezogen wird.

Tiefenhupen

Während einer langen Kälteperiode bildeten sich aufgrund des Temperaturgradienten in der Schneedecke hohle Becherkristalle. Solche Kristalle sind dafür verantwortlich, verzögert wirkende Lawinen zu verursachen.

Diagonalschneiden

Schneiden einer Linie von Stufen in Schnee und Eis in diagonaler Richtung über einen Hang. Es ist der einfachste Weg, um einen steilen Hang hinaufzusteigen, da es das Stufenschneiden erleichtert.

Direkte Sicherung

Das aktive Seil lief direkt um einen Felsen, um den sich bewegenden Kletterer zu schützen. Nicht empfohlen, da das Seil stärker beansprucht wird.

Notsignal

Ein Signal, das im Falle eines Unfalls Aufmerksamkeit erregen soll. Es besteht aus sechs Explosionen oder Blitzen oder Schreien in einer Minute mit einem Pfiff, gefolgt von einer Schweigeminute und wiederholt, bis die Aufmerksamkeit auf sich gezogen wurde. Die Bestätigung besteht aus drei Explosionen in einer Minute, gefolgt von einer Schweigeminute und wiederholt.

Bettdecke

Bettdecken sind im Grunde genommen stark verschuldete Anoraks, die sich vorne wie eine Jacke öffnen. Sie bilden die beste Isolierung gegen extreme Kälte.

Etrier

Eine kurze leichte Leiter mit 2 bis 4 Stufen im Abstand von 25 bis 40 cm, die das Klettern von glatten oder überhängenden Felsen mit künstlichen Mitteln unterstützt.

Dehnschraube

Ein Gerät, das zum künstlichen Klettern verwendet wird, wenn keine Risse im Gestein vorhanden sind und ein Loch gebohrt wird, um den Spreizbolzen einzuführen, der als Piton, zur Hilfe oder zur Sicherheit dient.

Firn

Auf einem Gletscher liegt harter Schnee.

Noch Firn

Hohes Schneefeld auf einem hohen Berg.

Foehn

Der Wind wehte leeseitig und ließ den Schnee weich und gefährlich werden.

Freies Klettern

Klettern ohne künstliche Hilfe.

Vordere Ausrichtung

Geradeaus durch steilen Schnee oder Eis klettern, indem man in den vorderen Punkten der Steigeisen grabt und die Balance mit einem Eispickel stützt.

Erfrierung

Das Einfrieren des Körpergewebes verursacht Schäden, die beim Auftauen oft zu Gangrän führen. Besonders anfällig für Angriffe sind Finger, Zehen, Nase und Ohren.

Gabbro

Ein extrem rauer Felsen mit gutem Reibungsgriff und dem Hauptgestein der Skye-Cuillins.

Gabel

Kerbe im hohen Schneekamm.

Gendarme

Ein markanter Gipfel oder Felsenturm, der hauptsächlich auf Kämmen zu finden ist.

Gletscher

Ein Eisfluss von einigen hundert Metern bis zu vielen Kilometern Länge, der jedes Jahr mit einer unmerklichen Geschwindigkeit von einigen Zentimetern bis Metern fließt.

Gletschertabelle

Ein Felsen, der auf einem Eissockel in einem Gletscher gestützt wird.

Trockener Gletscher oder nackter Gletscher

Wenn der Gletscher frei von Schnee oder anderen Trümmern ist.

Glacis

Jeder Fels- oder Eishang, der bis zu 30 Zoll von der Horizontalen entfernt ist und hochgegangen werden kann.

Glissade

Eine freiwillige, kontrollierte Abfahrt auf einer Schneepiste durch Gleiten und Schlittschuhlaufen auf den Füßen in stehender oder hockender Haltung.

Schlucht

Ein tiefes schmales Tal mit ungewöhnlich steilen Flanken.

Einstufung des Kletterns

Leicht, mäßig, schwierig, sehr schwierig, schwer und sehr schwer.

Rinne

Die tiefe Spalte im Gesicht einer Klippe oder eines Berges.

Hand-Traverse

Eine horizontale Bewegung über eine breite Steinflocke, wobei der Körper vollständig auf den Händen gestützt wird, die den Rand der Flocke greifen.

Hängendes Tal

Ein kleines Tal, das in beträchtlicher Höhe über dem Bett des letzteren in ein Haupttal mündet.

Gurtzeug

Eine Ausrüstung zum Befestigen eines Kletterers am Seil, damit im Falle eines Sturzes der Schock und die Belastung minimiert werden.

Eisfall

Ein Merkmal, das entsteht, wenn ein Gletscher über einen steilen und unebenen Hang fließt und in eine Masse von Blöcken, Zinnen und Spalten zerbricht.

Eisfeld

Ein Name, der lokal vom Bergsteiger verwendet wird, um entweder ein großes Gletschergebiet zu beschreiben, das von einem Bergrand oder einer Bergwand umgeben ist, oder eine Reihe von Gletschern, die über ein großes Gipfelplateau eines oder mehrerer Berge drapiert sind.

Eiszinnen

Wellen in der Schnee-/Eisoberfläche mit konischer Oberseite und runder Unterseite. Diese werden durch das Vorhandensein von Schmelzwasser im allgemeinen Bereich verursacht.

Jumar oder Ascender

Eine metallische Vorrichtung zum Aufsteigen von steilen Festseilen.

Karabiner oder Karabiner

Ein Karabiner ist ein ovales oder D-förmiges Metallglied, dessen eine Seite sich mittels Feder öffnet. Es wird zum Sichern, Laufen, Abseilen und Aufseilen verwendet und ist der universelle Befestigungsmechanismus beim Klettern.

Kletterschuh

Leichter Kletterstiefel mit Gummisohle.

Knoll

Ein kleiner abgerundeter Hügel oder Hügel.

Layback

Eine Methode, um den Rand von Rissen und Flocken zu erklimmen, indem man sich an den Händen auf sie zurücklehnt. Die Hände greifen die Kante und die Füße werden flach auf den Felsen in der Nähe der Kante gelegt.

Führend durch

Das Üben von zwei Kletterern, die abwechselnd Seillängen eines Aufstiegs hinaufführen.

Leiste

Ein flacher oder leicht abfallender Bereich an einer Felswand oder Bergseite.

Mentel-Regal

Der Akt des Kletterns auf einen Felsvorsprung ohne Handgriffe darüber.

Morain

Ansammlung von Trümmern, Steinen, Erde und Schutt, die von einem Gletscher heruntergetragen werden. Es gibt drei Arten, nämlich lateral, medial und terminal.

Bergkrankheit

Die Wirkung der Höhe auf bestimmte Personen. Wer beginnt, sich lethargisch und mulmig zu fühlen. Begleitet von starken Kopfschmerzen. Meist nur oberhalb von 3.000 Metern.

Neve

Der Schnee fällt auf einen Berg über dem Bergschrund. Der Neve speist den Gletscher mit Neuschnee oder Eis.

Nische

Eine kleine Vertiefung in einer Felswand, die einen Halt, eine Haltung oder sogar einen Platz für ein Biwak bieten kann.

Objektive Gefahren

Gefahren, die außerhalb der Kontrolle eines Bergsteigers liegen, wie versagende Steine, Eisstürze, Lawinen und Spalten.

Überhang

Fels und Eis jenseits der Senkrechten. Kann geklettert werden, wenn einige Laderäume anderweitig durch künstliche Methoden verfügbar sind.

P. A.

Ein spezieller Kletterstiefel mit Canvas-Obermaterial und eng anliegender Gummisohle, die von einem Schaft versteift wird, der ursprünglich von Pierre Allain entwickelt wurde.

Bestanden

Der Weg überquert einen Bergrücken von einem Tal zum anderen.

Stift

Ein Stück Metall, das zum Einsetzen in Felsspalten oder Eis entwickelt wurde, um eine Sicherung zu stützen.

Latte oder Veilchen oder Eispickel

Eine Äxte, die von Bergsteigern zum Schneiden von Stufen verwendet wird.

Säule

Eine hohe, schmale Felsspalte, die aus dem Mutterberg herausspritzt und einen flachen Gipfel hat.

Pinnacle

Ein scharfer Gipfel, der ein isolierter Turm des Gipfels ist.

Tonhöhe

Abstand zwischen zwei Stangen oder einem Abschnitt mit schwierigem Eis, Schnee oder Fels, alles von 3,05 Metern bis 36,6 Metern Höhe.

Piton

Ein Stück Metall besteht aus einem Dorn oder einer Klinge und einem Kopf mit einem Loch oder einem lose geschweißten Ring. Es wird in verschiedenen Stärken und Breiten hergestellt, um in alle Arten von Rissen im künstlichen Klettern zu passen.

Piton Hammer

Ein kleiner Hammer, bestehend aus einem Holzgriff und einem stumpfen Meißel. Der Kopf wird verwendet, um den Piton in Risse und Eis zu treiben und den Pick, um sie wieder herauszuhebeln.

Prusik

Ein Verfahren zum direkten Aufsteigen eines Seils mit Hilfe von Prusikknoten oder Reibungskupplungen mit Fußschlaufen.

Pterodaktylus

Besondere Art der Eiskletterausrüstung.

Aussparung

Eine Nische oder eine kurze Ecke in einer Felswand.

Rechen

Steil abfallende Querleiste oder schmale Rinne.

Abseilen

Ein Abseilen.

Schlucht

Eine tiefe Spalte in einer Bergseite und dem Boden des Tals. Sie soll schmaler als eine Schlucht sein und hat steilere Seiten.

Zuflucht

Berghütte.

Rhythmus

Kontrollierte, ausgewogene Bewegungen beim Gehen und Klettern.

Rippe

Dünner Felskamm, der sich von Fels, Schnee oder Eiswand abhebt.

First

Die Linie, auf der sich zwei Gesichter eines Berges treffen.

Rimaye

Bergschrund.

Rucksack

Eine Tasche mit Schulterriemen, die auf dem Rücken getragen werden kann. Kann mit oder ohne Rahmen sein.

Sattel oder Sattel

Eine flache Vertiefung auf einem breiten Grat.

Sastrugi

Kegelförmige Schneestrukturen, die durch den Wind gebildet werden. Die Spitze des Kegels zeigt in die vorherrschende Windrichtung und der Körper liegt entlang der Windrichtung.

Sicherheitsseil

Ein Seil, das von oben gehalten wird, um Anfänger während des Abverkaufs zu schützen. Bei einem Bergaufstieg, der Abseile erfordert, wird ein separates Abseilseil getragen und das Kletterseil dient dann als Sicherheitsseil für die gesamte Gruppe, mit Ausnahme des Führers, der zuletzt herunterkommt.

Geröll

Steine aus Felsbrocken und Steinen bedecken einen Hang unter steilen Felsen.

Scree-Shooting

Eine Reihe feinerer Steine, die einen Geröllhang hinunterlaufen.

Serac

Eine Spitze oder ein Turm aus Eis in einem Eissturz.

Schlinge

Schlaufe aus Nylonseil oder -band, die zum Sichern, Laufen oder Abseilen verwendet wird und ein wichtiger Teil der Ausrüstung eines Kletterers ist.

Slack

Lösen des Seils zwischen zwei benachbarten Kletterern.

Schneeblindheit

Eine vorübergehende Blindheit, die durch Schneeblendung und ultraviolette Strahlen verursacht wird.

Schneebrücke

Eine Schneebrücke, die einen Bergschrund, eine Gletscherspalte oder einen Gebirgsbach überspannt.

Schneekristall

In der oberen Atmosphäre bildete sich eine sternförmige Schneestruktur, die bei einem Schneefall herabfällt.

Schneelinie

Das allgemeine Niveau (Höhe), auf dem Schnee dauerhaft auf einer Reihe von Bergen zu liegen beginnt.

Spindrift

Lockerer Pulverschnee, der vom Wind oder einer kleinen Lawine getragen wird.

Turmspitze

Eine verlängerte Brust eines Hügels und eines Berges, ziemlich ähnlich einem Kamm, aber kurz und laut.

Spur

Fels- oder Schneerippe an der Seite eines Berges.

Haltung

Ort, an dem ein Kletterer seine Sicherheit macht, idealerweise ein bequemer Ort zum Stehen oder Sitzen.

Schritt

Vertikaler oder kurzer steiler Anstieg in Rinne oder First.

Stichtplatte

Ein von Fritz Sticht erfundenes Gerät zur Verbesserung der dynamischen Sicherung. Anstatt das Seil für die Reibung um den Rücken des Kletterers zu legen, durchläuft es eine metallene Reibungsplatte.

Klebeband

Nylonbänder in verschiedenen Dicken werden von Kletterern für Läufer (qv) und Etrier (qv) verwendet.

Tarbuck-Knoten

Knoten zum Binden von Nylon; Kletterseil an einer Schlaufe zu einem Karabiner an einem Taillenband. Wenn ein Sturz eine Spannung in den Seilen verursacht, gleitet der Knoten allmählich, um den Schock zu reduzieren (benannt nach Kenneth Tarbuck).

Tarn

Ein Teich auf einer hohen Bergseite (ein Bergsee).

Spannungsklettern

Ein alternativer Name für künstliches Klettern.

Traverse

Um sich horizontal oder diagonal über einen Felsen oder Schneehang zu bewegen. Auch der Aufstieg und Abstieg eines Berges auf verschiedenen Wegen.

Hand-Traverse

Mit den Händen gekreuzt.

Pendelquerkreuzung

Hierbei handelt es sich um eine Kreuzung, bei der der Kletterer pendelnd an einem oben gesicherten Seil schwingt.

Zugtraverse

Kreuzung, bei der der Kletterer durch ein gespanntes horizontales Seil gegen den Felsen gehalten wird.

Verglas

Ein Eisfilm auf Felsen, der durch schmelzenden Schnee, Gefrieren von Regen oder Nebel, der kondensiert und gefriert, verursacht wird.

Watershed oder Divide

Hoher Grat, der zwei Flusssysteme trennt.

Wassereis

Eis bildete sich direkt aus dem Gefrieren von Wasser, im Gegensatz zu Eis, das sich unter Druck bildete.

Keil

Keilförmiges Stück Holz oder Metall, das verwendet wird, um einen Anker in Rissen zu bilden, die zu breit für Piton sind.

Nasser Schnee

Schnee im Zustand des Auftauens während des Tages vor dem Gefrieren in der Nacht.

White Out

Ein unangenehmes Phänomen von Schneelandschaften, bei dem fallender Schnee oder sogar Nebel Land und Himmel unter völligem Verlust des Horizonts verschmelzen können.

Windslab Lawine

Kann auftreten, wenn sich eine durch windverdichteten Schnee gebildete Schneeschicht unsicher auf Altschnee ablagert und in riesigen Blöcken oder Platten absteigt.

BERGSTEIGERFREUNDE SIND FÜRS LEBEN

Über den Autor

Sanjai Banerji

Sanjai Banerji ist Autor von drei früheren Büchern, Crossing the Finish Line (Running), The Mountaineering Handbook (Mountaineering), Nobody Dies Tonight (Fitness in the Covid-19 Pandemic) und einer Kurzgeschichte "Guardians of Nathu La", die in einer Anthologie mit anderen Autoren in Stories from India Staffel IV Band I veröffentlicht wurde. Er ist CSR-Berater und Lifestyle-Coach. Er hat mehrere Artikel, Kurzgeschichten und Fotobeiträge in Zeitungen und Zeitschriften veröffentlicht. Sanjai Banerji hat einen B.Sc (Zoologie) und einen MBA (Produktion) und ist in seinem Aufbaustudium Goldmedaillengewinner im Journalismus mit 36 Jahren Erfahrung in den Bereichen Stahl, Papier und Zement. Er ging im Dezember 2020 als General Manager - Corporate Image von Prism Johnson Limited in den Ruhestand. Sanjai begann mit 48 Jahren im Jahr 2008 zu laufen und hat mehrere Halbmarathons und Ultra-Rennen in verschiedenen Terrains gelaufen: Hügel, Wüsten, Wälder, Höhenlagen, Laufstrecken und Straßen. Justice on the Hills ist sein Debütroman.

www.ingramcontent.com/pod-product-compliance
Lightning Source LLC
LaVergne TN
LVHW091635070526
838199LV00044B/1072